王黎君◎著

Yuansu: Jingru Ershi Shiji Zhongguo Xiaoshuo

元素：进入20世纪中国小说

安徽师范大学出版社

责任编辑:周晓毓 罗季重 潘 安
装帧设计:丁奕奕

图书在版编目(CIP)数据

元素:进入 20 世纪中国小说/王黎君著.—芜湖:安徽师范大学出版社,2011.12(2024.6重印)
ISBN 978-7-81141-667-1

Ⅰ.①元… Ⅱ.①王… Ⅲ.①小说研究—中国—20 世纪 Ⅳ.①I207.42

中国版本图书馆 CIP 数据核字(2011)第 233602 号

元素:进入 20 世纪中国小说

王黎君 著

出版发行:安徽师范大学出版社
　　　　　芜湖市九华南路 189 号安徽师范大学花津校区 邮政编码:241002
网　　　址:http://www.ahnupress.com/
发 行 部:0553-3883578　5910327　5910310(传真)　E-mail:asdcbsfxb@ 126. com
经　　销:全国新华书店
印　　刷:阳谷毕升印务有限公司
版　　次:2012 年 6 月第 1 版
印　　次:2024 年 6 月第 2 次印刷
规　　格:787×1092　1/16
印　　张:10
字　　数:168 千
书　　号:ISBN 978-7-81141-667-1
定　　价:40.00 元

前　言

中国小说的发展,在 20 世纪进入了一个崭新的时代。现代小说形式的出现,现代情绪的表达,赋予小说现代的色彩;诸多不同风格不同追求的小说作家的出现,大量成熟的小说文本的出版,不断丰富着 20 世纪小说的创作空间。鲁迅的《狂人日记》、余华的《许三观卖血记》、陈忠实的《白鹿原》等小说文本,构成了关于 20 世纪小说的最经典的记忆。显然,这是一个不能被忽略的小说发展的世纪。

实际上,研究者也没有忽视这个世纪的小说的发展,各种解读、导读层出不穷。而且,前人学者从自己的学术背景和学术积累出发,对小说所做出的深富学理的解读,又在不断地丰富着小说的文本空间,丰满着小说研究的理论空间。他们对小说的阐释和价值认定,也为本书的展开提供了丰厚的积累。不过,考察这些研究成果可以发现,他们采用的体例基本上是以单篇小说、单个作家为解读对象,然后由对若干小说或者若干作家的分析建构起一部完整的书稿。这样的解读,显然是有其自身的价值的,在文本的细读中深入小说内部,揭示小说承载的丰厚的叙事内容,把握和理解小说的叙事技巧以及这样的叙事对于整个 20 世纪小说的价值意义,而且又融合着研究者个性化的学术理解和阐释智慧,无疑能为读者提供阅读的指导。

本书在这些研究成果的基础上,对体例做出了新的安排,不再着眼于单个的作家或者单个的作品,而是将 20 世纪的中国小说看成是一个整体,在对整体把握的基础之上,提炼出了苦难、爱情、战争等 9 个元素,试图以这些元素去涵盖和解读 20 世纪小说,以完成对 20 世纪小说的整体把握。这样的解读方式,避免了单篇细读中必然会存在的零散性特点;而且,将小说以各个元素串联在一起,形成了不同的小说的集合体,也能彰显出小说在不同时代的发展和关注重心的转移,以及叙事技巧的发展,常常既能关注到单个的小说文本特质,又能在小说历史的演进中完成价值的认定。

当然,本书以元素为切入点也存在一定的不足之处。比如,提炼的标准并不是很统一,苦难、爱情等是从内容层面入手的,游戏元素则着眼于形式技巧,这就不可避免地造成了逻辑性和体系性不是很严整。而且,一部小说的内容往往是复杂而丰富的,包含的元素也可能是多元的,如郁达夫的《沉沦》,既有爱情的元素、身体的元素,也有迁徙的元素。对此,本书根据小说文本自身的侧重点以及阐释的需要,作了必要的取舍和处理,尽量在对文本的分析中把握分寸感。

对 20 世纪中国小说的解读策略可以是多方面的,本书只是提供了一种新的切入点和分析视角,最终的目的也是为了获得对 20 世纪中国小说的新的认识和阐释,完成对 20 世纪中国小说的整体的把握和理解。

目　　录

第一章　苦难元素

苦难，显然是20世纪中国小说的一个关键词。在拯救国民灵魂、医治心灵创痛的总主题下，肇始于"五四"的中国现代小说一直将苦难视为重要的叙事资源，残破动荡的社会现实和主导的现实主义叙事策略，也促使苦难成为生活的本质内涵和文学的核心表达，文坛率先展示出了阿Q、祥林嫂们的苦难人生。20世纪30年代之后，战争不期而至，战争带来的伤痛以及战后对这种疼痛的回忆和抚摸，再次将苦难推上了小说的中心舞台，尽管这些小说常常渲染苦难在无产阶级革命事业中的微不足道和最终的被克服，呈现出一种英雄主义的气概，但苦难还是生活的现实存在和笼罩小说的显要色彩。以伤痕小说为开端标志的新时期文学，思潮和热点风起云涌，苦难却仍然是无法消解和摆脱的元素。余华曾说："作家要表达与之朝夕相处的现实，他常常会感到难以承受，蜂拥而来的真实几乎都在诉说着丑恶和阴险……"①尤其是进入20世纪90年代之后，底层写作和苦难书写成为了文学和评论界的一个关注点，作家叙写作为弱势群体的底层民众生存的艰难和不幸，内心的无助和无望，对弱势者的苦难境遇给予了积极的表达。显然，对苦难生活的观照依然是这一时期的主题，小说不可能改变苦难书写在文学叙事中的突出位置。这就是文学的现实，也是生活的本质。其实，人类的生存和发展，一直在经受着苦难的磨砺，或者说苦难才是人类历史的本相，对苦难的呈现和描摹构成了文学的真正力量。《红楼梦》《战争与和平》《人间喜剧》等经典名著，都以对人类生活苦难的叙述与描写，获得了艺术的张力。在这样的生存现实和文学主流语境中，苦难当然就成为20世纪众多中国作家表达的一个母题，成为与战争、政治等互相指涉的一个元素。

---

① 余华：《〈活着〉前言》，《活着》，南海出版公司1998年版，第2页。

一 形而上的苦难与形而下的苦难

苦难存在于每一个个体的生命形式中,构成了人类生存的本相和底色,人类无法摆脱苦难命运的追逐与纠缠。面对灾难的现实、艰辛的生活、荒谬的生存境遇、宿命的人生悲剧……作为具有觉醒的生命意识的生存个体,作家表达出了对人类生存之痛的深切关照与体恤。他们自觉地塑造遭受重重磨难的人物形象,铺写人物的苦难人生、无望的挣扎、难逃的命运劫难以及生命本体的欠缺等,完成了对苦难的形而上的探讨和形而下的展示。

对苦难的形而上的思考,主要出现于新时期的小说中,对生存困境和人性恶的反思和探讨构成了此时期小说的重要母题。余华前期小说创作是这一母题的典范代表。从成名作《十八岁出门远行》开始,充斥着暴力、血腥、杀戮,包孕着存在之难与生存之苦的"苦难"就一直是余华前期小说的铺写内容。《十八岁出门远行》中,叙述者"我"在一个"阳光非常美丽"的"晴朗温和的午后",抱着对成人世界的热切向往冲出了家门,然而"我"的真诚并没有得到成人世界的接纳,走了一天的路却找不到旅店,好不容易搭上了一辆运苹果的车,令人惊愕的遭遇却接踵而至。货车在行进途中无端抛锚,接着老乡们涌上来抢苹果。出于义愤和感激,"我"挺身而出,结果被打得头破血流;然而司机不仅对眼前发生的一切无动于衷,还似乎充当了这帮"暴民"的帮凶,对着"我"快意地大笑,最后抢走了"我"的背包,跟随着那帮抢劫的人离去。寂静而黑暗的天地里只剩下"遍体鳞伤的汽车和遍体鳞伤的我"。一个涉世未深的少年、满怀善良和纯真的"我"首次对成人世界的瞭望和切入,就遭到了似乎早就有预谋的成人们的嘲弄和拒绝,陷入了成人挖掘的苦难陷阱。世界的荒诞、他人的荒诞,甚至"我"的荒诞就不期然地在文本中呈现出来。尤其是"我"仗义挨打和司机违背常理同流合污的情节,将小说引向一种深层的思考:"我"的荒诞遭遇和司机的反常举动在一个荒诞的世界里是正常的行为,相反,由正常理性支持的"远行"在这里却是反常的、荒诞的,从而揭示出人作为一种被抛入的设计生存的荒诞性。《河边的错误》更是一次对生存的困境与荒谬的极端展示。一个疯子用一把粗陋的柴刀砍杀了一个又一个无辜的生命,然而因为疯不需受法律的约束,侦查科长马哲忍无可忍私自开枪打死了凶手疯子,却面临着法律的制裁。法律无法约束疯子却要对疯子实行保护,马哲为逃避法律只能装疯。疯子逍遥法外,而无辜的正常人许亮却因被卷进怪圈而变疯直至自杀。面对苦难无能为力的尴尬处境和荒诞的生存境遇就这样通过合乎常识的形式昭示出来。从这一层面上说,这些小说中的苦难摹写超越了现实的意义,是对生存困境中人的存在状态的有意识探讨,从而具有某种形而上学的本体论色彩。

小说对苦难书写的另一种形而上思考是揭示出了苦难和人性恶之间的关联。新时期以前的小说在陈述苦难时,常常将根源追究为是社会的罪恶,新时期小说则直接点明是人性的邪恶导致了苦难的发生,人性恶是造成苦难的主要元凶之一。余华的《四月三日事件》中亲生骨肉形同陌路,甚至比别人更残忍地将亲人推向死亡的边缘,人性的险恶暴露无遗。《现实一种》中人性的卑劣和残忍则直接推动了一场亲人手足互相残杀的血亲惨剧,而这一惨剧的根源又是四岁的皮皮对堂弟的虐待和误杀。堂弟"灿烂"的哭声让皮皮感到莫名的喜悦,就"对准堂弟的脸打去一个耳光",随后导致了堂弟再一次惊恐的嚎哭:

> 这声音嘹亮悦耳,使孩子异常激动。然而不久之后这哭声便跌落下去,因此他又给了他一个耳光。堂弟为了自卫而乱抓的手在他手背上留下了两道血痕,他一点也没觉察。他只是感到这一次耳光下去那哭声并没窒息,不过是响亮一点的继续,远没有刚才那么动人。所以他使足劲又打去一个,可是情况依然如此,那哭声无非是拖得长一点而已。于是他就放弃了这种办法,他伸手去卡堂弟的喉管,堂弟的双手便在他手背上乱抓起来。当他松开时,那如愿以偿的哭声又响了起来。他就这样不断去卡堂弟的喉管又不断松开,他一次次地享受着那爆破似的哭声。后来当他再松开手时,堂弟已经没有那种充满激情的哭声了,只不过是张着嘴一颤一颤地吐气,于是他开始感到索然无味,便走开了。

堂弟的哭声引发的是皮皮的兴奋以及对这哭声欣赏、享受的兴趣,就为了听到这哭声,皮皮可以打堂弟的耳光,不断地卡住堂弟的喉管又不断地松开,直到堂弟再也哭不出来,他才"索然无味"地走开。接着,皮皮抱着堂弟到屋外去看太阳,"然而孩子感到越来越沉重了,他感到这沉重来自手中抱着的东西,所以他就松开了手",那一刻,他"感到轻松自在"。甚至当看到堂弟头破血流地躺在地上时,皮皮还饶有兴致地"俯下身去察看,发现血是从脑袋里流出来的,流在地上像一朵花似的在慢吞吞开放着"。显然,皮皮的行为完全来自于本能,四岁的孩子还不具备严谨的思维逻辑没有预谋杀人的能力,是人性恶诱发了皮皮的暴力行为,导致了堂弟的被虐和被杀,也导致了之后的一系列惨剧和苦难。因此人性恶是造成一切暴力、血腥、残杀的根源,人们正是在罪恶本性的驱使之下,相互杀戮、伤害和欺诈,生活在彼此制造的苦难之中而无法逃避。因此,人性恶所带来的种种罪恶使世界如此可怕,使人们的生活灾难深重。

余华通过皮皮形象的塑造将人性恶渲染到了极致。当然余华并不是唯一的从人性恶角度去描摹苦难的作家,实际上,有不少作家选择了从人性恶的角度切入苦难。方方《落日》中的普通母亲丁太守寡五十年养大两个儿子,然而当丁太因为与儿子的口角喝下敌敌畏自杀时,儿孙们却各怀私心,不仅擅自终止抢救,而且将尚未死亡的老人送入了殡仪馆,真正导致了老人的死亡。阎连科的《坚硬如水》里高爱军为达到目的逼得妻子上吊、丈人发疯;和夏红梅偷情并用铁锨打死她的丈夫;"文化大革命"中惩罚"反革命"的方式是烧死、淹死、挖眼珠等酷刑。杨争光《棺材铺》里的杨明远为卖出棺材谋取私利,故意挑动小镇人们引发一场大规模的械斗,造成大批人员的死伤。可见,层出不穷的苦难都是以人的自私、冷漠等为触发因素,人性之恶是苦难的本原,要避免苦难必须要驱逐人性的恶。然而"人性并不像理想主义者曾经天真希望的那样善良或易于改变。创造邪恶的力量正是深深植根于人性之中的,即使是社会的全盘改造也远不足以根除它们。"[1]于是,苦难成为人们无法规避的一个元素。这也使苦难超越了现实的层面,构成了对克服苦难的乐观主义的消解。

对苦难的人性恶根源的揭示,对困境中人的生存状态的探讨,将苦难回归到本体的地位,这样的对苦难的阐述与讨论,将苦难提升到了形而上层面进行思考。然而对苦难的呈现是多元的,在一些小说中,铺写出了实实在在的苦难,与日常生活和社会生活紧密关联,苦难从形而上走向了形而下。

余华 20 世纪 90 年代的创作中就转而表达对具体的实在的苦难的描述热情。《活着》的主人公福贵,遭受了生命中最大的苦难,承受了生命中最深的痛楚:家人相继死去。父亲被他气死,母亲在他被国民党军队拉壮丁后因

---

① (美)罗伊·F. 鲍迈斯特尔:《恶》,东方出版社 1998 年版,第 95 页。

思念他而死,妻子家珍病死,唯一的儿子有庆给校长献血因抽血过度而死,女儿凤霞因病致哑又难产而死,女婿在工地被水泥板压死,外孙吃豆子撑死。然而这些苦难都与人性恶无关,无论是妻子的病死、女儿的难产还是外孙的撑死,不是天灾就是人祸,都可以找到现实的依据,并不是由人为的阴谋、暴力等造成。而福贵苦难的起源也是来自于自己的好赌。本来他曾是远近闻名的阔少爷,因为赌博输光了家产,沦为穷光蛋,然后才有一系列的家人死亡事件。这样的故事演绎和铺排,自然使苦难消解了形而上的色彩,从而与现实联系在了一起,具体得似乎使人可以触手可及。

《许三观卖血记》更是将苦难在日常化体现中变得愈发真实可感。许三观一次次的卖血都是源自苦难:为了付方铁匠儿子的医药费、为了度过饥荒之年、为了款待下乡的儿子的生产队长、为了筹集大儿子的医药费等。为了生存,为了解决生活中的物质的困境,许三观只能一次次地去卖血。卖血是许三观度过生活难关的唯一选择,卖血又构成了苦难本身。可以说许三观是以自己生命的精血与苦难签约,不断地出售给苦难。从自己的生命中抽出精血来维系这生命本身,铺写一条悲壮的卖血之路,呈现的是泣血的生存状态。苦难就在这样的过程中被极致地渲染了出来,正如余华自己所说:"在丧失与获取之间,苦难便被铺陈了出来。"①而且这些苦难基本上具体化为一种生活的贫困与物质的匮乏,消失了形而上的性质,带上了炊烟般的气息。其中经典的段落就是许三观在过生日的那天用嘴巴为每位家人炒了一个菜。事情的缘起是大跃进和水灾所带来的荒年,许三观一家每天喝两顿玉米稀粥度日,以睡觉来抵抗饥饿,甚至饿得忘记了糖的甜味。于是许三观决定用嘴巴炒菜让家人用耳朵听着吃,首先给三个孩子各炒了一盘红烧肉:"肉,有肥有瘦,红烧肉的话,最好是肥瘦各一半、而且还要带上肉皮,我先把肉切成一片一片的。有手指那么粗,半个手掌那么大。""我先把四片肉放到水里煮一会,煮熟就行,不能煮老了,煮熟后拿起来晾干,晾干以后放到油锅里一炸,再放上酱油,放上一点五香,放上一点黄酒,再放上水,就用文火慢慢地炖,炖上两个小时,水差不多炖干时,红烧肉就做成了……"然后又给妻子做了一份清炖鲫鱼,自己则是每次卖血后必吃的爆炒猪肝。许三观以黑色幽默的方式,以玩笑来处理痛苦与艰难。其实,面对过于沉重的苦难,极度的物质匮

---

① 余华:《虚伪的作品》,《上海文学》1989 年第 5 期。

乏，除了自我安慰、穷开心，许三观们还能做什么？只能画饼充饥，虽然场面显得很温馨，但苦难的弥漫却是不争的事实。这样的描写方式，就褪尽了苦难的宿命色彩，完全是一种具体的、世俗化的生活的贫困，并通过将苦难植入或还原到日常生活的书写中，形成对苦难的形而下思考和表达。

对苦难的这种把握和叙述方式，到了新写实小说中，依然继续蔓延，苦难与人们的衣食住行等日常行为紧密地联系在了一起。刘震云《一地鸡毛》一落笔就写到小林因为忘记将豆腐放进冰箱结果豆腐馊了，小林被老婆责骂；然后是为妻子调动单位（上班路远）求人的艰难；好不容易通了一趟直达车，却是陪坐（厂长小姨子也在这条线）；为儿子找人入托，却是陪读（邻居"印度女人"儿子上学需要有个玩伴）；等等。生活的琐碎和艰难共同构成了人生的沉重和苦难。刘恒《狗日的粮食》里光棍农民杨天宽用借的 200 斤谷子从人贩子处换来一长瘿袋的女人，这瘿袋每天的生活核心就是扒弄粮食，捡公家地里的，偷邻居院里的，甚至从驮山炮的骡子屁股下接回一篮热粪淘出两把整的碎的玉米粒。连生下的 6 个孩子也都是以大谷、大豆等粮食为名。但就是这样的一个瘿袋最后却因丢了一家赖以活命的购粮证而吞了苦杏仁自杀了。扒弄粮食成了一个农妇唯一的生活目标与内容，其根源就在于食不能果腹，粮食的匮乏使粮食高居于生命之上，农民的生命不可遏制地走向退化。由此可见，无论是城市平民的苦难还是乡村的苦难，基本上都被叙述成为物质的匮乏和生活的贫困，苦难剥离了形而上的元素而呈现出形而下的品性，充满现实的质感，具体而实实在在。

二　个体的苦难与国族的苦难

在 20 世纪的中国历史中，我们的国家、民族和个人，经历了山河破碎、动荡流离和命运多舛，苦难是笼罩在我们民族和个人头上的阴云。生活在这样环境中的作家，和所有的民众共同感受着国破家亡、时局动荡和生活的艰辛，也有着自己个体的命运遭际和生活的磨难，个体的苦难和国族的苦难自然成了他们创作展示的一个内容。

个体，无论是在家国破碎时期还是在和谐发展时期，都可能会遭遇到苦难，实际上，个人就是受难的主体。这是从新文学初始以来就呈现出来的书写内容。来自小城镇的孔乙己、祥林嫂和来自农村的阿 Q、闰土都在遭受着生活所带来的苦难。孔乙己穿着一件"又脏又破，似乎十多年没有补，也没有洗"的长衫，在咸亨酒店里站着喝酒，为了维持生计也"做些偷窃的事"，终而被打折了腿，不知所终。祥林嫂，在比他小十岁的丈夫死后，为逃避被婆婆卖掉的命运，逃到鲁镇四叔家做女佣，但还是被婆婆抢回去卖进了深山。然而祥林嫂的苦难远没有结束，第二任丈夫在婚后没几年就得伤寒死了，唯一的儿子阿毛又被狼吃掉。再次成为寡妇的祥林嫂只能又回到四叔家。但此时的祥林嫂，"手脚已没有先前一样灵活，记性也坏得多，死尸似的脸上又整日没有笑影"，每天重复着阿毛被狼吃掉的故事，直到她的悲哀被众人咀嚼成为渣滓。更为致命的事，因为嫁了两个丈夫，祥林嫂被视为是不洁净的女人，柳妈又告诉祥林嫂死后要被锯成两半，这引起了祥林嫂的恐慌，尤其是她按柳妈的建议捐了门槛后，依然没有被允许去碰祭祀的用具，给了祥林嫂更为残酷的打击："这一回她的变化非常大，第二天，不但眼睛凹陷下去，连精神也更不济了。而且很胆怯，不独怕黑夜，怕黑影，即使看见人，虽是自己的主人，也总惴惴的，犹如在白天出穴游行的小鼠；否则呆坐着，直是一个木偶人。"终于被四叔家所不容，沦为乞丐，在鲁镇的祝福声中悄然死去。祥林嫂一生的行状，完全可以用"苦难"两字去概括，从童养媳的命运到两个丈夫的相继去世，再到儿子被狼吃，祥林嫂一步步地遭受着打击，个体的生命在苦难面前显得极度的脆弱，只能由苦难摆布，在精神上和肉体上都被苦难消灭了。"上无片瓦，下无寸土"的阿Q，籍贯和经历都是渺茫的，一次心血来潮的自称姓赵，却被赵老太爷打了一嘴巴，"你怎么会姓赵——你哪里配姓赵！"阿Q没有家，寄居在土谷祠里，靠打短工维持生计，"割麦便割麦，春米便春米，撑船便撑船"，在遭遇了恋爱的悲剧之后，更只剩下"万不可脱"的裤子和"除了送人做鞋底之外"别无他用的破夹袄。贫穷苦难的阿Q终于也难逃杀头的命运，成了辛亥革命的替死鬼。闰土，少年时不仅是碧绿的西瓜地里刺猹的小英雄，还"能装弶捉小鸟雀"、"心里有无穷无尽的稀奇的事，都是我往常的朋友所不知道的"，活泼天真充满灵气。然而，"多子，饥荒，苛税，兵，匪，官，绅，都苦得他像一个木偶人了"。成年的闰土在苦难的折磨下不可避免地走向瑟缩和麻木。可见，鲁迅笔下的人物，都在遭受着各种各样的苦难的侵袭，苦难成为生存个体无法摆脱也是不可避免的元素，存在于生命个体的每一个人生阶段。这些人物都有着自己的苦难经历，尽管鲁迅是要借此揭示出国民劣根性，引起疗救的注意，从反封建的意图出发，塑造出人物精神与身体上的双重苦难,如科举制度对孔乙己的戕害,封建伦理道德对祥林嫂的束缚和吞噬;鲁迅的目的也不仅仅是写出孔乙己们的人生悲欢,而是通过这些个体形象的苦难历程来折射出特定时代里的某一类群体的历史命运和生存状况。但是尽管如此,苦难还是属于孔乙己和祥林嫂个体的,是作为生命个体的孔乙己、祥林嫂的具体的生存苦难和命运遭际,是个人的受难。

其实不仅鲁迅,在很长一段时间里,塑造苦难的人物形象,展现个体的生命际遇,是文学的一个重要内容。许志行《师弟》里瘦弱的杨大官,十三岁就被送去做学徒,名为学徒,其实也就是做各种杂务,最后因上门板时不小心摔下阶沿,伤了腰吐血而死。十二岁的阿凤(叶圣陶《阿凤》)则是童养媳,跟着婆婆做女佣,可是连笑的权利都没有,否则"就会有沉重的手掌打到头上来",而且她的"受骂受打同吃喝睡觉一样地平常"。翠儿(冰心《最后的安息》)更是不被当人看待,不仅是家里的苦力,还要遭到恶婆婆的殴打凌虐,后来因为表达了不堪受虐的出走意图而被婆婆殴打致死。还有王统照《湖畔儿语》里的小顺一家,极度的贫穷迫使后母在家接客,小顺只能到湖边游荡;柔石《为奴隶的母亲》里的春宝娘,被贫病交加的丈夫典给秀才,充当给秀才传宗接代的工具;老舍《月牙儿》里母亲为能养活女儿用尽了一切抗争办法,最后不得不靠做暗娼来维持生活,女儿厌恶母亲的职业,瞧不起母亲,但在一番碰壁、屈辱和不甘的挣扎之后,还是主动堕落走上了母亲的老路。个体的生命在贫困的生活和黑暗的现实面前,只留下苦难的影子,或者说苦难构成了阿凤、春宝娘们的全部人生,他们的名字是以苦难和生命为代价写成的。

如果说祥林嫂、春宝娘们的苦难人生常常与社会的压迫生活的贫困有着密切的关系,后来的创作中也多有涉及苦难与政治、文化等内容,这都将苦难与人物的外在环境作了勾连,客观展示出了生存环境对于人物苦难的意义。而20世纪90年代的小说,个体的苦难不仅延续了上述内容,还与人物自身的性格、选择等有牵涉,人物的苦难返归到人物本身,苦难的个体性更加的明显。鬼子《上午打瞌睡的女孩》中,女孩寒露下岗的母亲偷了一块脏肉,导致父亲的弃家出走,一个月后,母亲听说父亲已经回城并与一个妓女住在一家饭店里,于是开始了一场歇斯底里的寻夫历程,并神经质地逼迫着寒露毫无希望地寻找,找到变心的丈夫成了母亲的生活核心。但母亲近乎偏执的"寻找"带来的是一系列的灾难;寒露去美容屋打工被诱奸怀孕,母亲经受不住打击在绝望中自杀身亡。最后寒露又义无反顾地踏上了南下寻父的路程。在这样的过程中,母亲的偏执构成了苦难的重要根源,"这种苦难与历史的大语境是游离的,不是历史压力下无法逃避的苦难,也就是说这些在历史话语之外的叙事,往往指向了个性的偏执,现实的苦难转化为性格的悲剧。寒露母亲的偏执在小说中成为推动她苦难命运的内在的力量,像旋风一样裹挟着命运一步步向深渊滑落。"①因此这些苦难的生活,主要还是根源于个人的性格和个人的生活选择,《上午打瞌睡的女孩》中的母亲如此,《瓦城上空的麦田》(尽管发表在 2002 年,但在对苦难的表达上,依然延续了《上午打瞌睡的女孩》)中的李四也是如此,就因为儿女忘记了他的生日,就一气之下进城寻找,还突发奇想将自己的身份证和一个流浪者的骨灰盒送到了大女儿家,结果招致老伴的伤心而亡,房子被卖,自己也被逼而死,甚至连尸体也无人认领。李四的固执和选择酿成了不可挽回的悲剧。实际上母亲和李四等的寻找都带有很强的神经质特征,如果没有他们的偏执和歇斯底里,外部的社会现实显然并没有把他们逼上绝路,于是"苦难的产生与发展发生了颠倒:苦难导致了某些行动,例如寻找的行动,但其实是行动导致了一系列的苦难。寻找的过程就是受苦难的过程,作者无法找到相应的外力压迫机制,这使得受苦的过程如同自虐"②。苦难与人生悲剧虽然有着贫困等其他的因素,但主要的根源却是性格,这样的苦难显然只是个体的苦难。尽管将个性的偏执推向极端,将人生的苦难落实到个性上,在一定程度上失去了对历史、现实进行深度追问和理性思考的可能,然而对苦难的这样把握方式,又为苦难提供了一种新的内容和解读:苦难不仅来自社会和现实,也来自个体自身。

　　如上所述,在小说的情境中,受难的主体常常是个人,个体的苦难构成了苦难的一个重要层面。但苦难又往往不仅仅限于个人,小说也将叙述中所隐含的苦难意义指向了整个国家和民族,通过个人来承载和展现国族的苦难。茅盾《春蚕》中勤俭的老通宝一家,守着老父亲留下的一份家产,原本生活殷实,但是家产越守越小,生活越过越艰难,终于没有了自己的田地,还欠上了三百多块钱的债。满怀希望地盼来了春蚕的丰收,可"一个月光景的忍饥熬

---

①　吴雪丽:《从"苦难"书写看作家的叙事立场》,《西南民族大学学报(人文社科版)》2008 年第 11 期。

②　陈晓明:《无根的苦难:超越非历史化的困境》,《文学评论》2001 年第 5 期。

夜"换来的却是"白赔上十五担叶的桑地和三十块钱的债"。而这一切的根源老通宝看得很明白:"自从镇上有了洋纱,洋布,洋油,——这一类洋货,而且河里更有了小火轮以后,他自己田里生出来的东西就一天一天不值钱,而镇上的东西却一天一天的贵起来。"帝国主义的经济入侵造成了中国农村经济的困顿和破产,使老通宝们背上了帝国主义经济侵略所带来的苦难。这样的苦难就不仅仅是个人的,而是国族的。叶圣陶《多收了三五斗》中的"旧毡帽朋友",也跟老通宝一样面临着丰收成灾、谷贱伤农的困境,丰收的年景不仅没有给农民带来希望和喜悦,反而成了让农民们忧愁焦虑的大灾之年。各处的米潮水般地涌向万盛米行,造成米价暴跌,但是农民们只能忍痛割爱,因为"各处地方多的是洋米、洋面,头几批还没吃完,外洋大轮船又有几批运来了"。洋米洋面的大批量运入,实施着对中国的市场的争夺和占领,自然就压低了中国原粮的价格,其中的经济损失就只能由中国的农民去承担。所以,无论是老通宝还是"旧毡帽朋友"的苦难,都是来自于帝国主义日益加剧的经济渗透,他们凭借经济优势,将低价格低成本的商品大量地倾销到中国市场,造成了对自给自足的中国农村经济的极大破坏,也从根本上冲击了中国脆弱的民族工业,市场上充斥的是各种洋货。"旧毡帽朋友"在结束粜米拿到钱后,去镇上购置生活用品,如用的洋肥皂、洋火、洋油、洋瓷面盆、洋镜子,穿的洋布,小孩子玩的赛璐珞的洋团团、洋铁铜鼓、洋铁喇叭,等等,几乎所有的商品前都冠之以"洋"字。显然中国的原材料、粮食、加工业等市场明显地处于竞争中的劣势地位,经济的萧条和崩溃也就势所必然。老通宝们所承担的正是民族经济危机的苦难。

经济入侵造成了中国民族经济的崩溃,侵略战争给中国和中国民众带来的灾难更是深重。北平小羊圈胡同里十几户人家(老舍《四世同堂》),日本人的入侵给他们带来了痛苦和灾难。祁老人一家原本安乐幸福,但战争逼得濒于破产的规矩商人祁天佑自杀身亡,祁家的经济状况也随着战争的推进日益的艰难,妞妞幼小的生命被饥饿剥夺;原本文弱的诗人钱默吟被捕后,遭受坐电椅、鞭打等酷刑,牙齿所剩无几,视力模糊,儿子孟石看到父亲被捕气病去世,而钱太太撞死在了孟石的棺材上;小羊圈胡同里的其他人家如小崔等,也因为战争而陷入饥饿、贫穷和寒冷。随着民族陷入危亡的境地,苦难也就在所难免。莫言《红高粱》里的罗汉大爷被日本鬼子剥皮,"我奶奶"牺牲在了抗日的战场上。"倾巢之下,岂有完卵",侵略战争将中华民族和中国人民推入了苦难的境地。

　　当然在 20 世纪的中国历史上,外来的经济入侵和军事侵略只是造成苦难的一个元素,民族内部的战争、错误的政治路线等,也给整个国家带来了灾难。由于军阀战争,潘先生(叶圣陶《潘先生在难中》)只好携妻带子逃难到上海;祥子(老舍《骆驼祥子》)在兵荒马乱中被拉了壮丁丢了车。兵匪祸乱使整个国家陷入到民不聊生的荒凉,打破了普通百姓平静安逸的生活,摧毁了他们过上幸福生活的简单理想。古华《芙蓉镇》里的胡玉音,则在“文化大革命”的背景中,在“左倾”错误路线的制约下,演绎了一场与时代的苦难融为一体的人生经历。她凭借自己的辛勤劳动,盖起一座楼房,但在“四清”运动中却因此而被打成“新富农”,劳动成果成了走资本主义道路的铁证,新建的楼房被没收,丈夫含冤自杀,胡玉音也成了无产阶级专政的对象,饱受屈辱和折磨,直到十一届三中全会之后才摘掉“富农”的帽子。胡玉音的苦难融汇了这整个时代的鲜明特色。实际上人物只是古华表现时代的工具,时代才是小说写作的真正目的,而这个时代正是在错误的政治路线指导下的时代,这个时代的苦难是属于“文化大革命”背景下几乎所有国民的。

三　诗化的苦难与原生态的苦难

　　苦难是文学的重要元素,在 20 世纪的中国小说的发展的任何时段几乎都未曾缺席。但是由于时代的差异和作家审美态度的不同,小说对苦难的书写和展示又有着不同的释义向度,既有诗化苦难以避免直面苦难的无意义状态,赋予苦难理想化、浪漫化的色彩,又有将苦难还原为生活的本真状态,将苦难以原生态的方式展演出来,呈现出一种毛茸茸的生活的质感。对苦难的不同认知和审美把握在不同的小说叙事空间里形成了自己独特的苦难叙事。

　　诗化苦难在十七年小说、知青小说和反思小说中有着最为明显的表现。小说往往通过对苦难的浪漫化处理达到消解苦难的意图,凸显人物的英雄成长和超人式的道德意志。因此在文本中,苦难首先是英雄成长的悲壮仪式。张贤亮《绿化树》在序言中直接点明,要创作一部“唯物论者的启示录”,“描写一个出身于资产阶级家庭,甚至曾经有过朦胧的资产阶级人道主义和民主主义思想的青年,经过‘苦难的历程’,最终变成了一个马克思主义的信仰者”。于是,小说一开头就记下了阿·托尔斯泰在《苦难的历程》第二部《一九一八年》题记中的话："在清水里泡三次，在血水里泡三次，在碱水里泡三次。"主人公章永璘就在这样的浸泡中完成了一次蜕变，在苦难中磨炼了意志，也收获了忠诚和信仰。这些磨难以最世俗的物质匮乏的形式展现出来。章永璘每天面临的最大挑战是饥饿的威胁，"饥饿会变成一种有重量、有体积的实体，在胃里横冲直闯；还会发出声音，向全身的每一根神经呼喊：要吃！要吃！要吃！……"这是章永璘关于饥饿的最直接的感觉，于是，拥有着学识的知识分子的所有智慧，都用来解决食物问题以获得温饱：章永璘利用物理和几何原理发明了比别人多打 100 cc 稀饭的容器；刮笼屉布得到了至少一斤的馍馍渣；用欺骗的手段向一个老农用三斤土豆换取了五斤黄萝卜；还偷伙房马车上的糖萝卜……一次次的得手填饱了章永璘的肚子。但是喜悦之后的反思也蜂拥而至，当以自己的小聪明戏耍了老农得到黄萝卜之后，章永璘提出了"'我'啊，你究竟是怎样的一个人呢"的质疑，黄萝卜的丢失更使"我开始内疚起来，心里受到自谴自责的折磨。黄萝卜的得而复失，在我看来是冥冥中的惩罚和报应"，对自我的价值产生的羞愧和怀疑。于是"我"生活在了这样的矛盾的空间里："白天，我被求生的本能所驱使，我谄媚，我讨好，我妒忌，我耍各式各样的小聪明……但在黑夜，白天的种种卑贱和邪恶念头却使我吃惊，……我审视这一天的生活，带着对自己的深深的厌恶。我颤栗；我诅咒自己。"既认识到了填饱肚子这最朴素、最唯物主义的教育，同时又在不断的反思中，获得了一种哲学的思考和升华。因此，《绿化树》展现的正是章永璘在肉体的磨难中灵魂得到洗涤的心路历程，苦难成为章永璘英雄成长所必须经历的仪式。

这样的英雄成长在一段时期内是一个较为普遍的写作策略。张贤亮就说过，书写苦难是要"有意识地把这种伤痕能使人振奋、使人前进的那一面表现出来，不仅引起人哲理性的思考，而且给人以美的享受"①。张贤亮在创作中就坚持了这样的书写策略，章永璘是一个典型，《灵与肉》中的右派许灵均也是如此。遭受了 20 多年的社会的冷遇，灵与肉的磨难不仅没有摧毁他的意志，反而磨炼了他的精神，最终拒绝了富豪父亲的劝诱，回到了患难与共的妻子的身边，回到了大西北荒原上那座小土屋里。丛维熙《大墙下的红玉兰》中的"现行反革命"葛翎，在监狱中受尽造反派指使的犯人的报复和折

---

① 张贤亮：《从库图佐夫的独眼和纳尔逊的断臂谈起》，《小说选刊》1981 年第 1 期。

磨,但是强烈的爱憎和斗争意志依然没有改变,为了采摘几朵从大墙外伸进来的洁白的玉兰花祭奠周恩来总理,被打死在了监狱的墙头上,鲜血染红了洁白的玉兰花。一名老共产党员反抗邪恶的英勇气概在葛翎历经磨难的人生中获得了极好的展现。其他还有王蒙《布礼》中的钟亦成、鲁彦周《天云山传奇》中的罗群、冯晴岚,等等,都是历经磨难,但是他们和章永璘、许灵均一样,都没有被困难压垮,而是在苦难中磨炼了意志,获得了一种生命的成长,因此这些磨难从某种意义上说是他们人生历程上的一次次"成长仪式"。

在新中国成立后的革命历史题材小说中,苦难甚至常常以对肉体摧残和剥夺的形式出现,通过革命者从容忍受反革命的各种酷刑甚至泰然就义,来建构他们的光辉形象,苦难成了展现革命者坚定意志和崇高精神的工具。将这种苦难叙事渲染到极致的是《红岩》,江姐、许云峰、齐晓轩等都是在苦难的集中营中经过煎熬而成就的革命的英雄。经常被阐释的段落是,江姐被捕以后,敌人为了从她的口中得到他们想要的共产党的秘密,残酷地虐待着江姐,多次毒刑拷打江姐,甚至用竹签子钉她的双手:"一根,两根!……竹签深深地撕裂着血肉……左手,右手,两只手钉满了粗长的竹签……"然而所有的酷刑都没有奏效,一个对党的事业充满忠诚的坚强的共产主义战士的形象在这样的酷刑中日渐丰满。甚至到了临刑前,江姐也是心情"异常平静,没有激动,更没有恐惧与悲戚。黎明就在眼前,已经看见晨曦了。这是多少人向往过的时刻啊!此刻,她全身心充满了希望与幸福的感受,带着永恒的笑容,站起来,走到墙边,拿起梳子,在微光中,对着墙上的破镜,像平时一样从容地梳理她的头发。""换上了蓝色的旗袍,又披起那件红色的绒线衣",带着献身的精神从容而镇定地走向刑场,"像准备去参加欢乐的聚会,或者出席隆重的典礼似的"。对生命以暴力的形式剥夺本是最大的苦难,但是在这样的苦难面前,江姐依然安详而镇定。而齐晓轩的死亡更是带上了浪漫化的色彩,为了掩护越狱的同志,挺立在探照灯的光柱中从容面对射向他的无数弹流:"'扫射吧!'他把双手叉在腰间,一动也不动地分开双脚,稳稳地踏住岩石。'子弹征服不了共产党人!'齐晓轩苍白带血的脸上露出冷笑,让鲜血从洞穿的身上流出,染遍了脚下的红岩……"豪言壮语伴随着大义凛然的气度演绎出了面对死亡的诗化图景,齐晓轩的形象拔地而起高耸入云。确实,对一个有着坚定政治信仰的革命者来说,所有的苦难都只是磨炼他们意志的工具,他们都将在这种磨炼中彰显出超人式的意志和道德。从这样的角度去定义和叙述苦难,苦难也就不再痛苦可怕,它只是为受难者提供了锤炼和洗礼的机会,于是一个个的落难者都变成了英雄,洋溢着神圣而悲壮的美感。

因此,苦难以英雄成长仪式的形式在众多的小说文本中铺写,作为彰显英雄崇高精神的工具得以完成对苦难的消解。然而由于作家对苦难的理解和把握不同,叙事的意图的差异,对苦难的叙事策略也就各异。梁晓声的《这是一片神奇的土地》《今夜有暴风雪》等小说中,苦难淡化为一种生存的环境和背景,他并不着意地渲染苦难,而是要写出生活在这样的环境中的知青们的精神状态。于是垦荒的艰苦和险恶退隐了,小说的重心是描述在寒冷荒凉的北大荒,不安于现状的知青组织了先遣队,开进了"满盖荒原",以青春的激情和意志,战胜了饥饿、严寒和饿狼,牺牲了三个青春的生命,也征服了恐怖的"鬼沼"和神秘的荒原(《这是一片神奇的土地》)。作者的意图显然是要阐明,无论历史如何的荒谬,年轻生命的创业信念和高贵的生命质量将会成为一座时代的丰碑矗立在历史里。张贤亮对苦难的叙述策略则采纳了传统的"才子落难,佳人搭救"的情节模式:《绿化树》中的章永璘赢得了马樱花的爱情,即使苦得头上长草也心甘情愿地呵护着章永璘;《灵与肉》中许灵均身边有先结婚后恋爱的妻子李秀芝;等等。这种才子佳人模式成为当时文学的一抹亮色,鲁彦周《天云山传奇》中的罗群也有冯晴岚爱情的守护。这些爱情元素的融入使苦难的书写过程中带上了温暖的色彩温馨的气氛,苦难在这温暖的映照下被消解殆尽。这正如陈晓明对张贤亮创作的阐释:"事实上,在小说的叙事中,那些苦难早已为爱情的温馨所遮蔽,也就是说,伤痕太美了,以至于在美的光辉映照下,根本看不到伤痕了。"①评说的是张贤亮,适用的却不仅仅是张贤亮的创作。

对苦难的浪漫化处理使小说中的苦难被遮蔽或者诗化,尽管读者能感受到章永璘的饥饿,江姐遭受的刑罚的残酷,但是透过苦难,读者看到的是章永璘向一个马克思主义信仰者的蜕变,江姐在酷刑面前的勇气和意志的力量。小说中都存在着化解苦难的理想主义倾向。这是对苦难的一种书写方式。在 20 世纪的小说中,与之相对的苦难书写方式是原生态,对苦难不作任何诗化、浪漫化的处理,呈现出毛茸茸的苦难的质感。浙东乡土小说首先以原生

---

① 陈晓明:《表意的焦虑:历史去魅与当代文学变革》,中央编译出版社 2006 年版,第 15 页。

态的方式铺写苦难。小说中的人物不再是江姐这样的英雄,而是农民、知识分子等普通人,所遭受的苦难也来自日常的生活琐事。王鲁彦《黄金》中的如史伯伯,本是陈四桥颇受人尊敬的人物,家庭也是安安稳稳的小康之家,然而只因在外工作的儿子没有在年终寄钱回家,如史伯伯和他的家庭开始陷入到各种苦难之中:如史伯母去邻居家串门,被人疑为是去借钱,遭到了冷遇;如史伯伯去参加婚宴,遭到冷嘲热讽还屈居末席;女儿在学校,同学冷淡、讥笑她,先生诬陷她写的作文是抄的,还被打了二十下手心;家里的黑狗被屠户砍死;操持的祭祖羹饭被人挑剔;强讨饭趁机欺压蛮横耍赖,勒索现洋;家中横遭盗贼,两箱衣物被偷去,如史伯伯却不敢报警,怕被安上更不好的名声,被怀疑是假装失盗赖钱。小说将如史伯伯的生活写得灾祸丛生,如史伯伯也在这灾祸中感到了绝望:"时日在如史伯伯夫妻是这样的艰难,这样的沉重,他们俩都消瘦了,尤其是如史伯伯。他觉得自己仿佛是一匹拖重载的驴子,挨着饿,耐着苦,忍着叱咤的鞭子,颠蹶着在雨后泥途中行走。但前途又是这样的渺茫,没有一线光明,没有一点希望。"然而,如史伯伯的遭遇和绝望都是来自于生活中的琐碎的细节,无论是强讨饭的耍赖还是黑狗的被杀,莫不如是。王鲁彦用一种细密的文笔去叙述浙东农村的家常生活,在生活的细节和平凡琐事中书写如史伯伯一家陷入的苦难境地,苦难以一种原生态的方式呈现出来。鲁迅先生曾将这概括为是"几乎无事的悲剧",他在评析了果戈理《死魂灵》中地主罗士特莱罗夫要求乞乞科夫摸狗和狗的鼻子这一细节后写了这样一段话:"这些极平常的,或者简直近于没有事情的悲剧,正如无声的言语一样,非由诗人画出它的形象来,是很不容易觉察的。然而人们灭亡于英雄的特别的悲剧者少,消磨于极平常的,或者简直近于没有事情的悲剧者却多。"[①]

确实,普通人的苦难常常是来自日常生活的琐碎。许钦文《疯妇》中的双喜的妻子,因为眷恋和思念丈夫,在淘米洗菜时出了一点小差错,米淘箩翻到了河里,鲞头被猫叼走,就遭到了乖戾的婆婆的责难,终而至于疯而死。小说选取的只是农村中平凡的生活小事,双喜妻子的苦难也只是来自一个小小的差错,但是就是这样的生活琐碎给双喜妻子带来了毁灭性的灾难。台静农

---

① 鲁迅:《几乎无事的悲剧》,《鲁迅全集》第 6 卷,人民文学出版社 2005 年版,第 383 页。

《拜堂》选取的也是乡间日常生活中的一幕，寡嫂和小叔子汪二迫于生活的困苦和娶亲的艰难，在一个黑夜的孤寂中草草成亲。和《黄金》《疯妇》一样，《拜堂》也是着眼于对日常生活的原生态书写，小说细腻而逼真地讲述汪二为拜堂买香表蜡烛；汪大嫂在二更天去请牵亲的田大娘、赵二嫂；深夜子时凄凉而庄严的拜堂过程；等等。一个婚嫁的场景在小说中被演绎得凄凉孤寂，汪大嫂和汪二的苦难也在这凄凉孤寂中透示出来。显然，从日常生活琐碎切入对普通人的苦难的描写，使苦难显得切近而真实，带着一种毛茸茸的生活质感。

浙东乡土小说以对平凡琐事的书写揭示出苦难的生活实质，这与发端于20 世纪 80 年代后期的新写实小说有着某种类似。新写实也以对鸡毛蒜皮的生活细节不厌其烦的描述彰显出生活的苦难实质，但是比浙东乡土小说更走向一种形而下的具象化。小说所写的都是司空见惯的生活琐事：住房的拥挤、孩子入托、工作的调动、排队抢购大白菜、拉蜂窝煤、挤车子等，平庸琐碎的日常生活情境构成了小说的叙事空间，诸如鸡毛蒜皮般的日常琐事塞满了生命的每个角落。池莉的《烦恼人生》写出的则是高级技工印加厚一个工作日的种种烦恼：半夜儿子从床上掉下来，妻子责备："是男子汉，要老婆儿子，就该有个地方养老婆儿子！窝囊巴叽的，八棍子打不出一个屁来，算什么男人！"早上起来与邻居们挤着上厕所洗漱，遭到邻居的嘲笑还没勇气还嘴；带儿子挤车、过轮渡；排队买早点；上班迟到，一等奖金落空，徒弟雅莉替他说话他不敢吱声；雅莉向他表达爱意他不敢接受；食堂吃午饭吃出半条青虫；下午上班想起初恋情人；工作挨厂长批评；下班接儿子回家，再过轮渡挤车到家；晚饭后看新闻、睡觉入梦。这样一天的生活流程，展示的正是大多数普通人的窘迫的生活实况和世俗、琐屑的生存状态。日常生活中的苦难的具体事件以原生态和纯态事实的方式全面地走入了文学的写作之中，进入了小说的叙事空间。刘震云《一地鸡毛》中小林的苦难也是来自琐碎的日常生存，小说从"小林家一斤豆腐变馊了"这样一个庸常的生活琐事切入，叙述了小林和老婆吵架，抄水表的暗示他们偷水，老婆调动工作，孩子入托，排队抢购大白菜以及每天的上班下班，吃饭睡觉，等等，酸甜苦辣的日常琐事构成了小林的全部生活内容和小说的全部情节。由此可见，新写实小说力图把人还原为普通人，并从普通人的生存，如衣食住行、饮食男女等层面展现生活的本质，刻意将视点下沉到普通人和他们凡庸的社会生活场景，以表达对生存困境的思考和关怀。这正如陈思和所说:"它(指新写实小说)彻底撕破了塑造工农兵'高大全'英雄理论的虚伪性。对下层社会生活中的人们作了实事求是的观察与描写……作家们不厌其烦地写人物的吃喝拉睡和种种怪痴行为,表现出人的自然形态……"①日常生活在小说中开始有了自己的意义,原生态的世俗生存和日常生活构成了新写实小说艺术观照的元点,苦难呈现出了原生态的特质。

　　综上所述,在20世纪中国小说的发展流程中,苦难是一个从未缺席的元素。从"五四"的写实派小说到新时期的先锋小说、新写实小说等,对苦难的描述一直在小说中绵延。尽管对苦难的把握和呈现方式多有差异,存在着形而下和形而上的区别、诗化和原生态的审美态度的不同,但都从各自的角度表达着作家对个体生存和国族命运的思考,对人性、对人类生存的反思。当然,上述对苦难的划分都是相对的,《祝福》中祥林嫂的苦难,既是个体的,但又与社会有着密切的关联,封建的伦理道德是祥林嫂苦难的主要根源。同时,祥林嫂的苦难既是具体的生存苦难,有着被迫改嫁、儿子被狼叼走等生活的细节,然而又有着形而上的探讨。一个人物的身上,往往承载着作者的多元的思考,人物的苦难也常常不仅仅只有一个根源,只不过总有某一项内容在苦难人物的生活中占着主导的地位。因此,苦难的分类是相对的,而苦难的绵延是绝对的,只要人类的生活还在延续。

---

① 陈思和:《自然主义与生存意识》,《钟山》1990年第4期。

第二章　战争元素

20世纪是一个战火频仍的世纪,两次世界大战以及频繁的局部战争几乎覆盖了整个百年。中国也经历了一个世纪的战争,从军阀混战、抗日战争、解放战争,再到新中国成立后的抗美援朝保家卫国、对越自卫反击战,等等,战争构成了中国现实生活的重要内容。作为反映现实的文艺,小说创作当然不可能将战争元素排斥在题材之外,深受战争煎熬和生存威胁的作家自然也会将战争纳入到自己的小说创作之中,《八月的乡村》《四世同堂》《红日》《红高粱》等小说都不同程度地涉及了战争。战争,不可避免地成为20世纪中国小说的一个重要元素。

反观战争元素在20世纪中国小说中的呈现,"五四"并不是一个热衷表现战争的时代,作家执著追求的是文化启蒙,以社会思想者的身份反思历史,批判现实。鲁迅就主要选择了农民和知识分子作为启蒙的对象,以对国民劣根性的揭示完成启蒙的目的,而对战争则几乎没有涉及。直到20世纪30年代左右,随着《铁流》等西方战争小说的翻译引进,尤其是"九一八"、"一·二八"事变引发的民族危机,才催逼着小说热点关注战争,并将对战争的描述一直延续到抗日战争和解放战争阶段。对此,胡风在1941年的《民族战争与新文艺传统》一文中写道:"当战争挟着震撼大地,使各方面的生活都遭受着变动的气势而来了的时候,不仅现实主义的革命文艺,所有文艺领域上的各方面,都或早或迟、或强或弱地发出了自己的声音。"①正是因为抗战,文学进入了战时状态,小说也不例外。进入新中国成立后的十七年文学,由于小说作者绝大多数参与和见证了战争的进程,作为战争的胜利者和幸存者,他们要用文字的形式记录曾经的辉煌和战争的残酷,追忆往日战场上的胜利和关

---

① 胡风:《民族战争与新文艺传统》,《胡风评论集》(中册),人民文学出版社1984年版,第142-143页。

于战争的生命体验,战争又成为小说创作的热潮,《红日》《林海雪原》《保卫延安》是这一时期代表性的革命历史题材小说作品,它们常常通过对中国共产党领导的革命战争史诗般的描述,在宏大叙事中塑造和讴歌英雄,呈现出英雄主义的创作基调,这是十七年时期表达战争的方式和主旋律。之后,新时期的小说对战争的表达则常常剥离了这种英雄主义化的神圣化的革命历史叙事,将战争的历史还原,在对革命历史的解构和颠覆中,完成对革命历史的个人化解读。莫言《红高粱》讲述的就是由土匪、流浪汉、轿夫等拼凑起来的乌合之众,这些充满野性的另类,在抗日烽烟中生命力的迸发。

可以说,战争以一种不可或缺的姿态绵延在整个 20 世纪的中国小说创作中,尽管它的呈现方式有所不同,既有正面写实,也有诗意的描绘;既有对神化英雄的塑造,也描写英雄的人性回归。但不管战争以什么样的面目出现在小说中,都在提供一个事实。战争,是 20 世纪中国小说中的一个重要元素,也是书写小说历程的一个关键词。

一 作为主体或者背景的战争叙事

战争在小说文本中的呈现或者说存在的方式并不相同,不同作家会采用个性化的方式处理战争元素以服务于自己的创作意图。有的以战争为书写对象,在小说中铺写战争的残酷和战斗的血腥,揭示出战争的整个过程,并将战争推进到读者的眼前;有的则只是将战争作为一种故事发生的背景,虽然战争的云雾依然在小说中笼罩,但战争不是主体,表现战争也不是写作的目的,小说要展示出的是战争背景下人的生存与人性。战争元素以主体或者背景的形式存在于小说的文本空间中,表达着作者对战争的不同理解和把握。

作为写作主体的战争元素,战争在小说中承担着主角的功能,也是弥漫在小说中的主导情绪。对战争的这种体认方式在整个 20 世纪中国的战争小说中并不鲜见。杜鹏程的《保卫延安》就在广阔的历史背景上展现了解放战争中敌我双方的大兵团作战,大规模的军事行动是小说的主要表现对象。小说中的叙述者紧紧追随周大勇和他的连队,按时间顺序完成了对延安保卫战全过程的线性叙述。故事开始于 1947 年的 3 月,随着国民党数十万大军的大举进犯,我军战略撤出延安。但就在撤出后的第 6 天,我军在青化砭设下埋伏,待敌人进入包围圈后,"战士们像猛然暴涨的山洪一样,向山沟中冲下来了","土坡上,尘土漫天,枪声炮声喊声像狂风在吼,摇得山脉直晃荡",干脆利索地消灭了四千敌人,取得了青化砭伏击战的胜利。随后,彭德怀司令员又抓紧战机,亲自指挥了蟠龙镇攻坚战,由连长周大勇诱敌北上,牵着敌人的主力在山头上转悠,引向蟠龙镇北 400 里外的绥德。蟠龙镇大捷后,周大勇的连队又在长城线上与敌人展开了突围战,经受着伤痛、饥饿、寒冷和疲劳,与敌人全力周旋,最终胜利回到陕甘宁边区的土地上。8 月中旬以后,我军在西北战场从防御转入反攻,通过沙家店战役,歼灭敌人的主力部队,九里山追击战则阻击了溃逃的敌人。整个小说的主干就是由青化砭伏击战、蟠龙镇攻坚战、长城线运动战、沙家店歼灭战、九里山追击战这五大战役所组成的。甚至小说各章的标题几乎都是以这几次战役为题:"蟠龙镇""长城线上""沙家店""九里山"等,既是章节的标题也是战役的名称。由此可见,在《保卫延安》这部小说中,战争凌驾于一切之上,无论是大大小小战斗的组织和进行,还是战争场面的空前残酷和激烈,都将战争本身推到了前台,几大战役构成了小说的主线,一切都是为战争服务的。

将战争作为创作的主体,其实是很多作家在创作战争小说时常用的策略。吴强的《红日》也不例外,小说反映的是解放战争初期东线山东战场的战斗。1946 年,张灵甫率领的国民党 74 师攻占涟水城,这支蒋介石用全副美式装备武装起来的嫡系王牌部队,国民党五大主力部队的第一主力,造成解放军华东野战军的大量伤亡不得不撤出阵地。骄横狂妄的张灵甫因为这场胜利更加不可一世,配合八十三师等 20 万人,又向山东临沂方向齐头并进,拉开了莱芜战役的序幕。可是战局却急转直下,在解放军的猛烈进攻下,莱芜的敌人企图向吐丝口镇突围,却被解放军的突击力量以最快的速度消灭了师部。莱芜大捷改变了敌我双方对垒的形势,尽管国民党还试图将华东野战军消灭在沂蒙山区,但 74 师却失利重重,被围困于孟良崮,最终遭到歼灭的命运,师长张灵甫也被击毙。整部小说以涟水、莱芜、孟良崮这三个连贯的战役作为情节的发展主线,展示的是在敌我双方力量悬殊的前提之下,共产党领导的解放军全歼国民党整编 74 师,取得辉煌的胜利。小说的演进完全围绕战争的推进展开,具体战役的部署、指挥和战斗场面的波澜壮阔构成了小说的叙述核心。魏巍的《东方》则描写了抗美援朝战争的全过程。从志愿军出国作战到凯旋归国,其中重大的战役和战斗、战争局势的演变、战略方针的变化等,都在小说中得到了不同程度的表现。这些小说都将主角定位为战争,关注战争形势的总体发展、敌我双方的战略部署、重大战役的演进过程,往往以战争场面的具体呈现和战事的推进过程作为小说的叙述内容和叙事顺序,战争是小说的呈现核心。

与作为主体的战争叙事相对的,是一部分小说将战争演化为故事的背景,战争不再成为小说所表达的主要对象,只是为小说中人物的活动提供了环境和背景,并杂糅进了作者对战争和人事的思考。20世纪三四十年代出现过不少以战争为背景的经典作品。巴金的《寒夜》写出的就是一个普通家庭在战争和社会的磨难中的破毁。主人公汪文宣和曾树生曾是上海某大学教育系的毕业生,受过现代西方新思想熏陶与启迪的他们,怀抱着"教育救国"的执著理想。然而,日本的入侵,战争的弥漫,毁灭了汪文宣们的美好理想。为了逃生,汪文宣带着一家老小从上海辗转跋涉,流落到了当时的陪都重庆,汪文宣在一家"半官半商的图书公司"当校对,曾树生则是私立的大川银行职员,其实只是充当花瓶,自有难言的苦衷。由于战时的物价飞涨,物资短缺,汪文宣微薄的工资收入难以养家糊口,曾树生的经济来源成为了贴补家用的主要支柱,汪文宣还常常受到失业的威胁。这种生存的困境也加剧了婆媳的不和。尽管曾树生和汪母之间的矛盾冲突有着多重的元素,但战争导致的生活每况愈下显然起到了一种推波助澜的作用,她们之间的争吵在一定意义上也是她们在困境中发泄苦闷的方式,巴金也曾说:"不死不活的困苦生活增加了意见不合的婆媳间的纠纷。"①而这种争吵,又将汪文宣推入到两难的境地,于是他只好在进退两难中把过错全部归咎于自己。但是汪文宣的这种自我牺牲式的选择不但不能息事宁人,反而使矛盾更加激化。母亲觉得他在偏袒媳妇,妻子觉得他更爱母亲,于是他便陷入了更深的危机之中。战争带来的生活的困顿,以及家庭的纠纷、社会的冷酷,压得汪文宣得了难以治愈的"肺结核"病,心灵也日渐萎缩。曾树生也因无法忍受家庭的阴寒、婆婆的恶语、丈夫的无能离家出走。最终,失业和病重的汪文宣在抗战胜利之时死于贫病的煎熬中。尽管,汪文宣和曾树生的人生悲剧之中有着多样的根源,但战争的影响是明显的。有学者就做出过这样的评论:"一切不幸、贫穷、失业、疾病都与万恶的战争和黑暗的社会分不开。小说在这一点上,显示了

---

① 巴金:《谈〈寒夜〉》,《寒夜》,人民文学出版社1983年版,第263页。

他尖锐的批判力量。"①巴金也坦言:"整个故事就在我当时住处的四周进行,在我住房的楼上,在这座大楼的大门口,在民国路和附近的几条街。人们躲警报,喝酒,吵架,生病……这一类的事每天都在发生。物价飞涨,生活困难,战场失利,人心惶惶……我不论到哪里,甚至坐在小屋内,也听得见一般'小人物'的诉苦和呼吁。"②显然,巴金是要写出战争背景下、黑暗现实中的小人物的"诉苦和呼吁",因此,小说一开篇写的就是"紧急警报发出后快半点钟了,天空里隐隐约约地响着飞机的声音,街上很静,没有一点亮光",一下子将读者带入了战争的氛围中。最终汪文宣死在抗战胜利之时:"街头锣鼓喧天,人们正在庆祝胜利,用花炮烧龙灯。"曾树生在抗战胜利后依然被孤寂凄清的寒夜所包围。战争是人们生活展开的主要背景,也给人们的生活带来了无尽的影响,汪文宣只是在这场战争中毁灭的一个小人物而已。

之前曾经论及,在中国现代文学的 30 年发展空间里,战争题材并不是被关注的热点话题,从"五四"走来或者受"五四"熏陶的作家,依然坚守的是"五四"的启蒙传统,启蒙文学是现代文学发展的主流话语。而战争题材则由于与政治、时代的过分贴近而遭到了作家的放弃,尽管也有战争文学的出现,将小说的叙述空间交给了对战争的呈现和表达,但是无论从数量上还是从质量上都不容乐观。然而在现实生活中,战争又是一个无法逃避的事实,30 年的时间维度里几乎都有战争的阴云笼罩,作家也饱受战争所带来的流离之苦,从物质上到精神上都遭受着战争的折磨。因此,即使作家不正面描写战争,也会将故事放到战争的背景中讲述。《寒夜》讲述的一对受过新式教育的现代知识分子理想破灭、青春消逝、人性扭曲的故事,是在战争的环境中展开的;钱钟书的《围城》写出的是抗战背景下一群中上层知识分子的彷徨、空虚等的精神病态;老舍的《四世同堂》呈现的是北京沦陷以后市民的众生相;路翎《财主的儿女们》则在"一·二八"到"七七"以后这样一个大的历史背景之下,展示了苏州首富蒋捷三大家庭在下一代的争夺与出逃中分崩离析的过程,历史地表现出了抗战前后中国知识分子的悲剧道路。这些作品仍然延续的是"五四"启蒙的血脉,战争只是作为背景而存在,对政治、战争的

---

① 钱理群、温儒敏、吴福辉:《中国现代文学三十年》,北京大学出版社 1998 年版,第 208 页。

② 巴金:《谈〈寒夜〉》,《寒夜》,人民文学出版社 1983 年版,第 260 页。

思考并不是小说的目的。

将战争作为背景，或者借助战争背景来完成或者表达哲理的思考，这样的写作策略在新中国成立后的文学，尤其是 20 世纪 80 年代以来的小说中依然存在，并具有新时期的独特思考。格非的《迷舟》一开始就将故事放置到战争的环境中："一九二八年三月二十一日，北伐军先头部队突然出现在兰江两岸。孙传芳部守军 31 师不战而降。北伐军迅速控制了兰江和涟水交接处的重镇榆关。"随之展开的是一个关于战争和爱情的故事，扭结这两条线索的是孙传芳手下的一个旅长"萧"，故事的核心细节是"萧去榆关"，然而就在这个关键情节上出现了一个空缺，萧去榆关到底是去会情人杏还是送情报？这个空缺不仅断送了萧的性命，也使故事成为一个无法解开的谜，故事的确定性丧失了。小说显然并不意在展现战争的画面和过程，而是借助于战争这个环境，通过结构的空缺这一叙述策略完成对历史、对历史的书写的质疑。陈忠实《白鹿原》中同样经历着日寇入侵、三年内战等战争情境，然而小说的核心是突出文化冲突所激起的人性冲突和传统礼教压抑下的惨烈文化景象，试图从民族文化精神所培育的文化人格切入，探究民族的历史命运和文化命运。莫言《红高粱》描写的则是抗战情势下生命力的昂扬，生命的充盈和沉酣，民族的血性和刚勇。因此进入新时期以后，随着文学自身的发展和作家观念的变化，作家对战争的理解也呈现出了个性化的色彩，战争作为"外壳"的身份越来越彰显。莫言就表达过这样的"战争观"："我认为，战争无非是作家写作时借用的一个环境，利用这个环境来表现人在特定条件下感情所发生的变化。"①作家显然更愿意将战争作为一个环境，以此来表现生活在这环境中的人物的生存、命运等。

二　战争的正面写实或者诗化描绘

对战争的书写方式可以是多元的，每个作家对战争的体认和感受也是千差万别，既有可能是残酷血腥，也有可能是浪漫诗化，于是在小说中对战争的书写也有正面写实和诗化描绘的多重可能性。

---

① 莫言：《我为什么要写〈红高粱家族〉——在〈检察日报〉通讯员学习班上的演讲》，杨扬：《莫言研究资料》，天津人民出版社 2005 年版，第 44 页。

对战争的正面写实,应该是战争小说的主流。一方面,"五四"新文学以来,现实主义一直占据文坛的主流话语,对现实人生和社会的如实反映是众多作家的追求;另一方面,战争在更多时候呈现的是流血和牺牲,是血肉之躯在枪炮声中的碎裂,是战争招致的饥饿、贫穷和流亡,面对这样的现实,描摹和揭示战争的残酷血腥本质常常是作家的首要之选。而且,在抗日战争时期,中日经济、军事实力对比悬殊,中国既没有制空的优势,也没有钢筋水泥构筑的坚固的地面工事,武器装备上多是步枪、大刀、手榴弹,很少有大炮等重型武器,以此去对抗装备精良的日军,其中的惨烈可想而知。丘东平的小说就以对战争生活的残酷面的纪实书写引人注目。作为战争的亲历者,丘东平直接体验了战争的厮杀,目睹了狼藉满地的死尸和血污,"满地的弹壳、死尸——敌军的、我军的、难民的,鲜红的血发出暗光,空气里充满着血腥"(丘东平《我认识了这样的敌人》),对战争的书写也就更加真实。在《一个连长的战斗遭遇》中,丘东平这样描写敌人的炮火:

> 从阵地望去,相距约六百米远,中国军第一线左翼突然现出了一个缺口,溃败下来了,像决堤之水似的溃败下来了。这里的炮火的猛烈是空前的,在那直冲天际的跟随炮弹的炸裂而喷射的泥土和烟火中,溃败的中国军似乎把方向迷失了,只管在愚蠢地寻觅着。他们的战斗力完全为日本的强大的炮火所攫夺,他们的服装,他们的手中的武器,甚至他们整个的身体仿佛对于他们残败下来的灵魂都成为可悲的赘累。敌人的炮弹已经开始延伸射击了,密集的炮弹依据着错综复杂的线作着舞蹈,它们带来了一阵阵的威武的旋风,在迫临着地面的低空里像有无数的鸥鸟在头上飞过似的发出令人颤抖的叫鸣,然后一齐地猛袭下来,使整个的地壳发出惊愕,徐徐地把身受的痛苦向着别处传播,却默默地扼制了沉重的叹息和呻吟……

弥漫的硝烟,猛烈的炮火,使战场成为杀戮之地,生命在其中如草芥般被摧毁。"江阴炮台的战士们激战七天,最后百分之九十五阵亡,两个营最后只剩下四十六人";排长蒋秀被坦克的蚕轮带进车底,碾成肉酱(丘东平《我们在那里打了败仗》)。酷烈的战斗,巨大的牺牲,这就是战争的真实状态,狰狞、嗜血,带着盲目的破坏性。作家对战争画面的真实书写,也将读者带回到了那个炮火纷飞的年代。

这种对战争画面残酷性的真实书写一直在中国的战争小说中延续。乔良的《灵旗》，以使红军从八余万大军锐减为 3 万人的湘江战役为背景展开叙事，还原了湘江之战惨败的历史真相。战争的惨烈依然是令人触目惊心的：

> 一仗打下来，从山顶到山脚都红透了，全是血。二拐子连说带比划。全是血，踩上去脚都拔不起。湘江早涨红了，血水往海阳山倒灌。遍地都是红头勇，就是红军。也叫红粮崽。除了死的，活下来的全挂花。好多都是被竹签子锥的。这是李军造的孽。李军就是桂军。桂军就是广西军。他们硬要家家户户都交二十根竹签，一色用青篾竹。要带青皮的。要削得尖又细，每根长一拃，五寸多。还要用人尿马尿泡过。再浇上桐油。这东西毒得很。人踩上，扎伤不说，还会中毒。淌脓水，烂脚板，走不得路。民团就趁机收拾红军。民团杀人好狠噢。认真打火他们不行。他们全是战后英雄。搜红军，抓红军，杀红军，他们比李还厉害，手段也狠。岭上、坡头，沟底，石头缝，竹林子，任你躲到哪里，民团也能把你抠出来。身体好的，绑到县城去讨赏。走不动的，就地乱枪乱棍打死。民团打死的红军，怕比李军打死的还多。哪个晓得红军委实太多了，硬是杀不完。有的人伤重走不远，有的人饿得受不了，就连死也不怕了，大白天爬到村里来讨水，讨吃。看到他们身上有些能用的东西，枪啦、线毯啦，搪瓷碗啦，村里人就出来抢。不给就打，往死里打。有的给了也往死里打。

不管是在两军对垒的正面接触中，还是民团、百姓对红军的虐杀，都是令人惨不忍睹，战争在各个层面显示出了自身的残酷性，连普通百姓也在特定战争的历史环境中显示出了人性恶、人的异化等。显然作家并没有对战争进行诗意化的想象和描绘，完全用一种如实书写的方式呈现出战争的现实。确实，战争在现实中往往缺乏浪漫化的色彩，杀戮、血腥是战争的常态，战争带来的恶劣的生存环境和战争本身的残酷性也在摧残着人性，导致人的病态和扭曲。这也说明，作家对战争的正面观照和描摹是多层面的，战场上，战争背景中的故事里，莫不如此。在战争的总体背景之下，已经没有了安宁和诗意。甚至书写新中国建立前夕，重庆地下党展开的多种形式的斗争和残酷的狱中斗争的《红岩》，也没有回避描写淋漓的鲜血和死亡，在战争阴云的笼罩之下,参与战争的战士,无论在什么战线,都无法回避血腥,在集中营中当然更不可能。小说这样描写成岗在监狱中接受肉体酷刑的场面:"冰冷的水泥磨石地面上,横躺着一具血肉模糊的躯体,脚上还钉着一副沉重的脚镣。鲜红的血水,正从那一动不动的肉体上往水泥地面淌落。"

由此可见,面对战争,作家经常以写实的笔法描述炮火纷飞的战争场面的血腥与惨烈,战争带来的大量的生命的丧失以及人的异化等。这应该是作家们的一种自然的选择。在 20 世纪百年的中国文学史中,近一半的时间是被战争笼罩的,身处战争之中,体验和经历了战争残酷的作家,进入创作状态中,如实地去反映战争的现实当然是顺理成章的事。即使战争已经成为一种记忆,也需要将这种记忆以文字的形式凝固;即使战争已经成为生活里的虚构,也依然需要文字完成战争的想象,将战争以文字现实的方式呈现出来,或者以当下的观念与视角去重新认识和解读曾经的战争年代。

当然,对战争的如实反映只是战争书写的一个维度,作家对战争的思考是多元的,创作个性和审美情趣也是各有差异,一些作家放弃了对战争残酷性的正面写实,而是营造出了一种诗化的战争氛围和场景,展开了对战争的诗意描绘。

孙犁的《荷花淀》是这种诗意描绘的典范。小说同样书写交织着血与火的战争,但与那些展现波澜壮阔、惊心动魄的战争画卷的小说不同,惨烈的战争过程和战争场面被诗化和虚化了,杀声震天、硝烟弥漫、血流成河等战争小说中常见的惨烈图景,在孙犁的小说中被替换成了一个硝烟下的诗化世界。《荷花淀》一开头,就展现了一幅包含着诗情画意的风景画和风俗画,洋溢着浓郁的地方色彩和生活气息:

> 月亮升起来,院子里凉爽得很,干净得很,白天破好的苇眉子潮润润的,正好编席。女人坐在小院当中,手指上缠绞着柔滑修长的苇眉子。苇眉子又薄又细,在她怀里跳跃着。
>
> 不久在她的身子下面,就编成了一大片。她像坐在一片洁白的雪地上,也像坐在一片洁白的云彩上。她有时望望淀里,淀里也是一片银白世界。水面笼起一层薄薄透明的雾,风吹过来,带着新鲜的荷叶荷花香。

朦胧的月色、凉爽的小院、薄薄的轻雾、淡淡的花香,还有如坐在洁白的云彩上静静地编席的女人,所有这一切构成了诗情画意般的境界,滤去了战争的硝烟,完全是一幅恬静优美的水乡月光图。

甚至描写战争的场面,也带着浪漫主义的色彩:

> 她们向荷花淀里摇,最后,努力的一摇,小船窜进了荷花淀。几只野鸭扑楞楞飞起,尖声惊叫,掠着水面飞走了。就在她们的耳边响起一排枪!

> 整个荷花淀全震荡起来。她们想,陷在敌人的埋伏里了,一准要死了,一齐翻身跳到水里去。渐渐听清楚枪声只是向着外面,她们才又扒着船帮露出头来。她们看见不远的地方,那宽厚肥大的荷叶下面,有一个人的脸,下半截身子长在水里。荷花变成人了?那不是我们的水生吗?又往左右看去,不久各人就找到了各人丈夫的脸,啊!原来是他们!

野鸭的尖叫、翻身入水的女人、顶着宽厚肥大荷叶的丈夫们,使一场伏击战带上了诗意浪漫的元素,淡化了探夫归途中遇敌的紧张与危险。而且这打响的战斗,也回避了血腥和交织着生与死的搏斗的严酷,在"三五排枪过后,他们投出了手榴弹","手榴弹把敌人那只大船击沉,一切都沉下去了。水面上只剩下一团烟硝火药气味"。战士们使出拿手戏打捞水中的战利品,水生还拍打着水去追赶一盒漂在水面上的包装精致的饼干。这就是战斗的整个过程,轻松、愉悦,甚至带着一种游戏的性质。既没有横尸遍野,也没有血流成河,战争过后依然是干净的水面,没有留下血腥,连弥漫在水面上的硝烟,也被战士们打捞战利品的"大声欢笑"冲淡。而这些"战士"又是女人们寻而不遇的丈夫,戏剧性的邂逅更加消解了战争的紧张气氛,战争的残酷性被消解了。于是,一场与日本鬼子殊死搏斗的伏击战被写得速战速捷轻松惬意,没有鲜血淋漓,没有血肉横飞,有的只是荷花淀里清脆的枪声和欢声笑语,惊飞的野鸭和荷叶下的战士,在洋溢着抒情意味的情境中,呈现出的是浪漫主义的色彩,正是在这个意义上,《荷花淀》被称为是"一首充满诗情画意的抗日叙事诗"①。这是与作家孙犁的创作观念和审美意识相符合的,在孙犁看来:"浪漫主义适合于战斗的时代,英雄的时代。这种时代,生活本身就带有

---

① 杨剑龙:《一首充满诗情画意的抗日叙事诗——孙犁〈荷花淀〉重读》,《名作欣赏》2005 年第 12 期。

浓烈的浪漫主义色彩。"①

茹志鹃的《百合花》对战争环境下诗意氛围的渲染与《荷花淀》有着异曲同工之妙。作者在小说中有意多次穿插描写了清新的自然风光和故乡的景物:"早上下过一阵小雨,现在虽放了晴,路上还是滑得很,两边地里的秋庄稼,却给雨水冲洗得青翠水绿,珠烁晶莹。空气里也带有一股清鲜湿润的香味。要不是敌人的冷炮,在间歇地盲目地轰响着,我真以为我们是去赶集的呢!"故事被设置在了这样秋高气爽的时节和恬淡优美的乡村,行走在乡间小道上,欣赏着雨后初晴的景致,呼吸的是清鲜湿润的香味,战争的残酷与艰辛似乎已经远离,战争中的奔波诗化为一次乡间的赶集。当问及小通讯员的故乡时,又再一次描述了一幅南国的风景画"我朝他宽宽的两肩望了一下,立即在我眼前出现了一片绿雾似的竹海,海中间,一条窄窄的石级山道,盘旋而上。一个肩膀宽宽的小伙,肩上垫了一块老蓝布,扛了几枝青竹,竹梢长长的拖在他后面,刮打得石级哗哗作响。……这是我多么熟悉的故乡生活啊!"竹海深林、山道盘旋,与青翠水绿的庄稼一起,渲染出了一种诗意的氛围。就在这样的氛围中,展开了小通讯员的故事。而且,作者又将故事的发生设置在一个前沿小包扎所里,能听到前线的枪炮声,又不能目睹战争场面的激烈,这使作者能采用侧面烘托的手法来描摹战争:"敌人照例是忌怕夜晚的,在地上烧起一堆堆的野火,又盲目地轰炸,照明弹也一个接一个地升起,好像在月亮下面点了无数盏的汽油灯,把地面的一切都赤裸裸地暴露出来了。""一会儿,我们的炮响了,天空划过几颗红色的信号弹,攻击开始了。"战争发生在了故事的发生地之外,就回避了对战争的正面描写,尽管小说中也弥漫着令人紧张的战斗气氛,但战争在小说中只是作为背景存在,悲壮激烈的战斗场景被淡化了,在小说中凸显出来的是小通讯员与"我"、新媳妇两位女性之间的情感交流和碰撞。三人之间的微妙的情感变化和优美的自然景致一起,使小说呈现出如诗般的清新和淡远。

显然,《荷花淀》《百合花》等战争小说,在描绘弥漫着硝烟和烽火、死亡和流血的战争时,采取了诗化的处理方式,使小说洋溢着浓郁的抒情性和牧歌性。他们放弃了对战争过程的正面展开和高大完美的英雄形象的塑造,以

---

① 孙犁:《论战时的英雄文学》,《孙犁文集》第四卷,百花文艺出版社 1982 年版,第 336 页。

对普通人物的书写构筑出了一个战争背景下的诗化世界。这与正面写实的战争小说宏大叙事、史诗结构形成了鲜明的比照,也为战争小说提供了描写战争的一个维度。

三 英雄的成长叙事或者去英雄化叙事

在很多战争小说的书写中,英雄都是不可或缺的元素。战争的残酷性恰恰也为英雄的成长提供了背景和条件,而且无论是出于鼓舞士气的需要,还是战后对历史的回眸,作家也愿意在对英雄的塑造中获得满足。然而对英雄的理解,对英雄的认识却在百年的文学史中有着明显的差异,这就形成了英雄的成长叙事或者去英雄化叙事。

英雄的成长叙事在新时期之前的小说中一直占据主流,作为一个原型与母题存在,比如小资产阶级知识分子林道静经历多重挫折成长为职业革命家(杨沫《青春之歌》);一个普通农民"差半车麦秸",在抗战的烽火中得到锻炼,获得了觉醒、成长和成熟(姚雪垠《差半车麦秸》);懵懂无知、充满缺点的东北农民铁岭在一次次残酷的战斗中成长为民族战争的英雄(端木蕻良《大江》);等等。他们都在故事的建构过程中完成了精神的蜕变,在磨难中获得了成长。

这样的英雄成长叙事在十七年的小说中几乎更为普遍。《保卫延安》塑造的英雄人物周大勇,就有着一个成长的过程。一开始,周大勇对我军撤出延安,在感情上难以接受,"像木头人一样站在那里,脑子里乱成一片。他觉得,好像有谁用铁锤敲着他热腾腾的心。滚热的眼泪,忽撒撒地落下来!"热泪中既有对延安被敌人占领的伤感,也说明对党的战略意图并不能完全理解;当与主力失去联系的时候,周大勇觉得"身上寒森森的,心里发毛,头发一根根地竖立起来!他焦灼地问自己:部队转移到哪儿去了呢?天黑地暗,张口看不见牙齿。咦!在这风沙漫天的长城线上,该怎么办呢?往哪里走呢?"显然周大勇还不是一个完美高大、成熟的英雄。但是在血与火的战斗中,在最艰险的环境、最尖锐的冲突、最严峻的考验中,在党的教育中,他成长为了人民英雄;在青化砭战役中,周大勇冲锋陷阵,将个人生死完全置之度外;蟠龙镇战役,为诱敌深入,奉命打"非常狼狈的败仗","背"着敌人的主力北上"逃窜"到绥德一带,接着又和敌人一道回来;大沙漠行军,干渴、饥饿、劳累直至夺去战友的生命;打榆林的时候,身为连长又兼任指导员的周大勇,掩护主力撤退却又与主力失去联系,孤军转战在长城线上,和数十倍的敌人浴血苦战,依然豪迈地宣称:"兵来将挡! 他妈的,就算敌人满身是嘴,又能吃几个人!"尽管经历了跳崖、负伤和病倒,英雄气概丝毫未减;九里山狙击战,更是带着一个连队插入几万敌军中冲杀。一个又一个特别严峻的考验中,显示出的是对党对革命事业的无限忠诚、英勇无畏、坚忍不拔以及伟大的献身精神等英雄品格。团政委李诚就这样评价周大勇:"浑身汗毛孔里都渗透着忠诚的人。"周大勇自己也说:"在任何危险的情况下,你的全部忠诚,能让你不想到个人而想到事业、任务和战士们,那么你便能保持沉着、冷静和头脑清醒;你便能勇往直前,以无限的勇气压倒敌人,成为出众的英雄。"英雄性格就在这样的过程中铸就。李心田的《闪闪的红星》也塑造出了红军战士的孩子潘冬子在斗争中、在党的教育下的锻炼和成长。《红岩》让成岗历经肉体的折磨,但是严刑拷打和化学药剂都没能使成岗动摇和丧失意志,反而在这种磨难中彰显出了英雄主义的高尚情操,完成了知识分子的思想成长;刘思扬,一个资产阶级的三少爷,在经历监狱的艰难、自我的反思和敌人的诱惑的过程中,走向了思想的成熟,成长为一个真正共产党人的英雄形象。因此,书写英雄的成长,是众多以战争为题材的小说的主要叙述模式。

而且,这样的英雄身上往往集聚了众多的英雄美德。他们有着高尚的情操、坚定的政治信念、旺盛的战斗激情和自我牺牲的品格,认为党和人民的利益高于一切,也随时准备为党和人民牺牲个人的一切,甚至生命。《保卫延安》中书写周大勇就是"心目中除了党,人民,祖国,人类实现社会主义理想,就再也没有别的什么了";"唯一快乐、光荣的事情,就是为人民而战斗,而牺牲"。这样一个摒除了一切私心杂念,被提纯、净化得几近完美无缺的英雄人物,代表了五六十年代战争小说中的典型,也是当时人们心目中最理想的时代英雄形象。《林海雪原》中神机妙算的年轻指挥员少剑波、孤胆英雄杨子荣;《红日》中身经百战指挥若定的军长沈振新;《红岩》中越狱时屹立红岩上,吸引敌人密集枪弹以掩护同志们突围的齐晓轩,安详文静视死如归的江姐;《铁道游击队》中夜袭洋行、飞车夺枪、撬铁轨、炸火车的传奇英雄刘洪等等,都具备着这样的英雄品性。小说以"典型化"的创作手法将众多人物的优秀品质汇聚在了英雄个体的身上,使这些英雄充满了神性的光辉,作家也以一种仰视的姿态、崇拜的激情去审视和塑造这样的神性英雄,将他们塑造成了没有任何欲望杂念和人性杂质，能历经一切磨难，将党和人民的事业作为终身追求的完美无瑕、高大全的英雄形象。

20世纪80年代之后，由于时代的发展和观念的变化，战争小说逐渐剥离了英雄的神性光辉，将他们从神坛拉回到了人间，呈现出英雄的世俗化色彩，这构成了战争小说的去英雄化叙事。这种叙事策略下的英雄，不再是高大全的完美无缺，不再是由"特殊材料"制成，有着坚定的政治信念、将自我完全奉献给党和人民的伟大事业、个人品德高尚的完美英雄，而是具有普通人的七情六欲和性格缺憾，只是在特定的时间、背景下成为英雄。作家们也不再用仰视的崇拜的目光去塑造英雄，而是以平视的视角赋予英雄普通人的悲欢。于是英雄们开始逐渐具有了人间气息和世俗追求，开始走进了凡俗的人生空间。徐怀中《西线轶事》率先将充盈着神性光辉的英雄还原为"人"。小说主人公是六个女电话兵和一个男步话兵，都是再普通不过的士兵。女电话兵爱吃零嘴，遇事爱找妈妈，甚至动不动就哭鼻子，初上战场时有碰到敌人尸体时的恐惧，紧张而忘记了口令，等等，但还是克服一切困难，出色地完成了任务。男步话兵刘毛妹，出生在干部家庭，但是"文化大革命"期间，父亲被屈打成叛徒，母亲为了孩子的前途与父亲"划清界限"，最终招致父亲的惨死。家破父亡、备受侮辱使刘毛妹变得忧郁、散漫和玩世不恭。他带着时代的烙痕来到军营，表面冷漠孤傲，宣称参军是耐不住知青户的沉闷，为图新鲜；入伍后放任不羁，拿军帽当扇子，一连串地吐烟圈，言语间又带着半真半假的嘲弄："那一对眼睛，朦朦胧胧的，失去了原有的明澈光亮。当孩子的时候，衣服总是整整齐齐的，现在倒很不讲军风纪，常常是解开两个纽扣，用军帽扇着风。抽的是五角以上一包的烟，一连串地吐着烟圈。无论说起什么事情，他都是那样冷漠，言语间带出一种半真半假的讥讽嘲弄的味道。"但就是这样一个带有"文化大革命"的伤痕、冷漠，甚至叛逆的刘毛妹，在攻占一个高地的战斗中，当指挥员相继牺牲的关键时刻，义无反顾地挺身而出，指挥战士与敌人展开了殊死的搏斗，占领了高地。在整过了自己的军容之后，身负重伤的刘毛妹安然睡去，再也没有醒来，身上留下了四十四处弹痕。刘毛妹在战场上用生命诠释了英雄的含义，但他显然又不同于高大完美的周大勇们，是在政治上、伦理上完美无缺的楷模，他有缺点，有个性，也更贴近生活中的生命实体，是一个普通的、平凡的、不完美的英雄，因而也更加真实。

小说的去英雄叙事将英雄拉回到了人间，还原为普通的凡人。这样的英雄塑造方式在《西线轶事》之后成为众多战争小说的自觉追求。李存葆《高山下的花环》塑造的梁三喜、靳开来、赵蒙生都是平凡英雄。梁三喜来自沂蒙山区，有着农家子弟的勤劳克己、敦厚善良，对妻子的思恋和愧疚；作为军人和英雄连长，又忠于职守，身先士卒，在战斗中英勇献身，却留下了一份被鲜血染红的欠账单。靳开来技术过硬，又是别开生面的"牢骚大王"，他"说着怪话，做着好事"，心地纯正但脾气暴躁，为人质朴但又草率鲁莽、疾恶如仇、言辞激烈。然而就是这样一个粗鲁的汉子，却带着全家的合影上战场。在看到战友们在战地上干渴难忍时，又义无反顾地为战友们去砍甘蔗，结果踩上了地雷牺牲。赵蒙生是将门之后，却临阵逃避，大搞曲线调动，最终在战场上，在战友们的激励和影响下，在与敌人的搏斗过程中，成长为了真正的英雄。显然，梁三喜们和刘毛妹一样，都不十全十美，带着普通人的平凡，甚至有着人性的弱点，但他们又都是英雄，在战场上英勇战斗并准备着随时献出自己的生命。这是一群平凡而伟大、普通而崇高的英雄。

莫言《红高粱》中所塑造的一群英雄，甚至带着"匪性"。"我爷爷"余占鳌就是一个与周大勇等革命英雄完全不同的抗日英雄，小说将他"写成身兼土匪头子和抗日英雄的两重身份，并在他的性格中极力渲染出了一种粗野、狂暴而富有原始正义感和生命激情的民间色彩"①。他是一个匪气和英雄气同在的双重角色，土匪的"杀人越货"和英雄的"精忠报国"被他演绎得同样英勇，同样壮烈。余占鳌首先是一个土匪，他在做"我奶奶"轿夫的时候一路试图与她调情，并率众杀死了一个想劫花轿的土匪。"奶奶"的美丽"唤醒了他心中伟大的创造新生活的灵感"，他劫走了三日后回娘家的"奶奶"，在高粱地里野合。随后余占鳌杀死了单家父子，正式成了土匪。日本人来了之后，余占鳌率领队伍奋起反抗，在胶平公路边上伏击日本汽车队，展开了一场大气磅礴的热血厮杀，洋溢出了荡气回肠的英雄气概。然而，余占鳌的抗日并非源自高尚的革命理想或者情操，而是"我奶奶"家的管家罗汉大爷被日本鬼子残酷剥皮而死，源自乡亲的死难所激起的对于生存的渴望。因此，莫言笔下的"余司令"是一个亦正亦邪的绿林好汉式的人物，他性情狂野放纵，有着勃发的生命激情，敢于为获取爱情铤而走险，也敢于为生命的自由伏击日本兵，他的行为在侠义和流寇之间。莫言所创作的"余占鳌"无疑与十七

---

① 陈思和：《中国当代文学史教程》，复旦大学出版社 1999 年版，第 318 页。

年"红色经典"中有着坚定信念、崇高革命理想的高大完美的英雄人物背道而驰,也与新时期以来军旅小说中塑造的平凡而普通的英雄人物有着颇远的差距,他将去英雄化叙事推向了极致。

综上所述,战争是百年中国文学中一直被关注的一个话题。因为这一阶段的历史有着太多的战火的纷扰,硝烟的弥漫,书写战争当然成为小说的主要题材选择之一。由于题材的特殊性,对战争的书写曾经成为了作家记录与凝固自己经历的方式,也曾鼓舞与激励了战士的士气,也曾使和平环境中的人们触摸到了战争的残酷与血腥,战争带来的苦难与贫穷,找到了战争塑造出来的各种英雄形象。而且这种对战争的书写显然会依然持续下去,因为战争似乎总是与人们的生活保持着或近或远的关系,只要人类的生活中战争还没有远离和消失,战争的元素也不会从人类的小说文本中消失。当然,随着对战争的理解和认识的不断发展,会产生出对战争的新的表达和叙述。

第三章　爱情元素

　　爱情,是文学的一个永恒主题。自文学产生以来,爱情就与文学相伴相随,古今中外的文学史上,各种文体的创作中,缠绵悱恻的爱情从来不曾缺席。传说中梁山伯与祝英台的双双化蝶;白居易《长恨歌》里"此恨绵绵无绝期"的唐玄宗和杨贵妃的爱情悲剧;王实甫《西厢记》张生和崔莺莺历经波折"有情人终成眷属";曹雪芹《红楼梦》里宝玉、黛玉相知相惜而不能相守的凄美爱情;莎士比亚《罗密欧与朱丽叶》以生命成就爱情的缠绵;雨果《巴黎圣母院》撞钟人卡西莫多对艾斯梅拉达的超凡脱俗的爱;等等。在中西的文学史上,爱情的书写是绵延不绝,构成了文学的重要元素。

　　中国20世纪的百年小说中,也流贯着爱情的元素。民初轰动一时,单行本再版数十次,发行达几十万册之多,最著名的畅销书,是徐枕亚所著的言情小说《玉梨魂》。小说叙述一位受新式教育的男子何梦霞与年轻寡妇白梨娘相恋,却难以摆脱名教的束缚,最后一殉国一殉情,酿成了爱情的悲剧。主人公虽然没有勇气冲破礼教的束缚去追求爱情的幸福,但也以自戕的方式表达了对爱情誓言的遵守、对爱情崇高感的认同,从而显示出了一种向现代爱情迈进的趋势。如此后鲁迅的《伤逝》、冯沅君的《隔绝》,以蒋光慈为代表的"革命+爱情"小说,直到20世纪八九十年代小说中对爱情附加物的去除以及对爱情的消解,等等。20世纪的小说中,始终以对爱情的不同呈现和书写方式,表达着对爱情的关注。确实,爱情是人类的生命形态,只要人类存在,爱情也将永远存在,小说中对这种生命的美好形态的描述也将永远存在。

一　爱情与人的解放:五四时期

　　五四时代小说中的爱情,是与人的解放密切相关的。"五四"是一个癫狂骚乱的时代,反帝反封建、思想解放的主旋律高扬在当时的文化语境中,反叛与颠覆一切旧有的权威、秩序和统治构成了其显在的时代标志。新文化运动以前所未有的姿态对以儒学为核心的封建传统文化发起了激烈的批判,使扼杀人的个性与独立的纲常礼教遭到了毁灭性的打击,人的解放成了时代的精神兴奋点,人的发现构成了新文化运动的显著成就。郁达夫在总结这场运动时就指出:"'五四'运动的最大的成功,第一要算'个人'的发见。"[①]而对青年人来说,个人的发现的最切身的表达方式就是以对自由爱情的寻找,反抗旧的婚姻制度,正如鲁迅所说:"魔鬼手上,终有漏光的处所,掩不住光明:人之子觉醒了;他知道了人类间应有爱情;知道了从前一班少的老的所犯的罪恶;于是起了苦闷,张口发出这叫声。"[②]周作人在《人的文学》中也以这样的阐述肯定着爱情:"人类正当生活,便是这灵肉一致的生活。"[③]在这样的时代气氛下,走出家族,寻求个性解放和婚姻自由,成为一代青年的行为时尚,从本身的感受出发书写青年的爱情和婚姻,表达对自由的追求和对人的解放的五四时代精神的认同,成为文学的一个重要审美追求。因此,五四时代小说对爱情的书写,是与人的解放缠绕在一起的。

"五四"小说中人物的爱情追求,都带着冲出家庭追求人的解放的时代气氛,也写出了追求的艰难和迷茫。罗家伦《是爱情还是苦痛》中的男主人公程叔平爱上了志同道合的现代女性素瑛。第一次见面,"眼波盈盈,于妩媚中现出一种庄严流丽的态度"的素瑛使叔平一见倾心,接着是相互的了解和两情相悦,以及觅得知音时的喜悦:"将来若是能同他长久相处,我简直可以有一个新生命;我的前途,等他来影响的时候很多。"但是爱情的喜悦才刚刚品尝就横生枝节。父亲为叔平在老家定下了亲事,是父亲同僚的女儿,一个未曾谋面的女子,尽管叔平据理力争,但父亲认为作为诗礼之家必须顾及体面,在临终之前还嘱咐家人"好好把钱家的亲事完了,免得闹出笑话来,使我们'诗礼人家'不好看"。在家庭和钱家的施压之下,叔平最终与钱家"受过几年教育,脾气也很和顺,颜色也不粗鄙"的女儿结婚。但婚姻并没有带来幸福。虽然别人都认为妻子是"一位贤慧的少奶奶",但叔平总认为"精神方面,总觉得隔着一个太平洋",即使努力地去改变,但太平洋的距离没有改

① 郁达夫:《中国新文学大系·散文二集导言》,良友图书公司 1935 年版,第 5 页。
② 鲁迅:《热风·随感录四十》,《鲁迅全集》第 1 卷,人民文学出版社 2005 年版,第 338 页。
③ 周作人:《人的文学》,《新青年》第五卷第六号,1918 年 12 月。

变，留下的依然还是痛苦。小说中程叔平有着走出家庭，寻找爱情的努力，但是家庭还是成为自由爱情的阻力，在对爱情的书写中表达着对传统文化的批判，质疑了"诗礼"对幸福的摧毁。

冯沅君的爱情小说在对社会的批判性上，与《是爱情还是苦痛》是一脉相承的。她的主要小说是《隔绝》《隔绝之后》《慈母》《旅行》等四篇，这四个短篇小说之间又略带连续性，主人公的姓名不同，而性格是一致的，情节也是前后连贯的。在京城读书的女主人公，不愿服从家庭的包办婚姻，与一位已有家室的男同学自由恋爱。在这一系列的小说中，首先，彰显了爱情的神圣性以及男女主人公对待爱情的神圣态度。他们两人曾在一个短暂的假期悄悄到南方旅行，为尊重对方的感情，两人同住一个房间而不逾越最后的界线，只是"相偎依时的微笑，喁喁的细语，甜蜜热烈的接吻"，表现了一对相爱的青年男女对于爱情的神圣态度（《旅行》）。《隔绝》中的隽华则直接呼喊："爱情在我们看来是神圣的、高尚的、纯洁的。"将爱情视作为圣洁、神圣的，已经蕴含了对爱情的肯定和认识。其次是爱情遭到的阻力和主人公的反抗。这个阻力主要也是来自家庭，不仅不理解主人公的爱情追求，"我的母亲向来是何等慈善的性质，此刻不知怎样变的这样残酷，不但不来安慰我，还在隔壁对我的哥哥数我的罪状，说我们的爱情是大逆不道的"，而且母亲还以死相威胁，让她与男友断绝关系，服从包办婚姻，并将她禁闭了起来。这样的逼迫，使经受了"五四"新思潮的洗礼的女主人公发出了这样的反抗之声："身命可以牺牲，意志自由不可牺牲，不得自由我宁死。人们要不知道争恋爱自由，则所有的一切都不必提了。""我们的爱情是绝对的，无限的，万一我们不能抵抗外来的阻力时，我们就同走去看海去。"还公然违背社会"道德"一起旅行甚至同居。在这样的言行中，表现出主人公们受"五四"个性解放思想影响所产生的叛逆勇气。即使在被禁闭之后，还暗中与男友联系，约定出逃。可就在出逃前夕，母亲突发急病，使她的计划全部落空。她不忍伤害母亲，又难以忍受包办的婚姻，于是给母亲留下了遗言："我爱你，我也爱我的爱人，我更爱我的意志自由"，"教我牺牲了我的意志自由和我不爱的人发生最亲密的关系，我不死怎样"，然后服毒自杀，男朋友闻讯赶来，也殉情自杀。由此可见，冯沅君小说中的人物对爱情的追求是和对传统的反抗裹挟在一起的，以真挚、热烈的爱情反抗封建的婚姻制度，于是，爱情的身上就有了沉重的附加物。而且，女主人公最后的选择，也彰显了在"五四"精神激荡下离经叛道

的同时,心里的犹豫和不知所措,写出了刚从"五四"走来的女性在爱情中的矛盾。《旅行》中有一段经典的表达:

> 我很想拉他的手,但是我不敢,我只敢在间或车上的电灯被震动而失去它的光的时候,因为我害怕那些搭客们的注意。可是我们又自己觉得很骄傲的,我们不客气的以全车中最尊贵的人自命。他们那些人不尽是举止粗野,毫不文雅,其中也很有阔气的,而他们所以仆仆风尘的目的是要完成名利的使命,我们的目的却要完成爱的使命。

鲁迅说:"这一段,实在是'五四'运动之后,将毅然和传统战斗,而又怕敢毅然和传统战斗,遂不得不复活其'缠绵悱恻之情'的青年们的真实的写照。"[①]五四时期的女性的身上常常融合着追求自由的努力和无法摆脱的传统道德的束缚。庐隐《海滨故人》中几个自视清高女孩在婚姻问题上纷纷与家庭妥协或回归到传统,露沙虽然我行我素地爱着已有家室的梓青,可也常常被这种爱情的"不道德"所困扰。因此,这些小说里的人物既有着反抗传统追求爱情的决绝的勇气,并以此汇入到了"五四"人的解放的思潮之中,以对爱情的追求达到社会批判的目的,同时,人物又有着旧思想的束缚。当阻碍的力量足够强大和自身的矛盾性凸显出来,不可避免地导致了爱情的悲剧。

其实,冯沅君们对爱情的这样的书写方式,是"五四"爱情小说的主流,甚至带点模式的意味。青年们不约而同地走出家门寻找爱情,往往因家庭等的阻碍以悲剧收场。许地山《命命鸟》里世家子弟加陵和俳优之女敏明的自由恋爱,也遭到了双方家庭的阻碍,最终导致两人的蹈水殉情。理想的爱情在现实的阻碍面前烟消云散。这是"五四"对爱情的理解和表达方式,作家的创作与思考基本流于这样的层面。鲁迅《伤逝》的出现,却提出了另外的问题:获得了爱情的自由之后,会怎么样?小说中的子君是一个有着勇敢的反抗精神的女性,喊着"我是我自己的,他们谁也没有干涉我的权利"的口号,从家庭中勇敢地冲出来,在自由爱情的基础上与涓生同居。显然,子君实现了冯沅君笔下人物努力追求而没有得到的自由爱情。可是,子君并不幸

---

① 鲁迅:《中国新文学大系·小说二集导言》,《鲁迅全集》第6卷,人民文学出版社2005年版,第253页。

福。日常生活的平淡逐渐消磨了子君的锐气,退回到家庭安心做了一名家庭主妇,涓生的失业使他们的生活陷入困顿,更为可悲的是,双方精神上的隔膜越来越深,"管了家务便连谈天的工夫也没有,何况读书和散步"。生活的忙碌导致沟通的缺失,涓生对子君早已什么书也不看,整日沉浸在家庭琐事中并变得庸俗也日益不满,因为在他看来:"爱情必须时时更新、生长、创造","大半年来,只为了爱——盲目的爱——而将别的人生的要义全盘疏忽了。第一,便是生活。人必生活着,爱才有所附丽。"观念的改变终于导致子君与涓生的分离,在涓生"我已经不爱你了"的表白声中,子君又回到了曾经义无反顾地冲出来的家庭中,并在"严威和冷眼"中无助地死去,涓生则沉浸在无尽的悔恨与痛苦中,构成了一个爱情的悲剧。涓生和子君都是接受了新思潮影响的青年,他们大胆地反抗家庭和世俗,张扬出了一种傲视封建世俗的个性主义精神。但是,获得爱情后,又会怎样?反抗胜利后,结果又会如何?《伤逝》给出的答案依然是痛苦和悲哀,在现实的琐碎和生存的压力面前,爱情终不免崩溃,"人必生活着,爱才有所附丽"道出了爱情在现实困境前的脆弱,从而也就消解了冯沅君们所塑造的爱情神话。

二 革命加爱情:三四十年代

如果说,五四时代的青年男女以"自由恋爱"作为其反封建的革命旗帜,冲破礼教桎梏人性的精神枷锁,突出的是个性解放思想,那么,到了 20 年代后期,个性解放思想随着"五四"新文化运动的落潮逐渐消隐,人的解放的口号也渐渐淡去,时局的动荡和民族的危机加深了小说中的政治的成分与元素,人的解放被阶级的解放、社会的解放所替代。于是三四十年代的爱情也从人的解放的时代氛围中脱离出来,开始与革命、政治等缠在一起。

这种爱情书写方式的滥觞是"革命+恋爱"模式的出现,革命与恋爱的冲突成为小说的主要内涵。蒋光慈的《野祭》《冲出云围的月亮》描写的都是"革命决定着恋爱"。发表于 1927 年的《野祭》是"革命+恋爱"小说的开创之作,小说的主角是一个年轻的革命文人陈季侠,他爱上了漂亮的女子郑玉弦,并明确了恋爱关系,但又认为她是一个思想模糊的女子,小说中这样描述陈季侠眼里的郑玉弦:

(她)问起我的生活的情形,我告诉她,我是一个穷苦的、流浪的文人,生活是不大安定的。她听了似乎很漠然,无所注意。我很希望她对于我的作品、我的思想、我的生活情形,有所评判,但她对于我所说的一些话,只令我感觉得她的思想很蒙混,而且对于时事也很少知道。论她的常识,那她不如淑君远甚了。她的谈话只表明她是一个很不大有学识的、蒙混的、不关心外事的小学教师,一个普通的姑娘。

缺乏明确的革命思想支撑的郑玉弦显然不符合革命恋人的要求,而且她不理解陈季侠的革命事业,反革命时代一到,就千方百计地远离革命者陈季侠以躲避风险。另一位女性章淑君,因为相貌平平遭到陈季侠的忽视,蒙受爱情创伤的章淑君转而投向革命,在革命中献出了自己的生命。章淑君的牺牲使陈季侠做出了新的爱情选择,他面朝大海,以红玫瑰和美酒祭奠亡魂,吟诵感伤的诗句,并表达了继承章淑君未竟的革命事业的誓言。最终陈季侠将心灵祭献给了为革命牺牲的那一个。《冲出云围的月亮》则把这一模式的叙事功能发挥到了极致。女主人公王曼英在大革命的激流中与柳遇秋热诚相爱,对追求她的革命者李尚志只保持一般的友谊关系。大革命失败后,从武汉"七一五"政变中死里逃生的王曼英辗转到了上海,理想幻灭的悲哀使她颓废失落,产生了一种强烈的报复心理:"与其要改造这世界,不如破毁这世界。"而她选择的报复手段极为荒唐,用自己的肉体去征服、毁灭敌人。尚志却依然坚定不移地继续从事革命工作,与卖身投靠的柳遇秋形成鲜明的对照。尚志的革命精神为王曼英指明了正确的革命方向,于是,她痛斥了柳遇秋,决心彻底洗净自己的身心,重新投入革命的洪流。小说的结尾是,幡然醒悟的王曼英拥抱着尚志,充满期待地说:"尚志,你看这月亮曾一度被阴云所遮掩住了,现在它冲出了重围,仍是这般地皎洁,仍是这般地明亮!……"由此可见,无论是《野祭》还是《冲出云围的月亮》,其中所写的革命,对于恋爱的结局和性质都起着决定性的作用,革命成为恋爱的试金石,成为恋爱的选择标准。蒋光慈甚至还借人物之口表达了革命者在恋爱中的绝对优势:"你爱我,莫非是因为发现了我是一个革命党人?莫非是看出我有伟大的精神,反抗的魄力和纯洁的心灵?……革命党人的精神、魄力和心灵是永远可爱的。"(蒋光慈:《一封未寄的信》)

丁玲的《韦护》表达的则是革命战胜了爱情。本来革命与爱情就是两个性质不同的东西,革命是集体的理性行为,是严肃而神圣的事情,而"理性就是秩序,对肉体和道德的约束,群体的无形压力以及整体划一的要求。"①恋爱则是最浪漫最私人化的东西,是人的本性使然,缺少理性的束缚。于是,现实生活中的爱情和革命就不可避免地有矛盾呈现出来。在革命加恋爱模式的小说中就转变为恋爱影响到了革命,以及为革命而放弃恋爱。《韦护》里的女主人公丽嘉有着一双"妩媚,又微微逼人的眼睛",崇尚自由而带着莎菲的精神气质。沉稳得体,懂得艺术与人生的韦护的出现,使他们双双被对方吸引,爱情与相思的折磨,使他们陷入了美好的爱情中:

> 他们两人变成一对鸟儿似的,他们忘记了一切,连时光也忘记了。他们日以继夜,夜以继日,栖在小房子里,但他们并不会感到这房子之小的,这是包含海洋和峻山以及日月星辰的一个充满了福乐的大宇宙。白天,那温暖的阳光,从那窗户,照到椅子的一脚,他们便正坐在这里。他们的眼光,从没有离开过,而嘴就便更少有停止了,有时是说话得多,有时是亲吻得更多。丽嘉常为一些爱情的动作,羞得伏在他身上不敢抬一下头,但却因为爱情将她营养得更娇媚更惹人。

但是韦护在爱情中的陶醉,引来了具有"最切实用的简单头脑"的革命同志的嘲讽和警告,他们都在迫使他放弃爱情。痛苦的韦护无法调和爱情和革命的矛盾,尽管丽嘉的爱情本身并没有构成对他的革命的妨碍,她"没有一次妨害他工作的动机。虽说她舍不得他,她怕那分离的痛苦,但是她不会要求他留在家里的",丽嘉也多次表示不希望韦护因了她的缘故而舍弃革命事业。然而同志们的冷落与嘲弄,对革命信仰革命名声的珍惜,终于使韦护下定决心放弃爱情。"他不能磨去他原来的信仰,他已不能真正地做到只有丽嘉而不能过问其他了。在比他生命还坚实的意志里,他渗入了一些别的东西,这是与他原来的个性不相调和的,也就是与丽嘉的爱情不相调和的人生观念的铁律。"韦护留下信件,离开丽嘉,奔赴广东参加北伐革命,"看见前途比血还耀目的灿烂"。

韦护以放弃爱情的方式获得了对革命的坚守。在《韦护》之后,丁玲依着《韦护》的路子又创作了《一九三〇年春上海(之一、之二)》。《之一》里的

① (法)米歇尔·福柯:《疯癫与文明》,刘北成,杨远婴译,生活·读书·新知三联出版社 1999 年版,第 2 页。

女主人公美琳,与名作家子彬因为爱而结合,生活温情而富有。但是子彬以温柔的羁绊将美琳与社会隔离的方式,激起了经受过"五四"思想启蒙的美琳的反抗,在革命者若泉的鼓励下,参加了反抗军阀的革命活动。革命的妻子抛弃了不革命的丈夫,革命以胜利的姿态出现在小说中。《之二》中的革命者望薇也常常"一离了玛丽,便忘记了玛丽",十分投入地从事着革命的工作。胡也频的《到莫斯科去》描述的也是为了革命事业而放弃爱情。这些小说和《韦护》一样,对革命和恋爱的矛盾的处理方式,就是恋爱必须让位给紧张的革命工作,即革命战胜了爱情,革命的理念战胜了爱情的缠绵。

《田野的风》虽然是蒋光慈为克服革命加恋爱的模式而做的努力,可革命产生爱情依然是文本的重要元素。革命知识分子李杰在父母对爱情的干涉中走上了革命的道路,在回乡组织农民运动的过程中获得了毛姑的爱情,另一个工人运动的领袖张进德也收获了美丽的资产阶级小姐何月素的爱情。巴金《电》中的女主人公李佩珠是一个纯洁、美丽、坚强又有冷静的头脑,对革命有较理性的认识的女性,她在一系列的革命挫折中成长起来,与吴仁民产生了真正的爱情,人格也得到升华。巴金《灭亡》中的杜大心和李静淑,《新生》里的李冷和张文殊他们也是由革命而恋爱。洪灵菲的《流亡》也常被归入革命产生爱情的小说类别之中。这些小说为革命加恋爱小说提供了另外一种解读两者关系的文字形式,小说中也往往会去表达革命与恋爱和谐的画面。洪灵菲《前线》中就有这样的叙述:

> 霍之远和林妙婵两人间的爱情已经达到沸点了。他俩现在冲突的时候比较很少,似乎已经是由痴情上的结合,达到主义上的结合一样。他俩的意识和行动现在完全是普罗列塔利亚化了。
>
> 我们以后再用不着顾虑一切,怀疑一切,只是努力跑向前面去吧! 奋斗! 奋斗! 我们要互相督促着去和一切恶势力作战! 我们的结合完全是建筑在革命的观点上! 是的,像我们相片上写着的一样:为革命而恋爱! 不以恋爱牺牲革命!
>
> "哥哥! 我愿始终和你站在同一的观点上革命去呵!"林妙婵也站起身,她的态度很表示出一种勇敢,和预备去为民众而牺牲的热情。

在共同的革命理想之下,革命和爱情紧张冲突的状态得到了缓解,呈现出革命与爱情的相得益彰。

蒋光慈、丁玲们所创作的革命加恋爱小说，将爱情与革命缠在一起，完成了对爱情的解读。这样的写作意图来源于蒋光慈关于革命与艺术、革命与浪漫之间的相互关系的认识和理解：

> 而革命这件东西能给文学，宽泛地说的艺术以发展的生命；倘若你是诗人，你欢迎它，你的力量就要富足些，你的诗的源泉就要活动、而波流些，你的创作就要有生气些。否则，无论你是如何夸张自己呵，你终要被革命的浪潮淹没，你要失去一切创作的活力。
>
> ……
>
> 在现在的时代，有什么东西能比革命还活泼些，光彩些？有什么东西能比革命还有趣些，还罗曼蒂克些？
>
> ……
>
> 革命就是艺术，真正的诗人不能不感觉得自己与革命具有共同点。诗人——罗曼谛克更要比其他诗人能领略革命些。[①]

在这样的认识的指导之下，小说对爱情与革命的书写可以概括为这样的三种：要么是革命决定爱情，要么是革命战胜爱情，要么是革命产生爱情，这三种解读方式基本可以涵盖左翼小说对爱情、革命关系的认知和体验。而将爱情放置于革命的语境中，彰显出革命的更重要价值的写作方式，使张扬个性自由的爱情反而落入了革命的窠臼。恋爱在文学中基本上失去了神圣的光辉，成为妨碍革命的行为和力量。革命的砝码则在叙事中逐渐加重，将革命定义为人类获得自由、社会获得进步的理性化显现，革命开始呈现出迷人的外表，而爱情却受到了革命的压抑。

三　政治加爱情：五六十年代

20 世纪五六十年代，政治成为压倒一切的标准，人的所有关系与情感都被解读为阶级的关系和情感，人对政治的狂热也是前所未有。在这样的语境下，人作为独立的个体的特质被掩盖，爱情被政治异化。在小说文本中，爱情只是社会主义革命、政治或建设的佐料和点缀。爱情的心声淹没在狂热的政

[①]　蒋光慈：《十月革命与俄罗斯文学》，《蒋光慈文集》第 4 卷，上海文艺出版社 1988 年版，第 57、68 页。

治话语之中,即使出现了爱情的元素,也被披上了政治的外衣,主人公的爱情选择和爱情追求与他的政治理想紧密关联,爱情与政治相关而与心灵无关。于是很多涉及爱情的作品往往成了政治宣传的途径:赵树理的《登记》是为婚姻法做宣传;周立波《山那面人家》是对劳动的赞歌,新婚之夜新郎牵挂的是集体的事业和人民的财产,在大伙闹新房的时候居然脱身而出,去社里的地窖看储藏的红薯种烂了没有。在结婚等最私人化的事件中,政治话语也毫不留情地剥夺了爱情话语的出场资格。

当政治成为爱情的主宰,集体性的政治往往与私人性的爱情构成了对立,有着崇高革命理想的主人公常常以拒绝爱情或者压抑爱情的姿态来表达对政治的忠诚。《创业史》中以搞好合作社为政治理想的梁生宝心里有一个信条:"不能让搞对象的念头,老是分散社会事业的心思";《红岩》里的成岗被江姐问及个人问题时,也做出了这样的回答:"看见一些人恋爱、结婚,很快就掉进庸俗窄小的'家庭'中去了,一点可怜的'温暖'和'幸福',轻易取代了革命和理想……"在这些积极分子、革命者的眼里,爱情与政治是尖锐对立的,而解决这种对立的方式就是对爱情的拒绝。丰村《美丽》中的主人公季玉洁直接宣告:"为了爱情,要我放弃工作、改变职业,这是不可能的。"这样的爱情观念,使人物即使在爱情袭来时也会主动地压抑和反省。杨晓冬被银环吸引,不由地发出赞叹,可革命意识马上阻止了情感的蔓延。"晓冬啊,晓冬! 党派你进都市,是来开展工作,还是追求什么个人问题? 你知道吧! 下面对领导,固然看原则,更多的人是看生活作风。领导与被领导的关系好坏,很大程度上是从生活作风来的。你才二十八岁,年轻嘛,为党为人民再工作五年、十年,再来谈这个问题,有什么大不了?"即使杨晓冬的母亲希望他早点成亲,组织上也愿意促成他和银环,但杨晓冬还是打定主意等革命胜利后才解决个人问题(李英儒《野火春风斗古城》)。少剑波也一直对白茹保持着同志间的客气,有一次少剑波因工作没有参加娱乐会,白茹关心他而跑去看他,少剑波看着白茹的脸颊感情涌上心头,用温柔的语调说:"快! 扎好小辫! 别人都不在,你快到会场,听话! 不然会引起……"可又突然中断了他的话,急促地说"快去! 快去!"语调的变化来源于自我的反省:"这是什么时候,允许我对一个女同志这样温情。"(《林海雪原》)革命者总是能以清醒的革命意识覆盖住爱情的萌动,从而推迟甚至拒绝爱情。将政治和爱情对立起来是当时主流的思维模式,作家是依照这样的模式去塑造人物的,批评家也是依照这样的模式去评价作品的。路翎《洼地上的"战役"》因为涉及了志愿军战士的爱情而遭到批判:"想通过这样与纪律相抵触的事件来描写中朝人民用鲜血结成的友谊是不可想象的。"①《红日》中的爱情描写被认为是"刺耳的不和谐音","假若作者在进行创作的时候,能够在他的原稿上适当地删节一些对于黎青和华静的抒写,只用较少的篇幅来描述她们无足轻重的个人心情;同时,把这些节缩下来的篇幅给予旁人:主要是给予那些在战争中十分重要的人物——政治工作人员,那么,这幅色彩斑斓的革命战争的历史画卷,一定会显得更加瑰丽、更加完整。"②《林海雪原》《青春之歌》等创作也都因爱情书写遭到过批评。爱情成为政治的对立物,个人情感对政治和革命是一种干扰,这是十七年小说对爱情与政治关系的定位,因此任何个人的情感都应该被压抑甚至拒绝,以此来成就英雄的形象和政治话语的完整。

当然,爱情依然在小说中存在,不过只是作为政治的附庸,为英雄人物的塑造服务,并不具备独立的价值,"爱情描写实在也是塑造英雄形象的一种不可替代的重要手段"③。最具私密性的男女爱情的书写,被纳入甚至消融到了政治理性主宰下的宏大叙事之中。不论是《红日》《红旗谱》《林海雪原》《青春之歌》《苦菜花》等表现革命历史斗争的红色经典,还是《创业史》《山乡巨变》等表现农村合作化运动的小说文本,几乎无一例外地将男女之间的爱情结合描写成革命战士或劳动模范并肩战斗后的政治上的结合,共同的政治向往和追求是爱情发生的基础,实际上作为个体情感的爱情在小说中并不具备独立的诗学价值。《柳堡的故事》中新四军副班长与农村姑娘二妹子情侣之间的告别也带着政治誓言和政治决心的意味,是用宣传标语式的口号来表现自己的政治品质与精神面貌:"你放心,我有哪一点对不起革命,就没有脸回来见你。"在主流政治话语的笼罩之下,爱情成为英雄塑造的点缀和附庸,成为政治的附属品。甚至在一些爱情题材的创作中,爱情也与政治缠绕在一起。宗璞的《红豆》里江玫和齐虹爱情的发生,有着一见钟情、两情相悦的意味。他们有着共同的审美情趣和相互间的心灵的吸引,在音乐与文学的空间里,在对大自然的感悟中获得了亲密无间的交流和融合。但是,当爱情

---

① 侯金镜:《评路翎的三篇小说》,《文艺报》1954 年第 12 期。
② 冯牧:《革命的战歌,英雄的颂歌》,《文艺报》1958 年第 21 期。
③ 朱熙:《谈塑造英雄形象中的爱情描写》,《解放日报》1961 年 1 月 29 日。

一旦被纳入到社会生活的轨道,爱情的矛盾就不可避免地显露出来。随着蒋介石政权的濒临瓦解,民主革命运动渐趋高涨,江玫越来越多地关注社会形势,越来越主动地参加社会活动。而齐虹,则由于他的家庭、他的知识阶层的优越感使他拒绝革命,最后随他的银行家父亲去了美国。江玫在与齐虹一起远走美国还是留在祖国参加革命之间,选择了革命而放弃了爱情。最终的悲剧依然没有摆脱政治选择这一命题,政治与革命依然是异性间相互吸引、爱慕的主导条件。同样,邓友梅的《在悬崖上》,是试图突破政治爱情的模式的。小说叙写了一个技术员的婚外恋。他与妻子属于自由恋爱感情也不错,但是当设计院来了具有"小资情调"、过着"纯粹资产阶级作风"生活的加丽亚时,对妻子的感情起了变化,甚至"决定回家把事情说穿,跟妻子一刀两断",然后向加丽亚求婚。但是作家将这种纯粹道德性的感情"出轨",牵强地套上了政治的解释:爱上加丽亚是政治立场不稳的表现,是资产阶级和小资产阶级思想腐化的表现。小说中的科长就语重心长对技术员说:"有些人说'爱情问题是生活琐事',我不是这样看法,我觉得在这个问题上最能考验一个人的阶级意识,道德品质!"最终的结果是,经过党组织和群众的帮助教育,技术员完成了政治上的反省和悔改,放弃了小资女子的爱情,而与政治上和工作上都无可挑剔的妻子和好如初,又自觉不自觉地回到了政治选择的轨道上。

爱情已经不再是个人的自由选择,而是承受了更多超越爱情本身的负累,对爱情的选择也更多地从政治的层面展开。闻捷《吐鲁番情歌》里姑娘们爱情选择的标准和基本条件是:"要我嫁给你吗/你的衣襟上还少一枚胸章"(《种瓜姑娘》);相约的婚期是:"等我成了共青团员/等你成了生产队长"(《金色的麦田》)。爱情不是出自心灵的吸引而是英雄的奖章,爱情的成熟也不是心灵的融合而是"共青团员"等政治身份的获得,政治资本在婚恋中的作用越来越重要,政治身份、阶级地位的对等成为爱情选择的必要条件,政治成为爱情选择的唯一标准。小说里的情况也与诗歌一样。当林道静意识到她与余永泽之间"政治上的分歧",而"不是走一条道路的'伴侣'是没法生活在一起的",于是与余永泽分手,最终选择了"布尔塞维克同志"江华;梁生宝选择了积极分子刘淑良。共同的政治理想是他们选择爱情的基础和标准,"大家有一样的认识,一样的希望,爱同样的东西,也恨同样的东西"①,很明显,他们要寻找的爱情对象带着时代政治下理想化身的特征,而爱情双方的关系,从某种程度上说,也不仅仅是"爱人",更是"同志"和"战友"。因为在他们看来"爱情,只有建筑在对共同事业的关心,对祖国的无限忠诚,对劳动的热爱的基础上,才是有价值的,美丽的,值得歌颂的"②。爱情的标准完全偏离了两情相悦的元素,崇高的政治理想和必要的政治地位身份替代情感成为男女相恋和婚姻的基础和条件。

因此,在政治一体化的时代,爱情依然没有取得独立的价值,他依附在政治之下,成为政治的点缀,对爱情的书写实质上是完成政治教化的手段。这样的爱情认识和叙事方式,也呈现出了政治合谋下人们对生命个体、对人性的压抑和否定。

四 爱情缺席:"文化大革命"时期

爱情在"文化大革命"时期成了题材的禁区。"选择题材要深入生活……有些作品,则专搞谈情说爱,低级趣味,说什么'爱'与'死'是永恒的主题。这些都是资产阶级的、修正主义的东西,必须坚决反对。"③"一切男女关系也只是阶级关系"④,爱情就是低级趣味,阶级关系涵盖了所有人际关系,在这样的舆论指导下,爱情甚至男女关系都成为作家最忌讳的话题,爱情和婚姻从文本中退隐,以体现人物的革命性和崇高精神境界,彰显无产阶级英雄的高大全形象。爱情甚至亲情、友情等真切而普通的情感在"地上"的文学里基本上是缺席的。最为极端的是那些样板类的戏剧、电影和小说,一个个英雄人物,或孤男或寡女,全都是不食人间烟火的圣人。杨子荣孤身一人,李玉和终身不娶,柯湘的爱人早就壮烈牺牲,阿庆嫂,按照中国人称呼妇女的习惯,应该有一个丈夫叫"阿庆",可是作品中没有他的影子。少剑波与白茹,大春与喜儿在原作中都是恋人,改编成"样板戏"后或变为同志,或关系

① 杨沫:《青春之歌》,作家出版社 1958 年版,第 75 页。

② 了之:《爱情没有条件》,《文艺月报》1957 年第 3 期。

③ 《林彪同志委托江青同志召开的部队文艺工作座谈会纪要》,洪子诚:《中国当代文学史·史料选》(下),长江文艺出版社 2002 年版,第 527 页。

④ 姚文元:《文艺思想论争集》,人民文学出版社 1966 年版,第 338 页。

不明。《智取威虎山》中的小常宝有一句唱词："白日里父女打猎在山岭上，到夜晚爹想祖母我想娘"，爹想的是祖母而不是母亲，"我"惦念的是娘也不是别的人，准确昭示了男女爱情关系在文本中的失落和消失。甚至家庭也被视作为是一种政治关系，文艺作品中连婚姻关系的描写都被取消了。好不容易在《红灯记》里看到了一个家庭，祖孙三代，奶奶、李玉和、铁梅，但这些成员之间根本没有血缘关系，他们是在十七年前一次大罢工的流血斗争中联成一家的，是阶级仇恨是革命把他们组织成一个家庭的，这是一个"革命家庭"。因此，在江青炮制的所谓"样板"中，把原作的有关爱情、亲情的描写基本上都删去了，人物的身上只存在革命性和阶级性，人性被抹掉，人变成了政治的动物。其他的小说文本如《虹南作战史》等也放弃了爱情的写作。实际上，"文化大革命"开始以后，爱情小说创作就进入了寒冷的"冰河期"，即使是一点微弱的浅吟低唱也是不被允许的，正如顾工的《爱情之歌》一诗里写的："我的笔羞涩于/写一首爱情之歌/……习惯描述/阶级的搏斗/大炮的轰鸣/……被推翻的地富的挣扎/活捉的匪特……/玫瑰啊，为什么从未在诗稿上开放？/……爱情和诗/长久地分居。"这是爱情在"文化大革命"文坛真实境遇的写照，在一个"无情"的时代，在亲情、人情都被挤出创作轨道的时代，爱情也必然被政治、被革命驱逐。

不过，在特殊的政治文化语境下，爱情又以潜在的形式在地下文学中存在着。《第二次握手》《波动》《公开的情书》等书写爱情的手抄本在民间大范围的流传，为在主流文学中难以立足的爱情找到了一席之地，使它能忍辱负重地在文本中存在着。然而手抄本毕竟只是地下的潜流，无法与主流的话语相抗衡，况且这样的潜流还要遭到堵截，《第二次握手》就因其造成了"流毒全国"的"严重恶果"，书遭到围剿，作者被搜捕。因此，在"文化大革命"这禁欲的背景之下，爱情的命运就只能是缺席和被放逐。

五 爱情去除附加：新时期

"文化大革命"的结束宣告了一个新的时代的到来，爱情的禁锢解除，爱情的冰河解冻，作家们封闭得太久的情感的闸门一下子敞开，思想解放运动的潮流对封闭的意识形态和由此形成的社会、历史范式的冲击，使文学挣脱了概念化、模式化的樊篱，爱情主题开始剥离僵化观念的躯壳而成为真实的人性情感的表达,革命、政治等附加元素逐渐被清除,文学开始逼近真实的人。

在这样的时代语境中,诗人们以直白、浅近的语言呼唤着爱的权利:"我是人/我需要爱/我渴望在情人的眼睛里/度过每个宁静的黄昏"(北岛《结局或开始》)。小说也以同样的热情表达着对纯美爱情的渴望与追求。张洁的《爱,是不能忘记的》塑造出了一段刻骨铭心的非功利性的爱情。钟雨是一位有着水墨山水画般的淡泊和优雅的女性,在走出无爱的婚姻之后,慢慢地有了让人心动的爱情,而且像所有恋爱中的男女一样,他们都深深地迷恋着对方:"为了看一眼他乘的那辆小车,以及从汽车的后窗里看一眼他的后脑勺,她怎样煞费苦心地计算过他上下班可能经过那条马路的时间","他呢,为了看她一眼,天天从小车的小窗里,眼巴巴地瞧着自行车道上流水一样的自行车,闹得眼花缭乱,担心着她那辆自行车的闸灵不灵,会不会出车祸,……"然而这段缠绵的爱情里面有着道德的牵制。钟雨所爱的老干部,有婚姻有妻子,他们之间虽然没有爱情,可是生活和睦融洽。于是,出于道义和责任,他们把爱都深藏在心底,互相躲得远远的,连话也避免多说,有时只能隔着人群远远地望一眼。但是爱情已经发生,在二十多年里,老干部占据了钟雨的全部情感。这种不能实现又无法忘记的爱情以刻骨铭心的方式存在于钟雨的现实生活里,她只能以幻想和物恋的方式寄托内心的情感:她将他送的《契诃夫小说选集》当做爱情的信物和他的替身,将之视若珍宝,不论上哪里出差都带着,连相依为命的女儿也不能碰一下;窗后的柏油路是他和她共同走过的,无论是彻夜不眠后的清晨,还是月黑风高的夜晚,甚至是"峭厉的风象发狂的野兽似的吼叫,卷着沙石劈里啪啦地敲打着窗棂"的冬天……钟雨喜欢在这条小路上慢慢地踱来踱去。终于,爱情超越了生死超越了婚姻,在生命的终点凝固为永恒:"我是一个信仰唯物主义的人。现在我却希冀着天国,倘若真有所谓的天国,我知道,你一定在那里等待着我。我就要到那里去和你相会。我们将永远在一起再也不会分离。再也不必怕影响另一个人的生活而割舍我们自己。亲爱的,等着我,我就要来了——"在小说里,钟雨的爱情被描写得缠绵细腻、荡气回肠。虽然她不能与爱人朝朝暮暮长相厮守,但在她的精神空间里,他和她永远相爱,那本书、那条路是最好的见证。这意味着在"文化大革命"后的小说中,爱情以剥离了政治、革命等附加成分的纯粹的形式得到书写,爱情回归到了爱情本身,是一种心灵上的吸引。于是,爱情被当做人的美好情感得到了肯定和赞美,有着圣洁纯真的审美品性,也表现出了丰富充盈的人性内涵。因此,即使失去了婚姻的可能,爱情也是不能忘记的。

对爱情的这种书写方式,在"文化大革命"后的一段时间里,成为不少作家的选择。张承志《黑骏马》书写了白音宝力格和索米娅的爱情,从故意疏远中蕴含的对爱情的掩饰,到内心情感的相互倾诉,到白音宝力格对索米娅的寻找等,展示出对爱情本身的认识。张弦《被爱情遗忘的角落》对小豹子和存妮的那在"被爱情遗忘的角落"里自然萌发的爱情给予了充分的肯定。谌容《人到中年》里的陆文婷也在傅家杰吟诵的"我愿意是激流……只要我的爱人,是一条小鱼,在我的浪花中,快乐地游来游去"的裴多菲诗句中,享受和体会着迷人的爱情。冯骥才《高女人和她的矮丈夫》书写了身高比率失调的夫妻,在生活中的相守和精神上的依偎。汪曾祺的《受戒》更是写出了一对小儿女的纯洁爱情。明海是一个和尚,但他生活的"荸荠庵"却与世俗世界没有本质的差异,不仅周围河水环绕绿树成荫,而且"这个庵里无所谓清规戒律,连这两个字也没人提起",和尚们可以买地,可以杀猪过年,也可以娶妻。聪明漂亮的明海和尚就是在这样的环境中成长着,身居佛门却有着富于世俗和人情味的生活内容。小英是和和尚对立的一个世俗生活中的人,她的家三面环河,像个小岛,"岛上有六棵大桑树,夏天都结大桑椹,三棵结白的,三棵结紫的;……房檐下一边种着一棵石榴树,一边种着一棵栀子花,……夏天开了花,一红一白,好看得很。"在这样的环境熏染之下,小英子纯朴天真、稚气无邪,她和明海和尚一起薅草、唱山歌,一起车水、踩荸荠,甚至连小英子的父母也并不反对女儿和小和尚交往过甚。明海到善因寺去受戒,被选上了"沙弥尾",将来可以当方丈,小英子驾船去接他,然而她不希望明海当方丈、当沙弥尾,甚至毫无顾忌地提出给明海当老婆,而明海也爽快地答应了她。优美纯朴的环境、天真稚气的少年、质直坦白的少年爱情交织在一起,在明净的天人合一的背景中展示了爱情的纯粹和诗意。

值得注意的是,新时期小说书写的爱情中,呈现的常常是对真爱的追寻与坚守,爱情的平等和独立,于是女人不再成为男人的附属品,也剥离了政治元素的制约,文本中甚至出现了性格独立、有自我追求、有事业的理想型人物。张洁《祖母绿》中的曾令儿,为了自己所爱的人,在政治上代他受过,担着风险承受了"右派"的帽子,在生活中独自承受养育私生子所带来的社会压力。但是当他出于良心的谴责提出和她结婚时,她拒绝了,因为她知道他并不爱她。《人到中年》里的陆文婷也是有着自己的事业追求的独立女性。而且,爱情在这一时期的小说文本中呈现出精神之恋的特性。《爱,是不能忘记的》里钟雨和老干部二十多年的精神相守,一生接触的时间却不足 24 小时,甚至"连手也没有握过一次",所有的单独相处只是一次急行军式的散步;《受戒》更是小儿女的质直纯粹的爱情。这样的爱情书写往往注重心灵的契合和交流,欲望的元素被排斥在外。直到王安忆的《荒山之恋》等小说的出现,才将男女情爱中欲的成分张扬出来。

因此,新时期的爱情书写,去除了附加在爱情身上的诸如政治、革命等元素,将爱情作为人的重要精神情感的形式彰显出来,爱情真正地成为小说的核心。很多文本都是表达了对美好爱情的深情呼唤和执著追求。当然刚从禁欲年代里走出来的作家,在对灵与肉合一的爱情的处理上,往往张扬精神的元素,是一种过滤了一切欲望的近于宗教般的爱情,并被作家过分地理想化、神圣化,以至于有点虚无缥缈起来。

六 爱情消解:后新时期

爱情的消解,在丁玲、庐隐、张爱玲等小说中已经有了朦胧的书写倾向。尤其是张爱玲,《倾城之恋》《红玫瑰与白玫瑰》等小说都表达着对爱情的颠覆和解构。《倾城之恋》的标题给人以爱情神话的提示,展开的其实是一场费尽心机的把戏和交易。男挑女逗、欲擒故纵、权衡利弊是白流苏与范柳原"恋爱"的全部内容,最终因为战争,因为城池的陷落才成全了白流苏的爱情。小说中在场的是经济利益而不是爱情,爱情是在谋生的前提之下的交易。

后新时期的小说中,爱情神话更是遭到了全面的挑战。随着市场经济的进一步发展,功利、经济成为生活的轴心,圣洁的爱情也逐渐剥离了神性的外衣被功利诉求所代替。于是新时期小说中永恒专一、纯情幻美、温情脉脉的爱情在后新时期的语境下变得功利化、粗鄙化和世俗化,曾经沧海的爱情一点一点地被污染,爱情不再超凡脱俗,也不再神圣无比。"爱情是什么?它在生活中仅仅是一种装饰,一旦生活暂时蒙上一层阴影,它总是最先被牺牲掉"(张欣《爱又如何》);"我们是彻底根除了浪漫的一代,实用主义是我们的致命救药,我们不会沉入的……"(王安忆《香港的情与爱》)。现实以具体功利的原则撞击了爱情美好的世界,以世俗化的形式消解了爱情的神圣性。

在后新时期的小说里,文本的标题就表达出颠覆的意图:如《不谈爱情》(池莉);《爱又如何》《仅有情爱是不能结婚的》(张欣);《遭遇爱情》《离爱远点》(徐坤);《爱,是可以忘记的》(古叶);等等。而文本的内容更是以世俗爱情的书写颠覆了爱情的神话。

在这些小说里,首先是"不谈爱情"的。池莉曾经明确地宣称:"我的文学创作将以拆穿虚幻的爱情为主题之一。"①因此在她的笔下,爱情成为"过日子"的代名词,无论是谈恋爱还是结婚,其实都是为了达成过日子的一种策略或者实现过日子的各种目的。《不谈爱情》里出自书香门第的医生庄建非与新华书店职工吉玲在樱花树下的相遇,并不是一见钟情的美丽邂逅,而是吉玲为摆脱卑微生活的算计的开始。小市民的家庭环境使吉玲特别富有现实感,婚姻是她预谋的一个目标,谈情说爱对她来说完全是一种人工操作,在爱情的进展过程中,她是工于心计将庄建非这一猎物牢牢抓住。吉玲的母亲在得知女儿攀上庄建非后,也说:"好主儿!没说的好主儿,一定要抓住他!"可以想象,在她们眼中,庄建非根本不是人生伴侣,而只是改变吉玲人生轨迹的工具。婚后的吉玲虽然不被庄家接纳,但也温柔、顺从、贤惠,将庄建非的生活打理得井井有条。然而一件小事引发的婚姻家庭危机,继而引发的一场混战,使庄建非开始思考自己的爱情和婚姻,并得出了结论:这场婚姻无非是"性的饥渴加上人工操作"。然而面对无爱的婚姻,庄建非还是认同了过日子式的生活,"没有爱情就强忍着不谈爱情只谈结婚",因为,"婚姻不是个人的,是大家的。你不可能独立自主,不可以粗心大意。你不渗透别人别人要渗透你。婚姻不是单纯性的意思,远远不是。妻子也不只是性的对象,而是过日子的伴侣。"庄建非经过这一场婚姻的烦恼,终于也认可了爱情与婚姻背离的事实,诗意的爱情悄悄地消隐了。方方的《行为艺术》中,警察小郜在一个雨夜救了一位跳江自杀的女人飘云,并在与飘云的交往中爱上了她。但小郜和飘云的雨夜邂逅、情爱交往不过是飘云导演的"行为艺术",那些爱情只是"行为艺术"中的道具。《风景》里的七哥为了达到自己的目的,放弃了爱情的追求,与某高官的女儿结合,以达到追逐权势的目的,并最终如

---

① 池莉:《请让绿水长流》,《中篇小说选刊》1994 年第 1 期。

愿以偿。池莉《来来往往》里的商界强人康伟业和颇有风情的白领女性林珠,因相互的吸引而走入爱情,但在现实的碰撞之下,"只在乎曾经拥有,不在乎天长地久"的林珠为了现实弃爱而去,曾经的浪漫变成了陌路。显然,这些小说将世俗生活中的爱情、婚姻从以往文学的神圣化书写中放逐出去,将它还原到人类基本生存需要的形而下的原生态层面,爱情成为达到自己目的的工具和手段,爱情的神圣、纯洁被彻底地解构了。

其次,在新写实小说,爱情往往是与庸常生活结合在一起,在世俗化的人生选择中呈现出爱情的世俗。《不谈爱情》里的吉玲出身于小市民,是世俗生活的象征,与吉玲相对的王珞,则是一个充满着浪漫理想的女子,她"不屑于谈家庭琐事,柴米油盐,喜欢讨论音乐、诗歌、时事政治及社会关注的问题"。她以诗情画意的方式谈情说爱,如与庄建非同在一个医院还每日几封情书,在约会的时候还捉迷藏。面对这两个一世俗一高雅的女子,庄建非选择了吉玲,因为在他看来:"女人最好不要太多书本知识,不要太清醒太讲条理,朦胧柔和像一团云就可以了。"这就意味着对世俗生活的选择和诗意爱情的解构,作家对王珞的浪漫描写也有着嘲讽的意味。而且,作家还常常通过庸常婚姻生活的书写来消解爱情。刘震云《一地鸡毛》里的小林,整天为"馊豆腐"、老婆调动工作、孩子入托、大白菜等琐事苦恼着,他的世界我们看不到爱情,只有生活。《烦恼人生》里印加厚一天的生活的琐碎也消解掉了爱情和理想的浪漫。苏童《离婚指南》里的杨泊无法忍受无爱的婚姻,试图从"充满酸臭气味"的苦闷夫妻生活中解脱,但在一番激烈的斗争之后,又回归到了"充满酸臭气味"的生活之中。通过这些文本,作家似乎是要提供一种关于爱情的清醒认识:婚姻里只有实实在在的生活,没有理想主义的浪漫诗意的爱情。

新生代小说以及此时期的女性主义小说,甚至将欲望上升为爱情的主体,消弭了爱情的精神性元素,将爱情更加赤裸裸化。

因此,在日益功利化的今天,爱情对于世人来说是一个虚幻的梦想,只有生活才是真实的,对物质的依赖才是具体的。于是,"爱情"这一曾被赋予了过多浪漫主义和理想主义色彩的词语开始遭到了作家的有意解构,他们从诗意的爱情开始转向真实、世俗的生活,在对充斥着鸡毛蒜皮的庸常生活的书写中,甚至在对剥落了爱情的精神内涵的欲望化书写中,完成了对爱情的消解和颠覆。

第四章　身体元素

　　身体作为一个哲学概念,在很长一段时间里作为灵魂的对立面而被遮蔽和否定,然而随着现代哲学的发展,关于身体的认识和理解也在不断地变化。尼采在《权力意志》一书中提出:"要以身体为准绳。……因为身体乃是比陈旧的'灵魂'更令人惊异的思想。"①这一论断表达的是对基督教禁欲主义的反叛和对人的生理身体和欲望的肯定。此后,维特根斯坦也声称:"人的身体是人的灵魂最好的图画。"②显然身体和灵魂并不是简单的对立而是有着一种更为复杂的纠缠,身体作为一个重要的论题浮现在理论领域中,并对之做着不同的解读和认知。而对身体的主要的观点就是,人的存在首先是身体的在场,"身体是这种奇特的物体,它把自己的各部分当作世界的一般象征来使用,我们就是以这种方式得以'经常接触'这个世界,'理解'这个世界,发现这个世界的一种意义"③。身体正是个体存在的独特价值形态。

　　对身体的肯定当然会引起创作中对身体的重新审视。20世纪的中国文学中也贯穿着身体的元素,从郁达夫、丁玲等现代私小说对身体欲望的直接书写到新生代作家身体书写的恣肆和膨胀,可以说身体一直与文学有着紧密的联系,即使是革命历史小说中对身体的刻意的回避,也是一种有意味的缺席,以缺席的方式昭示另一种在场的形态。其实从某种程度上说,很多写作都是身体在场的书写,以感同身受的方式对人的生命感觉做全方位的提取和把握,从而将人回复到完整的人的状态。因此,"所谓'用身体去理解',标明的是一种生活和思想取向:走向感性、贴近大地、肯定爱欲。……身体性因此是一个社会位置"④,以对感觉与欲望的张扬完成对新的思考方式和生存方

---

① (德)尼采:《权力意志》,张念东、凌素心译,商务印书馆1991年版,第152页。
② (英)维特根斯坦:《哲学研究》,陈嘉映译,上海人民出版社2001年版,第279页。
③ (法)梅洛·庞蒂:《知觉现象学》,姜志辉译,商务印书馆2001年版,第302页。
④ 刘小枫:《个体信仰与文化理论》,四川人民出版社1997年版,第477页。

式的探索。

一　身体的遮蔽与禁忌

中国的儒家传统提出的是"存天理，灭人欲"的道德修养目标，对欲望的罪恶意识已经成为一种文化禁忌，而其归属的身体也就被悬置。在这样的理性力量的压抑之下，作家对身体书写的道德分寸感一般都能拿捏得当，以对灵魂的审视避开对身体欲望的直接描摹，将关注点转向对现实和外部世界的思考和批判。身体在文学中常常是被遮蔽的。

尤其是在十七年文学时期，身体书写几乎在小说中消失。这与当时的语境有关。对革命、劳动、战争等的叙事是文学的主流，对党的歌颂、新中国的歌颂是小说的总主题，带有私人话语性质的凡俗生活被排挤到了文学之外。"要在《红岩》的正面人物中找出凡俗的爱情和家庭的描写肯定是徒劳的"①。在这样的背景之下，与身体相关的爱情都被作为小资产阶级情调而予以了批判和否定，如路翎《洼地上的"战役"》因为涉及了志愿军战士和朝鲜姑娘的爱情，就被批为"歪曲了战士和人民英雄的形象"②，连对爱情的书写都遭到了批判，对身体的书写当然更无法存在。这倒不是说十七年文学中没有爱情，而是没有男女个人之间两情相悦的私密性爱情，充溢着生命激情和文化特质的男女之间的爱情被描写成志同道合、共同成长的催化剂，爱情成了各类英雄的陪衬和点缀，走向了一种政治化和理想化。《青春之歌》中的林道静，在接受了卢嘉川的政治启蒙之后，放弃了与余永泽之间存在着政治分歧的才子佳人式的婚姻，最终与革命者江华走向生命的完美，而决定这次选择的原因是："像江华这样的布尔塞维克同志是值得她深深热爱的，她有什么理由拒绝这个早已深爱自己的人闯入呢？"爱情的选择不是来自两情相悦而是政治上的共同向往与追求。甚至对爱情的表白也变成了铿锵的政治誓言："金燕！让我们团结战斗吧，没有任何理由不好好建设咱这美丽的故乡！爱祖国的观念不是空的。党已经为我们制定了宏伟目标，咱们携起手来大干社会主义吧，有你这样的伴侣，我多幸福！"（柳溪《我的爱情故事》）对爱情和婚

---

① 李杨：《50~70 年代文学经典再解读》，山东教育出版社 2006 年版，第 181 页。

② 巴金：《谈〈洼地上的"战役"〉的反动性》，《人民文学》1955 年第 8 期。

姻伴侣的选择也不是出自感情上的吸引,而是政治上的"门当户对":"我是社员,你家不入社,难道我愿意从社会主义道路上返到资本主义道路上去吗?"这是赵树理《三里湾》中玉梅拒绝求婚者的理由。爱情完全失去了男女之间的个体性元素,成为政治话语的附庸,这样的爱情自然就与身体无关。因此男女之间的结合,几乎都是并肩战斗后的结晶,是志同道合的同志的结合。合作化运动的带头人梁生宝最终还是放弃了蛤蟆滩最漂亮的然而有缺点的女子徐改霞,与先进积极分子、男性化的刘淑良走向了花好月圆(柳青《创业史》)。这样的爱情与婚姻的选择,也使小说中的正面女性形象带上了男性化、英雄化的色彩。刘淑良因为经常劳动有着一双男人式的大手。林道静也走在向英雄靠近的路途上。最典型的当然是《红岩》中的江姐,她的视死如归、坚贞不屈使她笼罩上了英雄的色泽和光环,小说突出的是她的英雄形象而不是女性的柔美。虽然她有家有丈夫,但是家庭生活对于江姐是缺席的,个人情爱让位给了革命事业和现实斗争。面对丈夫被示众的头颅的冷静、一次次酷刑的折磨、残酷的斗争塑造出的是江姐的英雄气质,最终的从容平静的就义,使江姐的形象更加丰满和完美。这样的形象"是'党的女儿',而不是'女人'或'女性'"①。英雄化是这类女性的重要表征,而作为女性的个体性元素却被淡化或者遮蔽了。

当爱情与政治合流,融入了政治的话语体系之中,本来最容易接近身体的爱情成了政治和英雄的陪衬而远离了身体;当女性褪去了女性的性别特征,以男性化英雄化的形式被肯定,身体自然也被放逐。因此,有关个体情感性和生理性的身体叙事,在十七年的小说中几乎是缺席的,不在场的,并以这样的不在场,完成了英雄形象和英雄业绩的塑造,建构起了宏大的、革命化的公共文本空间。

然而,就在革命话语、政治话语覆盖了整个文坛的背景之下,依然有一点欲说还休的身体元素在"缝隙"中生长。《创业史》中这样叙述漂亮姑娘徐改霞下定决心向梁生宝主动表白:

> 她的两只长眼毛的大眼睛一闭,做出一种公然挑逗的样子。然
> 后,她把身子靠得离生宝更贴近些……
>
> ……

---

① 黄子平:《"灰阑"中的叙述》,上海文艺出版社 2001 年版,第 64 页。

生宝在这一霎时,心动了几动。他真想伸开强有力的臂膀,把这个对自己倾心相爱的闺女搂在怀中,亲她的嘴,但他没有这样做。第一次亲吻一个女人,这对任何正直的人,都是一件人生重大的事情!

梁生宝对有着"白嫩的脸盘"、"会说话的大眼睛"、"俊秀的小手"的徐改霞,是有着一种倾慕之情的,但是他拒绝了让他心仪的姑娘身体上的亲近。而拒绝的理由,小说中也有清晰的阐述和分析:

共产党员的理智,在生宝身上克制了人类每每容易放纵感情的弱点。他一想:一搂抱、一亲吻,定使两人的关系急趋直转,搞得火热。今生还没有真正过过两性生活的生宝,准定有一个空子,就渴望着和改霞在一块。要是在冬闲天,夜又很长,甜蜜的两性生活有什么关系?共产党员也是人嘛!但现在眨眼就是夏收和插秧的忙季,他必须拿崇高的精神来控制人类的初级本能和初级感情。……考虑到对事业的责任心和党在群众中的威信,他不能使私人生活影响事业。他没有权利任性!他是一个企图改造蛤蟆滩社会的人!

为了时代事业的需要,梁生宝主动放弃和压抑了个人的情感需求,关于身体和欲望的描述最终是在对它们的理智拒绝中,塑造出了完美的、高大的,为合作化事业、社会主义建设事业牺牲自己爱情幸福的英雄。正是有着这样的叙述效果,身体元素才出现在宏大叙事的缝隙中,成为十七年小说中难得的对身体的肯定。

只是十七年小说中存在的身体元素确实只是革命化叙事缝隙中的遗漏,在文本中少之又少。《林海雪原》里少剑波将恋人白茹描述为"万马军中一小丫,颜似露润月季花"。《野火春风斗古城》里对银环拥抱着杨晓冬时的思绪和举止作了细致的描述:"(银环)一反她的腼腆多思,猛然搂住他。她的搂法不是多情的撒娇的拥抱。她双手套住他的脖子,仿佛是怕他栽倒,也像是怕谁从她手里夺了去。她紧紧搂住他的时候,什么话也不说,就想安安静静的沉默一会儿……她愿意在沉默中渡过他们生命中庄严而又幸福的时刻。"然而,《林海雪原》因为它的爱情叙事而多遭批评,《野火春风斗古城》中的这一段描写在修订版中被删除。在革命化、政治化的宏大语境之下,关于身体的书写显然有着存在的艰难。

　　有意味的是,此时期小说中的正面人物都被塑造成了不食人间烟火,拒绝情爱的神性英雄,涉及欲望叙事的部分则几乎都与坏人的"淫乱"有关:《苦菜花》一开头就是地主儿子"王竹"对贫苦妇女冯仁善媳妇的蹂躏;《创业史》中富农姚士杰对素芳的强暴;《林海雪原》中的蝴蝶迷与土匪纠缠不清的两性关系;《吕梁英雄传》中地主和儿媳妇爬灰的情节;等等。欲望成为彰显坏人龌龊品质的描写手段,同时也通过反动分子的淫乱行为的丑化与批判表明了政治话语的严正立场。

　　因此可以说,十七年小说总是善于将自身个体成员的情爱叙事话语纳入到无产阶级革命事业的宏大叙事中,将他们塑造成为无欲无求、可以为事业牺牲自己幸福的高尚的英雄。这样的总体语境和小说的构建方式,自然将身体元素排斥在了文本之外,即使是偶有呈现,而且是朦胧的节制的书写,也会屡遭责难和批评,被认为是消解和歪曲了英雄的高大形象,甚至遭到被删改的命运。

　　这种状态到了"文化大革命"时期,有了更进一步的发展。如果十七年小说中对身体的书写还是节制的话,那么"文化大革命"时期则完全是禁欲。公开发表流传的文本几乎剥离了情爱元素,对情爱的描写从地上转入地下。

　　"文化大革命"时期是一个极"左"的年代,以政治为权威的主流意识形态占据文坛,作家的创作权利被剥夺,大批的作家自杀、迫害致死、关进牛棚干校等,即使免遭劫难的作家自己也主动放弃知识分子话语权力,努力清算、抛弃新文化的话语传统,竭力向大众话语、主流话语靠拢。在这样的政治话语的覆盖之下,文艺奴化为政治斗争的工具,成为其忠实的附庸和无谓的牺牲。整个创作大到总体构思、情节安排,小到语言运用、细节处理乃至人物姓名,都关乎政治,都有路线斗争的浓重的投影。文艺简化为政治路线、领袖语录的图解,成为政治的简单的复制。而阶级斗争(意识)的膨胀导致爱情、亲情、人情的缺席,相融性人物的情感情绪联系以"革命化"处理,而不是以更为正常的、人情味的爱情、亲情、友情维系。这些真切的普通的情感在"地上"的文学里基本上缺席。最为极端的是在那些样板类的戏剧、电影、小说里,英雄人物都好像不食人间烟火,没有亲情血缘背景,基本上是男的没有妻子,女的没有丈夫,老人没有孩子,孩子没有父母。联结他们的纽带只有革命和阶级感情。少剑波在小说《林海雪原》里还谈了恋爱,到京剧《智取威虎山》里就不谈了。洪常青和吴琼花在原来的剧本《红色娘子军》里还有着至少朦胧的爱情，成了"样板"就连"朦胧"也没了。所有私密化个人化的东西全都被遮蔽掉了，只留下政治、阶级等在文本中覆盖。

然而，任何被压抑的情感总需要一个释放和发泄的途径，主流的话语对个人性私人话语的压制也会遭到私人话语的反抗。在"文化大革命"文学中，有关情爱等的私人生活的真切描写，就由"地上"潜入了"地下"。张扬的《第二次握手》写出了科学家的人生遭际和爱情生活。在一个不能写爱情的时代对爱情的书写，使它只能在"地下"流传，也因为对爱情的书写，它在"地下"的流传范围才这样的阔大。小说写的是苏冠兰在暴雨中救起了被浪花吞没的女子丁洁琼，不久又在一次火车历险中传奇般地相逢，终于坠入爱河。但是才貌双全的男女青年却遭到了重重阻碍，最终苏冠兰与深爱他 20 年的叶玉菡结婚，然而心里依然爱着丁洁琼。这是一次柏拉图式的精神恋爱。苏冠兰这样理解爱情，认为："真正的爱情一定能成功，但并不一定能结婚——'成功'不等于'结婚'。人具有感情，动物具有本能，这是本质的区别。真正的爱情具有深刻、崇高、隽永的精神感染力，这正是人类感情的伟大之处。"正是对爱情的坚守，突破了当时的不写爱情的题材禁区，导致了手抄本的大范围传播。其实，小说中更多写的是爱情，是精神上的恋爱，跟身体无关。苏冠兰与丁洁琼 30 多年的爱情里，没有肌肤之亲，只有两次握手，但这两次握手，表达了他们之间的深深的爱意。在一个规避爱情的时代里，能这样突破已属不易。赵振开(北岛)的《波动》写出的是主人公肖玲的个人遭遇和爱情纠葛，与《第二次握手》一样，由于涉及情爱等私人性的生活描写，也只能手抄传看。这些小说虽然没有对身体的张扬，但毕竟也是缝隙中的关于情爱的描述，在将爱情视作毒草的年代，呈现的是对个体的私人化的体认。

必须要说明的是，在新中国成立后到"文化大革命"这漫长的近 30 年的时间里，由于政治、革命、道德以及理性等的规约，关于身体的叙事其实只是依稀存在，虽有部分小说涉及，但也是宏大叙事中的缝隙。尤其是在"文化大革命"时期，禁欲成为覆盖文学的一种表征，爱情成为个人生活和小说中不能涉及的话题，关于爱情的书写只能转入地下，关于身体的书写更是鲜有表达。因此，就整体而言，这个时期是身体被遮蔽而成为禁忌的时代，小说对身体的表达只是禁忌时代里的朦胧的节制的流露。

二　身体的去蔽与敞开

中国文学中身体的去蔽和敞开，其实在明代的话本和拟话本小说中已经有所呈现，到了《金瓶梅》、三言二怕等世情小说中更是肯定和张扬人的世俗欲望，这些小说在民间和士人中的流行，标明了传统的伦理观念的新变。晚清的狭邪小说和稍后的鸳鸯蝴蝶派小说也并不避讳对身体的书写。尽管这些小说常常是"发乎情止乎礼义"，"不是太淫荡，而是太圣洁——不但没有性挑逗的场面，连稍为肉欲一点的镜头都没有，至多只是男女主人公的一点'非分之想'"①。但毕竟身体已经不再被遮蔽，在传统理学的束缚之下开始挣脱出来。

五四时期，"人的解放"的时代主潮，带来了对人的全新的认识。而人是灵肉统一的存在，既有精神的欲望也有物质的欲望。小说开始正视人的身体本能，尤其是以郁达夫为代表的浪漫抒情小说，展开了对人的本能欲望的书写。《沉沦》写的是一个留学日本的患有忧郁症男青年，从小服膺的是"身体发肤不敢毁伤"的圣训，但是异族的歧视和陌生的环境使他更加忧郁和孤独，尤其是在路上遇到了两个日本女学生后，作为弱国子民的屈辱感包围了他的全身，也使他极度自卑。在痛苦中他渴望得到异性的爱情的抚慰，但爱情的追求在屈辱的异国环境中同样是不可能得到满足的。为寻求解脱，他不自觉地犯罪，偷看房东的女儿洗澡，偷听青年情侣的野合，这一连串的行为又使他自悔自恨。当生理本能暂时居于上风时他走进妓院，可事后又是"悔也无及"，在痛苦的自责中走向大海。小说的基本情节就是"路遇-自慰-窥浴-偷听-宿妓"，书中较为大胆而又细微地描写了"他"因压抑而产生的性心理的扭曲和变态。这样的书写表达的是郁达夫对人的生命中所包孕的情欲问题的肯定。小说中的"他"一再呼告："知识我也不要，名誉我也不要，我只要一个安慰我体谅我的'心'。一副白热的心肠！从这一副心肠里生出来的同情！从同情而来的爱情！""苍天呀苍天，我并不要知识，我并不要名誉，我也不要那些无用的金钱，你若能赐我一个伊甸园内的'伊扶'，使她的肉体与心灵，全归我有，我就心满意足了。"对生理欲望的肯定，对爱情的渴望，吻合的正是"五四"个性解放的时代气氛。这与郁达夫所受的西方人道主义特别是

① 陈平原：《二十世纪中国小说史》第 1 卷，北京大学出版社 1989 年版，第 258 页。

卢梭"返归自然"的思想影响有关,他认为"情欲"作为人的天性应该在艺术中得到合理的正视和表现,又受到大胆描写灵肉冲突的日本私小说的影响,郁达夫总是在作品中大胆直率地描写性爱心理。这种对身体的肯定,包孕的是郁达夫用民主和科学的眼光去审视正常的身体需求和心理需求的态度。而且,郁达夫对身体、对欲望的书写,又与作为弱国子民的屈辱交织在一起,个体的压抑与国家民族的懦弱衰败密切相关。小说中,大胆的情欲书写指向的是对民族贫弱处境的抗议:"祖国呀,祖国! 我的死是你害我的! 你快富起来,强起来吧!"个人的不幸与民族的悲哀不幸缠绕在了一起,作品的社会意义也借此得以强调出来。因此,郁达夫小说总是通过对备受压抑的身体欲望、大胆率真的欲望的表白,来反抗封建伦理道德的束缚,揭示封建伦理道德的虚伪性,同时表达对国家民族的热爱,性的苦闷与民族的解放纠缠在一起。在《沉沦》的接受史上,也常常从反封建、爱国主义等层面和角度去解读和接受文本。这使小说中处处彰显的"身体"反倒交织了太多非身体的元素,但这些关于身体的描述本身,还是体现出了对人的自然属性合理发展的肯定,实现了对身体的去蔽和敞开。当然这种敞开是有尺度的控制。

郁达夫之后,丁玲的《莎菲女士的日记》同样以大胆的笔触书写女主人公的身体欲望和占有心理,表现陷于灵肉冲突中的女主人公内心的驿动。在北京公寓里养病的莎菲爱上了外表出众的凌吉士,并产生了狂热的情欲渴望,她想方设法接近凌吉士,"我要占有他,我要他无条件地献上他的心"。即使后来发现"那使我爱慕的一个高贵的美型里,是安置着如此的一个卑劣的灵魂",可还是一面鄙视凌吉士,一面摆脱不了内心欲望的癫狂:"他能把我紧紧的拥抱着,让我吻遍他全身。"莎菲和《沉沦》中的"他"一样,都以对爱情的渴望表达着对人的解放的无限憧憬,病态地反抗着封建礼教的束缚,他们都以惊世骇俗的对身体的肯定和对欲望的张扬完成了对个体自由的隐喻和象征的书写。郁达夫和丁玲的小说也最终汇入了反封建伦理的"五四"潮流,具有更多的社会价值。

20 世纪 30 年代出现在上海的新感觉派小说,再一次带来了身体的去蔽和敞开。喧嚣骚动的十里洋场,现代都市物质和商业文明和开放的爱情观念纠缠在一起,欲望化的都市背景为个体欲望的放纵提供了可能和理由。穆时英《夜总会里的五个人》里的街道,充斥着都市的喧嚣和物质化色彩:"红的街,绿的街,蓝的街,紫的街……强烈的色调化装着的都市啊! 霓虹灯跳跃着——五色的光潮,变化着的光潮,没有色的光潮——泛滥着光潮的天空,天空中有了酒,有了灯,有了高跟儿鞋,也有了钟……"炫目的色彩和氤氲着酒的香味的街道贴近了享乐式的生活实质和生活追求。而《上海的狐步舞》则这样描写街道的色情本质:"上了白漆的街树的腿,电杆木的腿,一切静物的腿……Revue似地,把擦满了粉的大腿交叉地伸出来的姑娘们……白漆的腿的行列。沿着那条静悄悄的大路,从住宅的窗里,都会的眼珠子似地,透过了纱窗,偷溜了出来淡红的、紫的、绿的,处处的灯光。"姑娘们的大腿林立的街道,构成了对过往行人的挑逗和诱惑,也使感官消费随时成为可能。而且,新感觉小说的故事发生地常常是夜总会、舞厅等声色场所,在这些地方,到处都是"酒精的刺激味,侧着肩膀顿着脚的水手的舞步,大鼓呼呼的敲着炎热南方的情调,翻在地上的酒杯和酒瓶,黄澄澄的酒,浓洌的色情……"(穆时英《夜》)身体的消费是这些场所的惯常内容,欲望在这些场所中流转,身体在这些场所中展开:

> 在这"探戈宫"里的一切都在一种旋律的动摇中——男女的肢体,五彩的灯光,和光亮的酒杯,红绿的液体以及纤细的指头,石榴色的嘴唇,发焰的眼光。中央一片光滑的地板反映着四周的椅桌和人们的错杂的光景,使人觉得好像入了魔宫一样,心神都在一种魔力的势力下。

刘呐鸥《游戏》中的这段文字正是对现代人欲望的声光影色的捕捉和呈现。这样的背景也自然为身体的敞开提供了开放的场地,鳗鱼式的女人一边"快快活活地"做着"一个爽快的汉子"的未婚妻,一边又为步青献出了自己宝贵的"贞操",并对步青说"——忘记了吧! 我们愉快地相爱,愉快地分别了不好么?"爱情退出了两性交往的愉悦,本我的放纵替代精神的恋爱成为男女之间关系的主导,人在物质的高度发展中成为欲望的载体,这在新感觉小说中几乎是被普遍描述的内容。刘呐鸥在《两个时间的不感症者》里写出了男女间的情欲,"在这都市一切都是暂时和方便"。一对陌生的都市男女在赛马场偶然相遇,随后开始了一场爱情的狩猎活动,由赛马场到吃茶店,再由吃茶店到舞厅,在都市的街头流连,俨然是一对情侣。然而当他们一走进舞厅,女子便迅速地抛下了男子,与另一位预约的男子翩翩起舞,舞罢又匆匆更衣去赴另外一个男子的饭局。女主人公在三个男人之间赶场子般地流转,她自己也承认,"还未跟一个gentleman一块儿过过三个钟头以上呢"。爱情已经随着物质文明而商业化了,只剩下身体的放纵和享乐。刘呐鸥《礼仪和卫生》里的律师姚启明习惯于在声色场所游走，身上常留着女人的香水味和胭脂痕，妻子可琼也曾为了音乐家恋人而学钢琴，现在在画家妹夫的画室里当模特儿。小说写道，古董店的法国老板看上了可琼，以古董店为交换条件，换得了姚启明的同意，允许他的妻子供法国人享享艳福，实现了两个男人之间的交易。临走的太太可琼也给姚启明留下了条子，"至于我不在时你的寂寞我早已料到，这小小的事体在你当是很容易解决的，可是当心，容易的往往是非卫生的。所以已经说好了然来陪你了。""然"是可琼的妹妹白然。感情的交换被简化得如同家常便饭，朝夕之间已是数易其手，陌生人之间的邂逅都可以实行和完成肉体的消费。精神退出了爱情的领域，只剩下身体在欲望里狂欢。施蛰存的《春阳》也写出了婵阿姨在暖和的春天里，在暖阳的照耀下萌发了对一个年轻银行职员的爱欲冲动。可以说，新感觉派小说除去了覆盖在身体之上的遮蔽，表达着对身体本身和欲望的关注。在他们的笔下，身体不再需要接受道德、革命等的控制和掩盖，人抛弃了理性和道德只受本能的驱使享受着快乐，并且和其他的都市符号一起共同构成了都市的风景，完成了金钱和欲望所构成的众声喧哗的都市形象的塑造。

与郁达夫、丁玲、新感觉派不同，新时期之后的小说对身体的书写，更多了性别意义上的价值，承载了更多文化的功能，也更少尺度的控制。王安忆的"三恋"、《岗上的世纪》以对生命欲望和两性身体的书写招致众多争议，以对人的自然属性的探索引起众多关注。《小城之恋》写的是一对同在剧团长大的男女，因为练功失败身体变形，再也没有了上舞台演出的机会，在身体的相互吸引中走向了远离理性和精神的另一个生命狂欢的舞台。小说一开始就是对双方畸形身体的展示和描述：一干人在艺校老师的带领下"参观"和"考察""她"的身体："腿粗，臀圆，膀大，腰圆，大大的出了差错。两个乳房更是高出正常人的一二倍，高高耸着，山峰似的，不像个十四岁的人。"而"他的身体不知在什么地方出了问题，不再生长，十八岁的人，却依然是个孩子的形状，只能跳小孩儿舞。待他穿上小孩儿的装扮，却又活脱脱显出大人的一张脸，那脸面比他实际年龄还显大。"从对身体的书写切入小说的创作将文本引向了身体。之后，开始了一场与精神无关的"无韵的韵事"①。身体的变形

---

① 王安忆：《无韵的韵事——关于爱情的文本》，《重建象牙塔》，远东出版社 1997 年版，第 1 页。

使他们失去了艺术的舞台,但是练功还是一如既往,并在这过程中开始审视对方的身体:

> 汗水从每一个毛孔汹涌地流出,令人觉着快意,湿透的练功服紧紧地贴住了她的身体,每一条最细小的曲线都没放过。她几乎是赤身裸体,尽管没有半点暴露,可每一点暗示都是再明确不过的了。那暗示比显露更能激起人的思想和欲念。她的身体是极不匀称的,每一部分都如漫画家有意的夸张和变形一样,过分的突出,或过分的凹进。看久了,再看那些匀称标准的身体,竟会觉着过于平淡和含糊了。而他浑身上下只有一条田径裤头,还有左腿上一只破烂不堪的护膝。嶙峋的骨头几乎要突破白而粗糙的皮肤,随着他的动作,骨头在皮肤上活动。肋骨是清晰可见,整整齐齐的两排,皮肤似乎已经消失,那肋骨是如钢铁一般坚硬,挡住了汗水。汗水是一梯一梯往下流淌或被滞住,汗水在他身上形成明明暗暗的影子。而她却丝绒一般的光亮细腻,汗在她身上是那样一并的直泻而下。两个水淋淋的人儿,直到此时才分出了注意力,看见了对方。在这之前,他们从没有看见过对方,只看见、欣赏、并且怜惜自己。如今他们忽然在喘息的机会里,看到了对方。两人几乎是赤裸裸的映进了对方的眼睑,又好似从对方身体湿漉漉的反照里看出了自己赤裸裸的映象。他们有些含羞,不觉回避了目光。

正是这种身体上的吸引,练功的过程变成了偷窥、敌视,甚至占有对方的过程,不可抑止的欲望和骚动常常会毫无顾忌地涌现,他们采用种种方式甚至超强度练功以虐待自己,试图以此挣脱煎熬,但还是无法逃脱。两个身体无法控制地走向欲望的狂欢。而且这样的狂欢给他们带来的是生命的快感,他们觉得"幸福得几乎要叹息,真恨不得将这幸福告诉每一个人"。肌肤相亲甚至让他们容光焕发:"她面色姣好得令人原谅了她硕大笨重的体态,眸子从未有过的黑亮,嘴唇从未有过的鲜润,气色从未有过的清朗,头发则是浓黑浓密。她微黑的皮肤细腻光滑,如丝绸一般。身体依然是不匀称,可每一个不匀称的部位,线条却都柔和起来,不同先前那样的刺目。""他,则是平复了满脸满身的疙瘩,褐色的疤痕不知不觉地浅了颜色,毛孔似也停止分泌那种黄腻腻的油汗,脸色清爽得多了,便显出了本来就十分端正的五官。"身体上的吸引和放纵带来的是身体的改变。在这一场情爱的发生中,完全剥离了精神性的元素，生命的本能的冲动构成了恋情的基础，"他们并不懂什么叫爱情，知道互相是无法克制的需要"。这种需要使他们一次又一次地失去理智，寻找任何一个可以满足的机会。尽管肉体上的狂欢使他们的内心充满矛盾和痛苦，充满了罪恶感，但是欲望战胜了理智成为他们生命的主宰，放纵的欲望成为他们相互身体纠缠的推动力，身体的吸引盖过了精神上的两情相悦，没有了爱情基础的欲望使他们的爱恋纯粹为一种肉体之恋，并在纵情声色中相互角逐和格斗。整篇小说完全消弭了精神性的元素，将人的原始冲动铺写为人生情爱的所有表征和内容，与生命欲望关联最深的身体获得了一次纵情释放的机会。

《荒山之恋》中的"他"也回归了个人的原初本能状态。懦弱、敏感、依赖性强的大提琴手"他"爱自己的妻子，又与文化宫风流的女打字员发生婚外情。在欲望驱使下的斗胆偷欢，一方面唤醒了他的身体意识，一方面又对妻子和女儿充满愧疚。他也曾想了断与打字员的罪孽情爱，请求妻子的宽容。而妻子一边大度容忍一边暗地运作将他调往外地，打字员的丈夫也引来众人将他痛殴。情事的公之于众使他们的幽会转入"地下"，荒山成了他们纵欲的舞台，"他们已经没有了道德，没有了廉耻，他们甘心堕落，自己再不将自己当作正派人"。当私奔无望之时，他们选择了自杀以反抗舆论、习俗和规约，他喝下了七瓶安眠药，她用毛线绳子将两人的身体缠裹起来。欲望放纵之后是身体的疯狂和混乱。《岗上的世纪》也直接进入人的生命本能，李小琴和杨绪国摒弃一切理性的因素任自己在无限的快感中飞升，在生命的狂欢和情欲的狂暴宣泄中张扬出对人类的生命本体意义的肯定和理解。

因此，王安忆这些 20 世纪 80 年代的小说探索了"身体"的丰富矛盾和秘密，男女主人公都在规避理性之后获得了身体意识的觉醒和身体的狂欢，彰显出他们生存的感官化形态，这样的体认拒绝和否认或者远离了人作为个体的政治化、社会化的生存特性，表达了王安忆对作为生存个体的人的一种理解。

林白、陈染等的"私人化"写作则体现了对身体的更为彻底的认同。她们的写作不再关注社会政治、社会精神症候，而是转向对自我身体的凝视，以对女性身体、女性欲望的书写建构起女性的自我主体意识。林白《一个人的战争》营造出了一个美丽而神秘的女性世界，女主人公多米一再以饱含欣赏的目光发现女性的美丽和迷人，包括自己作为女性的身体的美丽，于是，自恋和同性恋成为对女性美丽的一种表达方式。小说中这样书写多米对自己身体的认识:"我的身体太敏感,极薄的一层衣服都会使我感到重量和障碍。我的身体必须裸露在空气中,每一个毛孔都是一只眼睛一只耳朵。它们裸露在空气中倾听来自记忆的深处、沉睡的梦中那被层层的岁月所埋葬所阻隔的细微的声音。"认识自己的身体是多米克服成长的迷惘、获得性别身份确认的途径。而多米与身边女性之间暧昧不清的同性恋情谊,表达的也是对女性的性别和身体的欣赏。因此,当多米在人生的成长中经过一次次的逃离男性和男性的世界,最终决定嫁给自己时,她才重新拥有自己,拥有自己的身体。《一个人的战争》从某种程度上表达的就是一个女人只有回归到身体才能拥有女性的独立自我的观念,在对女性身体成长和欲望觉醒过程的书写中完成了对女性性别的确认。陈染《私人生活》里的倪拗拗也声称"只有我的身体本身是我的语言",她将自己的胳膊和大腿分别命名为"不小姐"和"是小姐",热衷于让"不小姐"和"是小姐"对话。无论是多米还是倪拗拗,对女性身体的迷恋使她们剥离了惯常的男性审视女性的视角,而纯粹以女性的自我审视来完成对身体的欣赏和解读。在文本中,完成这种审视的道具常常是镜子,当女性通过镜子审视自己的身体时,就成为感知和思维的主体。倪拗拗会"对着镜子长时间地观察"自己身体的变化。陈染《与往事干杯》中的肖蒙"拿着面镜子对照妇科书认识自己",而"禾寡妇的房间,在我的记忆中始终有一种更衣室的感觉,四壁镶满了无形的镜子,你一进入这样的房间,就会陷入一种层见叠出,左右旁通的迷宫感"。镜子构成了禾寡妇生活的另一半,也是女性身体的另一种存在方式。而另一个道具是浴室:"无论什么时候,只要我向浴室里面望上一眼,立刻就会觉得自己刚刚完成一次遥远的旅程,喘息未定,身心倦怠,急需钻进暖流低徊的浴缸中,光裸的肢体鳗鱼一样静卧在沙沙的水流里,感受着仅存的摩挲的温暖。"(陈染《私人生活》)将裸露着身体的自己放置在幽闭的浴室中,沉浸在私密的浴缸里,充分感受这一种怜香惜玉的快感。实质上,在陈染和林白的作品中,女主人公对镜自赏、在浴室展示自己身体的细节是反复出现的叙述,她们以此来完成对女性身体的认知和女性自我意识的认知。

埃莱娜·西苏曾说:"妇女的身体带着一千零一个通向激情的门槛,一旦她通过粉碎枷锁、摆脱监视而让它明确表达出四通八达贯穿全身的丰富的含义时，就将让陈旧的、一成不变的母语以多种语言发出回响。"①陈染、林白们的创作正视了女性内在的自我欲望，以身体穿透灵魂的生命体验，从身体层面对女性躯体形象进行重构，将女性从男性的话语体系中独立出来，从而完成了对女性的身份确定，表达了女性自我意识的觉醒。显然，同样将身体作为审美体验的主体，林白和陈染相比较王安忆，她们更突出了性别，从女性的私人经验入手，以女性的私密的身体为切入口，将女性的欲求与渴望置于中心位置不断呈现，描述经由身体感知的隐秘的女性生命体验，表达对女性自我魅力的肯定，彰显了女性的人性力量，从而发出了女性自己的声音，将女性从主流话语中解脱出来。

总体而言，从郁达夫、丁玲到王安忆，再到陈染、林白，他们的创作都表达了对身体的关注，尽管目的有所不同，或为反封建伦理道德，或为表现女性的私人经验以确立女性的自我意识，文本书写的共同表征是对身体的肯定和敞开，身体作为人的存在方式，以在场的姿态留存在叙事空间里。

三　开放时代的身体狂欢

陈染、林白们的写作，是从最私密性的身体感受出发，"将那些曾经被集体叙事视为禁忌的个人性经历从受到压抑的记忆中释放出来"②，以女性生命的体验为切入方式，以对女性身体欲望的呼唤，表达了对男性中心文化的对抗和逃离。而 20 世纪 90 年代之后，市场化经济运作以利益最大化为原则，消费大潮在各个层面和领域涌动，时代趋向一种更大尺度的开放和狂放。这样的时代语境和气候，催生了对身体的更为直接的、细节化和世俗化的书写，任何理性的元素都被剥离，只有欲望化的身体在文本中狂欢，"身体"以纯肉体的形式，陷入前所未有、为所欲为的狂欢与放纵中。

贾平凹《废都》追求人的"原生态"，用大量的笔墨大胆而直露地渲染了庄之蝶与众多女人之间的肉体激情，显示了开放时代身体的狂欢姿态。尽管小说的意图是表现以庄之蝶为代表的颓废知识分子的放浪形骸和自暴自弃，在对肉欲的变态追求中实现自我消解，但由于被认为是出位的关于欲望、情

---

① （法）埃莱娜·西苏：《美杜莎的笑声》，张京媛主编：《当代女性主义文学批评》，北京大学出版社 1992 年版，第 201 页。

② 林白：《记忆和个人写作》，《花城》1996 年第 5 期。

色的描述,遭到诸多出自道德层面的批判,而招致被禁的命运。

此后,卫慧、棉棉等美女作家的出现将身体的狂欢推向世俗化。在她们的笔下,生存的城市是欲望化的城市,"站在顶楼看黄浦江两岸的灯火楼影",直刺云霄的建筑物犹如这个都市的生殖器官,"是这城市生殖崇拜的一个明证。轮船、水波、黑黢黢的草地、刺眼的霓虹、惊人的建筑,这种植根于物质文明基础上的繁华只是城市用以自我陶醉的催情剂"。被欲望裹挟的都市催生着时代的物质文明,生活在这个都市中的个体也在这种欲望本能的催情作用下茫然无序地在欲望中穿行。小说中的人物不再像多米们蜷缩于封闭的房间审视自己的身体经历成长的锐痛,而是张开双臂扑入城市的各个角落,在咖啡厅、酒吧、舞厅等充满欲望的空间场所纵情狂欢。

卫慧、棉棉是都市中物质化的存在,乌托邦理想的崩溃使她们在精神方面变得极为匮乏,消费文化、享乐主义的盛行,使她们不可能对生活中被制造出来的物质享受符号没有虚荣的欲望。她们以另类的生活方式在都市里穿行,在都市的浮华和欲望背景中纵情声色,但是对身体的放纵带来的是精神的虚无,甚至身体本身也是虚无的,抓住身体的企图最终使身体的神话陷入荒诞。卫慧《上海宝贝》里的"我"就指明这种身体的满足,"对感情对内心的虚无感起不了作用,我们用身体交流,靠身体彼此存在,但身体又恰恰是我们之间的屏障,妨碍我们进一步的精神交流"。身体似乎是她们的最后一根救命的稻草,但这根稻草是不可靠的。这正如葛红兵所说:"纵观当下社会消费主义富足外观之下,同时存在着两种赤贫化,一种物质的赤贫,他们在城市不被人看见的角落流行,另一种就是中国的后期新生代作家们,他们是城市中得了精神赤贫症的游牧族,在城市的繁华外衣下,是他们犹如细菌一样赤裸的身体,他们脱光了衣服,在早期新生代的抗争与呼号之后,赤裸着下身在城市中暗暗游走。"①

可以说,世纪末的小说中,开放的时代、消费主义思潮的盛行,带来了身体的狂欢,人物在作品中纵情声色,肆意挥霍生命的激情,身体以本能的原初欲望的形式呈现出来。对身体的这样的写作方式,把自我躯体由被书写的欲望对象变为主动书写的欲望主体,从这个层面获得女性自我关照、自我言说

---

① 葛红兵:《身体写作——启蒙叙事、革命叙事之后:"身体"的当下处境》,《当代文坛》2005年第3期。

的权利,是对男权话语系统的突破。女性以"压抑已久的嘶哑之音,呼喊与细语出她们生命最本质的愤懑与渴望,她们不惜以自恋自暴甚至自残自焚式的举动争得一份属于她们自己的话语权利,表明她们心底的不甘和颠覆的决绝"①。但是大胆地书写身体、书写欲望,甚至将欲望、肉体作为书写的唯一目的,将身体简单化,片面强调了身体的生理性因素,以为肉体就是一切,从而招致精神的失落与荒芜。"蔑视身体固然是对身体的遗忘,但把身体简化成肉体,同样是对身体的践踏。当性和欲望在身体的名义下泛滥,一种我称之为身体暴力的写作美学悄悄地在新一代笔下建立了起来,它说出的其实是写作者在想象力上的贫乏——他牢牢地被身体中的欲望细节所控制,最终把广阔的文学身体学缩减成了文学欲望学和肉体乌托邦。肉体乌托邦实际上就是新一轮的身体专制——如同政治和革命是一种权力,能够阉割和取消身体,肉体中的性和欲望也同样可能是一种权力,能够扭曲和简化身体。"②对身体的迷信导致了肉体乌托邦,反而会造成对身体认识的一种误读和偏差,至少是将身体简单化了。

百年中国的小说发展中,对身体的认识和书写,也经历了起伏和波折。五四时期高扬的人的解放的时代思潮和主题,将身体从遮蔽的状态中解救出来,郁达夫和丁玲从男性和女性的不同视点,借助身体完成了反封建伦理道德的启蒙意图。新中国成立后政治伦理压过一切,在节欲和禁欲的总体氛围之下,爱情成为英雄人物塑造的点缀和附庸,作为欲望载体的身体自然不符合神性英雄形象的塑造,偶尔的一点身体书写也常常是欲说还休,并且被理性的反思消解殆尽。直到 20 世纪八九十年代,身体才在新的时代语境中获得了一种敞开甚至狂欢,尤其是女性作家以私人经验切入对身体的书写,以对个体感觉和生命本能的张扬,拆解男权社会的话语霸权,建构起了女性主体的话语空间。而世纪末卫慧、棉棉等美女作家更是将身体放入纵情的狂欢之中,身体开始向享乐的边缘滑落。因此,关于身体的书写,或隐或显地贯穿在整个 20 世纪的小说创作之中,而且不同时期的文学文本想象、处理和呈现身体的方式存在着不同的特征,蕴含着丰富的历史和文化内涵。

---

① 徐坤:《双调夜行船:九十年代的女性写作》,山西教育出版社 1999 年版,第 17 页。
② 谢有顺:《文学身体学》,《先锋就是自由》,山东文艺出版社 2004 年版,第 49 页。

第五章　疾病元素

　　疾病是人类生存的基本经验,与身体及社会有着多重密切的关系。"疾病是生命的阴面,是一种更麻烦的公民身份。每个降临世间的人都拥有双重公民身份,其一属于健康王国,另一属于疾病王国。尽管我们都只乐于使用健康王国的护照,但或迟或早,至少会有那么一段时间,我们每个人都被迫承认我们也是另一王国的公民。"①疾病是人类永恒的生存困境,也一直是文学及其他艺术表现的原型母题,呈现出丰富的伦理和审美内涵。尤其是在文学领域,"疾病和疗救的主题成为仅次于爱与死的文学永恒主题"②,对疾病的书写构成了文学的重要元素,成为小说中一个重要的叙事符码。

　　自古以来,中国的文人就有着"多愁多病"的审美趣味。《西厢记》的张生、崔莺莺是"多愁多病身,倾国倾城貌"。《红楼梦》里的太太小姐们也常染有疾患,林黛玉"两弯似蹙非蹙笼烟眉,一双似喜非喜含情目。态生两靥之愁,娇袭一身之病。泪光点点,娇喘微微。娴静时如娇花照水,行动处似弱柳扶风。心较比干多一窍,病如西施胜三分。"是著名的"病西施"形象。薛宝钗、王熙凤、秦可卿等,也都是病弱娇羞,疾病已经成为了她们身份和形象不可剥离的元素,也是一种尊贵的装饰和象征。可以说,病态美构成了中国小说形象塑造的审美特征之一。

　　翻开 20 世纪中国小说,依然可以发现,各种各样的疾病充满了小说的书写空间。新文学的第一部作品,鲁迅的《狂人日记》,塑造的是一个精神疯癫的狂人形象,郁达夫《沉沦》等小说中的人物也常常患有忧郁症、神经衰弱等疾病,这喻示着新文学一开始就将小说与疾病联系在一起,赋予疾病以一种现代化的书写方式和现代性的思想内涵。之后,萧红《呼兰河传》里的小团

---

① (美)苏珊·桑塔格:《疾病的隐喻》,程巍译,上海译文出版社 2003 年版,第 5 页。
② 叶舒宪:《文学治疗的原理及实践》,《文艺研究》1988 年第 6 期。

圆媳妇、古华《芙蓉镇》里的王秋赦发了疯；丁玲《莎菲女士的日记》主人公莎菲在北京的公寓里养病；张爱玲《花凋》里的郑川嫦、巴金《寒夜》里的汪文宣、《灭亡》里的杜大心等都是肺结核患者；韩少功《爸爸爸》里的丙崽是弱智；史铁生《命若琴弦》讲的是两个瞎子的故事……各种各样的疾病意象爬满了小说的空间。而小说中的疾病不再仅仅是生理意义上的医学症候，它已经超越了疾病的医学意义，被灌注了社会、政治、经济、文化、美学等诸多意蕴，作为隐喻的疾病也随之产生。正如苏珊·桑塔格指出的："疾病是通过身体说出的话，是一种用来戏剧性地表达内心情状的语言，是自我表现的形式。"①于是，作为一个事件或者意象，小说中的疾病拥有着耐人寻味的文化意蕴与审美指向。因此，20 世纪中国小说的发生、发展，与疾病书写有着难以割舍的隐秘关系，许多作家的创作经常涉及疾病的描写，以此来完成意蕴丰厚的隐喻世界的创造。"'疾病'作为隐喻日益弥漫在中国知识精英的话语表达之中，并转化为一种文化实践行为。"②疾病元素一直伴随着 20 世纪中国小说的发展。

一　精神恍惚的生存恐慌

疾病的类型是多重的，但基本上可以归纳为功能性和器质性两类。在 20 世纪的小说中，有大量的文本涉及了功能性疾病，其中最为典型的是"疯癫"。关于疯癫，一般的理解是精神错乱和言行怪诞，是对正常的规范和秩序的偏离，疯癫者常常直接被称为"疯子"。福柯则在梳理了疯癫的认识史之后提出："'疯癫'不仅仅是一种精神病变，更是文明或文化的产物。"③非理性的思想行为中承载着人性的异化与压抑，与秩序规范的偏离蕴含着对现实的反抗。这样，"疯癫"的内涵也就更为丰富。肇始于"五四"新文化运动的中国现代文学，在张扬个性成为时代共鸣的气氛中，在个体意识觉醒的背景下，在启蒙成为文学主题的整体语境下，书写和塑造思想行为独异的生存个体成为了普遍的时代风气，对病态心理的描摹、对具有反抗姿态的疯癫的表

① （美）苏珊·桑塔格：《疾病的隐喻》，程巍译，上海译文出版社 2003 年版，第 41 页。
② 杨念群：《再造"病人"》，中国人民大学出版社 2006 年版，第 6 页。
③ （法）米歇尔·福柯：《疯癫与文明》，刘北成、杨远婴译，生活·读书·新知三联书店 2005 年版，第 25 页。

现自然成为流行的主题,启蒙者和疯癫在反抗性上形成了对接。于是,鲁迅、柔石等作家的创作都曾在不同层面上涉及疯癫的精神现象。

鲁迅的第一篇小说也是新文学的第一部作品《狂人日记》,狂人主人公的出现意味着疯癫意象与新文学之间的纠结关系,狂人是文本阐述启蒙主题的途径。而就这个人物形象的塑造而言是具有双重性的。一方面,是严格按照现实主义创作方法塑造的写实的人物,是一个出身封建家庭,在新思潮影响下开始觉醒、反思,因而受到迫害以致发狂的知识分子,他的多疑、混乱的思维,从总体到细节无不切合迫害狂、妄想症患者的精神特征:

> 早上小心出门,赵贵翁的眼色便怪:似乎怕我,似乎想害我。还有七八个人,交头接耳的议论我,又怕我看见。一路上的人,都是如此。其中最凶的一个人,张着嘴,对我笑了一笑;我便从头直冷到脚跟,晓得他们布置,都已妥当了。

> 我可不怕,仍旧走我的路。前面一伙小孩子,也在那里议论我;眼色也同赵贵翁一样,脸色也都铁青。我想我同小孩子有什么仇,他也这样。

> 家里的人都装作不认识我;他们的眼色,也全同别人一样。进了书房,便反扣上门,宛然是关了一只鸡鸭。

一个患有"迫害狂"症的狂人,他对外界事物格外敏感、多疑,并且不由自主地产生错觉与幻觉,感觉自己时时处于被迫害的境况。这与精神病患者的言行表现是相吻合的。

另一方面,作品借助暗示、双关,赋予狂人的胡言乱语以深刻的寓意,从而使其成为无畏的反封建斗士的象征形象,一个敢于抗天拒俗的精神界之战士。整篇小说是由狂人的"疯言疯语"所构成的,这"疯狂"既是一种"自然"话语,也是一种政治话语叙述——封建礼教"吃人"实质的隐喻。于是,"疯言疯语"的核心词汇是"吃人":狼子村的佃户吃人,周围的人包括大哥都在谋划着吃"我"。并进一步发现"历史"是"吃人"的:"我翻开历史一查,这历史没有年代,歪歪斜斜的每页上都写着'仁义道德'几个字。我横竖睡不着,仔细看了半夜,才从字缝里看出字来,满本都写着两个字是'吃人'!"揭示出了封建礼教"吃人"的本质,并完成了对封建礼教的整体性否定。鲁迅在1918年8月20日致许寿裳的信中谈道:"偶阅《通鉴》,乃悟中国人尚是食人民族,因成此篇。此种发见,关系亦甚大,而知者尚寥寥也。"①狂人形象的塑造中应该注入了鲁迅长期研究中国社会和历史的心得。而且,狂人还敢于怀疑自己,当狂人发现了他人的"吃人"和历史的"吃人"本质,开始惊惧于自己的"被吃"之后,发现了自己也是一个吃人者,于是作出了痛切的自我反思:"几千年来时时吃人的地方,今天才明白,我也在其中混了多年;……有了四千年吃人履历的我,当初虽然不知道,现在明白,难见真的人!"狂人发现了自我与传统之间难以隔断的联系。这一"明白"确实让人惊心动魄:旧传统的大胆叛逆者,却跟传统存在着千丝万缕的联系。因此,否定传统,必须同时否定自我。在"五四"张扬个性、肯定自我的时代,鲁迅却已提出了自我改造的任务。

这样的狂人,注定是孤独的,也是极端孤立的。赵贵翁、陈老五、佃户、路人、孩子,甚至自己的大哥,结成一伙,全部站在他的对立面。尽管他们和狂人一样都是被吃者,"他们——也有给知县打枷过的,也有给绅士掌过嘴的,也有给衙役占了他妻子的,也有老子娘被债主逼死的",他们也都对狂人充满了恐惧,"他们那时的脸色,全没有昨天这么怕,也没有这么凶",并合谋着要吃掉"我"。面对这样的一个群体,狂人却没有胆怯只有洞彻事情真相的清醒和勇气:"他们这群人,又想吃人,又是鬼鬼祟祟,想法子遮掩,不敢直截下手,真要令我笑死。我忍不住,便放声大笑起来,十分快活。自己晓得这笑声里面,有的是义勇和正气。"并且还向吃人者发出了警告,试图阻止和消除吃人制度的延续:

你们可以改了,从真心改起!要晓得将来容不得吃人的人,活在世上。

你们要不改,自己也会吃尽。即使生得多,也会给真的人除灭了,同猎人打完狼子一样!——同虫子一样!

你们立刻改了,从真心改起!你们要晓得将来是容不得吃人的人,……

尽管大哥"显出凶相",陈老五"气愤愤地直走进来"试图加以压制狂人,但狂人没有丝毫的退缩,"如何按得住我的口,我偏要对这伙人说""万分沉

---

① 鲁迅:《书信·180820 致许寿裳》,《鲁迅全集》第11卷,人民文学出版社2005年版,第365页。

重,动弹不得;……可是偏要说"。大哥、陈老五们是努力地压制狂人,狂人却反复强调"偏要"说,他们"谋划"着"吃"狂人,狂人却依然真诚地劝慰和告诫,这就是狂人作为觉醒者的无畏与启蒙者的理性。最后,狂人发出了更响亮的呐喊:"没有吃过人的孩子,或者还有?/救救孩子!"但就是这样的一个觉醒者、启蒙者在清醒之后也是"赴某地候补矣"。可见,患有精神性疾病的狂人,以先觉者的姿态揭示出了社会和历史"吃人"的本质,指出了人吃人的生存本相和安于"吃人"的现存文化秩序,以启蒙者的勇气去努力地阻止"吃人"事件的发生。这样的狂人就不仅仅是患有功能性疾病的狂人,而是一个独战多数的觉醒的知识分子形象,以个体的力量反抗着非理性的世界。

《长明灯》中的疯子,则是执意要吹熄吉光屯城隍庙里据说是从梁武帝时就燃起的一直未熄灭过的"长明灯"。这燃烧了几千年的长明灯,是延续了几千年的封建宗法制和封建礼教的象征。小说文本中,这盏灯对吉光屯意义非凡,"那灯一灭,这里就要变海,我们就都要变泥鳅"。于是,疯子的行为,在一个"居民是不大出行的,动一动就须查黄历,看那上面是否写着'不宜出行';倘没有写,去也须先走喜神方,迎吉利"的屯子里,被视为扰乱了屯子的长治久安和现存秩序的稳固,不仅被关进了庙里,还面临着"同时同刻,大家一齐动手"被打死的危险。然而疯子依然坚持吹熄长明灯,甚至喊出了"我放火"的呼喊。显然无论是狂人还是疯子,都是象征着被人排斥的少数异端,是反叛封建礼教的战士,话语层面的癫狂行为只是一个隐喻,指向对传统的封建制度文化和伦理价值的颠覆。因此,鲁迅笔下的病都不仅仅止于一种现代医学知识的病,而是上升到精神、国民性的高度。"疾病"成了民族精神状态的隐喻,最终是要达到"揭出病苦,引起疗救的注意"[①]的目的。实际上,"在现代中国文学的源头,鲁迅即把文学看成是一个医疗话语和想象的一部分"[②],通过他笔下各色各样的病人之口发出了振聋发聩的"启蒙"的呐喊,表达的是对狂人、疯子作为独异的个体的肯定。这种激进的表意姿态也是与五四时代精神相吻合的。傅斯年认为"疯子是乌托邦的发明家,未来社会的制造者","我们最当敬从的是疯子,最当亲爱的是孩子。疯子是我们的老师,

---

①　鲁迅:《南腔北调集·我怎样做起小说来》,《鲁迅全集》第 4 卷,人民文学出版社 2005 年版,第 526 页。

②　唐小兵:《最后的肺病患者》,《英雄与凡人的时代——解读 20 世纪》,上海文艺出版社 2001 年版,第 111 页。

孩子是我们的朋友,我们带着孩子,跟着疯子走——走向光明去"①,对疯癫的歌颂与鲁迅疯癫人物形象的塑造在内涵上是相通的。

鲁迅之后,许钦文《疯妇》里的双喜大娘,不学织布而褙锡箔,无形中构成了对宗法制社会中婆婆在家里的绝对权威的挑战以及双喜母亲来自儿子被夺走的失落感所激起的妒忌心理,等等,致使婆媳矛盾生成。有一天双喜大娘去河边淘米,思念丈夫走了神,米淘箩翻到河里,婆媳蕴蓄已久的矛盾由此爆发,双喜大娘在沉重的精神压力下终于发疯死去。许钦文显然是要通过被逼疯的双喜大娘完成对宗法制乡村的批判。萧红《呼兰河传》里健康活泼的小团圆媳妇,因为"不像个媳妇"的独异性遭到了周围人的讥笑和议论,受到了变态婆婆的虐待,并在民众的愚昧冷酷和巫医的装神弄鬼之下被折磨致疯、致死。小团圆媳妇的疯和死显然是迷信、人性扭曲、心理变态等非理性压迫的结果,萧红的创作的意图也是批判,与鲁迅的狂人塑造的意图一脉相通。当然无论是双喜大娘还是小团圆媳妇,他们都不是鲁迅笔下的先觉者"狂人",但都有着独异于生存世界的个性,于是被社会秩序所不容,被逼疯逼死,作者批判非理性世界的目的也在这个过程中实现。

进入新时期之后,文本对疯癫的呈现和塑造,在对非理性世界的反抗这一点上,与"五四"的启蒙主题是相连贯的,但疯子身上的先觉者因素更趋淡漠,作者往往通过对疯子形象的塑造来揭示人性和人的生存困境。

古华《芙蓉镇》的王秋赦,是受政治权力奴役而精神错乱的人物形象。流落到芙蓉镇的王秋赦,随着"四清"运动和"反右"斗争的展开,再加上李国香的诱惑,加入了"革命"的行列,并通过种种手段谋到了芙蓉镇大队书记和革委会主任的职位,也算是"位高权重",但是革命形势的变化,王秋赦的政治权力失去,政治身份发生了极大的变化,运动分子王秋赦不可避免地疯了:

> 吊脚楼主王秋赦疯了,每天都在新街、老街游来荡去,褴褛的衣衫前襟上挂满金光闪闪的像章,声音凄凉地叫喊着:"千万不要忘记啊——! 文化大革命,五六年又来一次啊——! 阶级斗争,你死我活啊——!"王疯子的声音,是幽灵,是鬼魂,徘徊在芙蓉镇。镇上的大人小孩,白天一见到王疯子,就朝屋里跑,就赶紧关铺门;晚上一听见他凄厉的叫喊,心里就发麻,浑身就哆嗦。

---

① 孟真(傅斯年):《一段疯话》,《新潮》第 1 卷第 4 号。

人性在政治运动中扭曲与异化。

苏童《妻妾成群》里的"颂莲"，为在封建男权下的生存而走向了人性的畸形。整篇小说讲述的是一个正常的生命在晦暗的世界里无望挣扎到最后被吞噬人性的残忍过程。颂莲本是受过教育的新女性，是"女学生"，却成为有钱人陈佐千的四姨太，从此介入了"妻妾成群"、钩心斗角的生存环境。为了立足，颂莲必须击败其他三位太太，争得陈佐千的宠爱。于是，颂莲的个性和生存环境之间不可避免地出现冲突，她终于感觉到生活的虚无的恐怖，退回内心，在孤独中过着失宠的落寞日子。但是当亲眼目睹了偷情的三姨太梅珊被投入到死亡井中，颂莲的精神世界终于崩溃，走向了疯癫。《我的帝王生涯》里的疯子孙信，他口里总是不断重复："秋深了，燮国的灾难快要来了。"疯子孙信，其实是一个智者的象征，他对于时事的判断是异常准确和明智的，但是在封建王朝里，是不允许这样的推测出现的，因此孙信的预言只能是"疯言乱语"。借助疯子"孙信"，小说表达的是帝王内心的焦灼和苦闷，传达宿命般的灾难、血腥及死亡。苏童竭力描述这些人物内心的焦虑和痛苦、无奈，以致走向"疯"、走向"变态"的过程，其实这正是苏童对人的生存处境的一种表达。

以描绘病态见长的残雪，更是用一系列不断重复的意象和疯人呓语般的叙述方式，建构了一个普遍疯癫、由变态精神统治的非理性世界。《山上的小屋》就梦魇般地呈现了疯狂，主人公"我"是一个非常典型的迫害幻想狂，在"我"的眼里，亲情已经成为一种异己的力量。经常向"我"告密的妹妹，"目光直勾勾的，左边的那只眼变成了绿色"；母亲"老在暗中与我作对"，还恶狠狠地盯着"我"的后脑勺；父亲则"每天夜里变为狼群中的一只，绕着这栋房子奔跑，发出凄厉的嗥叫"。家人都对"我"的存在持敌对的态度，"我"也怀疑着外部的世界：

> "所有的人的耳朵都出了毛病。"我憋着一口气说下去，"月光下，有那么多的小偷在我们这栋房子周围徘徊。我打开灯，看见窗子上被人用手指捅出数不清的洞眼。隔壁房里，你和父亲的鼾声格外沉重，震得瓶瓶罐罐在碗柜里跳跃起来。我蹬了一脚床板，侧转肿大的头，听见那个被反锁在小屋里的人暴怒地撞着木板门，声音一直持续到天亮。"

呓语般的陈述中显示的是人与人之间关系的紧张和存在的荒诞。

此外，余华的《河边的错误》里，疯子因为其疯，不必为他的杀人承担法律责任，刑侦队长马哲为遏制疯子的继续杀人杀死了疯子，却不得不装疯以逃避法律的惩罚，故事的叙述彻底地颠覆了理性。余华《一九八六》里的历史老师在"文化大革命"时期遭到红卫兵的丧失人性的折磨而精神失常；宗璞《我是谁》里的主人公韦弥不能忍受"文化大革命"时期的折磨精神崩溃；迟子建《疯人院的小磨盘》里的张唠叨则因晋升副教授没有成功而杀人放火锒铛入狱，终于妻离子散，一步步走向精神分裂的崩溃边缘。因此可以说，从鲁迅的《狂人日记》以来，中国 20 世纪的文学一直保持着对"疯癫"的关注。"疯癫在各个方面都使人们迷恋。它所产生的怪异图像不是那种转瞬即逝的事物表面的现象。那种从最奇特的谵妄状态所产生的东西，就像一个秘密、一个无法接近的真理，早已隐藏在地表下面。这是一个奇特的悖论。"①无论是以先觉者形象出现的狂人，还是被各种原因逼疯的"疯子"，他们都与所生存的时代格格不入，在自我营造的狭小空间中自在地生存而与外界的心灵和世界隔绝，以疯癫这种方式，曲折地表达对或愚昧或荒诞的世界的反抗，从而也获得了一种反抗的力度和深度。

20 世纪小说中经常涉及的另外的功能性疾病是忧郁症和神经衰弱症。郁达夫笔下的人物常常有着这样的病症。《沉沦》中的主人公"他"就是一个患有忧郁症的病人。

> 他近来觉得孤冷得可怜。
>
> 他早熟的性情，竟把他挤到与世人绝不相容的境地去，世人与他的中间介在的那一道屏障，愈筑愈高了。

开篇短短的几句话，已经将他的病症作了暗示和铺垫。文本中多次涉及他自身的精神病态的书写：

> 有时候到学校里去，他每觉得众人都在那里凝视他的样子。他避来避去想避他的同学，然而无论到了什么地方，他的同学的眼光，总好像怀了恶意，射在他的背脊上面。
>
> ……
>
> 他的同学日本人在那里欢笑的时候，他总疑他们是在那里笑

---

① （法）米歇尔·福柯：《疯癫与文明》，刘北成、杨远婴译，生活·读书·新知三联书店 2005 年版，第 19 页。

他,他就一霎时的红起脸来。他们在那里谈天的时候,若有偶然看他一眼的人,他又忽然红起脸来,以为他们是在那里讲他。他同他同学中间的距离,一天一天的远背起来,他的同学都以为他是爱孤独的人,所以谁也不敢来近他的身。

这几乎就是忧郁症症状的详尽描述。尤其是第二章之后,更出现了一系列关于忧郁症产生和加剧的明确表达:

他的忧郁症愈闹愈甚了。

他的日记上面,一天一天地记起诗来。……他的幻想,愈演愈大了,他的忧郁病的根苗,大约也就在这时候培养成功的。

他的自责心同恐惧心,竟一日也不使他安闲,他的忧郁症也从此厉害起来了。这样的状态持续了一二个月,他的学校里就放了暑假。暑假的两个月内,他受的苦闷,更甚于平时;到了学校开课的时候,他的两颊的颧骨更高起来,他的青灰色的眼窝更大起来,他的一双灵活的瞳仁,变得同死鱼的眼睛一样了。

从那一天以后,他的循环性的忧郁症,尚未离他的身过。

搬进了山上梅园之后,他的忧郁症(Hypochondria)又变起形状来了。

可以说,整个文本是以人物所患的忧郁症的缘起和深化为贯穿的线索,而深化的刺激物则是在异国他乡的生理和心理的压抑,伴随着一次次的"犯罪"的是强烈的自责和悔恨,是忧郁症的愈闹愈甚。小说写出的是"性的苦闷",然而这"性的苦闷"里面尽管包含着民族平等的艰难和渴望祖国强盛的美好期待,但更包含着灵肉一致的艰难和现代性的情绪。郁达夫在自述《沉沦》的主题时曾说"《沉沦》是描写着一个病的青年的心理,也可以说是青年忧郁病(Hypochondria)的解剖,里边也带叙着现代人的苦闷……"[1]这样的忧郁症就不再是个人的,而是时代的忧郁症。伊藤虎丸曾指出:"郁达夫留学时候的日本是把像'病的'啦,'忧郁'啦或者'颓废'啦等字眼儿当作'现代的'的代词来原封不动地使用的时代。郁达夫当时把'病的'、'忧郁'等看作

---

① 郁达夫:《〈沉沦〉自序》,《郁达夫全集》第5卷,浙江文艺出版社1992年版,第20页。

'现代人的苦闷'。"①周作人在谈到《沉沦》时也指出："综括的说，这集内所描写的是青年的现代的苦闷，似乎更为确实。生的意志与现实之冲突，是这一切苦闷的基本；人不满足于现实，而复不肯遁于空虚，仍就这坚冷的现实之中，寻求其不可得的快乐与幸福。现代人的悲哀与传奇时代的不同者即在于此。"②饱受凌辱的主人公自身又深受爱欲和自我压抑的摧残，作品促发了现代"自我"的新生，呈现出郁达夫对西方审美现代性的吸收和转化。

其实，检视郁达夫小说中的人物，常常有着这样的精神恍惚，不是忧郁症就是神经衰弱症。《她是一个弱女子》中吴一粟、《迟桂花》中翁则生都患过神经衰弱症。《春风沉醉的晚上》中的"我"，被神经衰弱症折磨得半狂，只能每天深夜出去散步。《空虚》中的于质夫也是一个神经衰弱症患者，"他在一个月前头，染了不眠症，食欲不进，身体一天一天的消瘦下去。无论上什么地方去，他总觉得有一个人跟在他的后面，在那里催促他的样子。他以为东京市内的空气不好，所以使他变成神经衰弱的。"《南迁》中的"伊人"、《迷羊》中的王介成虽然得的是"脑病"，从描述的症状看实质上指的也是神经衰弱。因此，郁达夫的小说中，总是游走着一些精神恍惚的忧郁症和神经衰弱症人物，显示出作者追求自我价值实现的努力。郁达夫在《灯蛾埋葬之夜》中谈到："对于'生'的厌倦，确是促生这时髦病的一个病根；或者反过来说，如同发烧过后的人在嘴里所感味到的一种空淡，对人生的这一种空淡之感，就是神经衰弱的一种征候，也是一样。"③而且他们的苦闷、病态和颓废也已经成为"五四"退潮之后的一种"时代病"。

神经衰弱症在郭沫若的小说中也是频频出现。《未央》中，因为大儿子经常在睡觉中哭醒，这使得"本来便是神经变了质的爱牟，因为睡眠不足，弄得头更昏，眼更花，耳更鸣起来"。《喀尔美萝姑娘》中的"我"假装神经衰弱去看内科先生，以便看到患病就诊的卖"喀尔美萝"的女孩儿，结果"她不再去了。但是我的病却是弄假成真。我的神经的确生了变态了。我晚上失去

---

① （日本）伊藤虎丸：《鲁迅、创造社与日本文学》，孙孟等译，北京大学出版社 1995 年版，第 270 页。

② 周作人：《自己的园地·沉沦》，《周作人自编文集》，河北教育出版社 2002 年版，第 60 页。

③ 郁达夫：《灯蛾埋葬之夜》，《郁达夫小说全集》，时代文艺出版社 2001 年版，第 562 页。

了睡眠,读书失去了理解力,精神不能集中,记忆力几乎减到了零位以下。"《行路难》中的妻子说:"我看你这一向的身子更加不行了,天天吵头痛。夜里又不能睡觉。"其实,郭沫若的留日题材小说与郁达夫的小说存在着颇多共同之处。郁达夫《沉沦》里作为弱国子民所遭受到的屈辱加重了"他"的忧郁症,郭沫若文本中也时时呈现着来自不发达国家的中国青年在日本的遭遇,《未央》中爱牟三岁的儿子,一出门就会受到临近儿童的欺侮和辱骂;《行路难》里"我们单听着'支那人'三字的声音,便觉得头皮有点吃紧,啊啊! 我们到底受的是甚么待遇呢?"日本民族对近代中国留学生的歧视确实是当初的实情,郭沫若就曾这样表达:"我们在日本留学,读的是西洋书,受的是东洋气。"①这样的歧视和屈辱,导致了焦虑、压抑和紧张,当个人的焦虑无法排遣之时,国家民族的主题就被迅速借用以克服个人的焦虑。无论是郭沫若还是郁达夫,个人的焦虑、欲望得不到满足,常常导致忧郁症和神经衰弱症的发生和加重,并直接过渡到民族屈辱,完成了个人与国家的对接,这使文本一方面表达了爱国的情绪,同时,作为个人体验的焦虑也是一种典型的民族性格症候。在 20 世纪中西文化剧烈冲突的背景之下,"现代化"的理想与落后的政治体制下黑暗动荡的现实之间的巨大反差,必然造成焦虑的现代民族性格和精神气质,构成了青年人"苦闷"的重要内容。

显然,忧郁症和神经衰弱症往往是与精神压力有关的,而且时代病的特质又从另一个层面表达了作者启蒙呐喊的努力。沈从文《夫妇》中患了神经衰弱症的都市人璜,来到乡间,希望在诗意的自然和人情中把病治好,然而来到乡间以后看到的则是一出丑恶的闹剧,一对年轻夫妇的浪漫而又美丽的情事因为村民的"捉奸"而被掏空,淳朴的村民打着有伤风化的旗号扮演了卫道士的角色,对青年夫妻极尽诋毁和作弄,并与同情青年夫妻的璜发生了冲突。这使璜终于觉得乡下人与城里人一样的无趣,决计回城:"他记起这一天的一切事,觉得自己的世界真窄。倘若自己有这样的一个太太,他这时也将有一些看不见的危险伏在身上,因此觉得住在这里是厌烦的地方了,地方风景虽美,乡下人与城市人一样无味,他预备明后天进城。"乡村与都市一样都是病态的人间,不再带有田园牧歌的气质而成为城里人的精神寄托之所。

---

① 郭沫若:《三叶集·郭沫若致宗白华》,《郭沫若全集》第 15 卷,上海人民出版社 1990 年版,第 140 页。

文本中批判的意味是非常浓重的，与鲁迅等小说中的启蒙主题相通。施蛰存小说《魔道》《夜叉》中的主人公也是典型的都市忧郁症患者，为了缓解精神的压力，消耗掉剩余的精力，不断拼命地寻找刺激。这些患有忧郁症、神经衰弱症的人物与疯癫人物一起，构成了 20 世纪中国小说中一个独特的群体，也表达着作者独特的目的和意图。

二　生理残疾的命运倾覆

生理上、器质上的疾病，是每个生命个体必然要遭受到的经历和人生体验，可以说作为一种生命现象的疾病，是和人类共始终的。它不仅是医学关注的范畴，也是文学想象和书写的对象。而且相对于精神性的疾病，生理性的疾病在人类生存中更带有普遍性，也更被普通人所关注。20 世纪的小说中有大量的关于生理疾病的书写，郁达夫、巴金、张爱玲等作家的创作文本中，疾病和病态是经常出现的"风景"，肺结核、弱智、软骨症、伤寒等诸多的疾病意象在文本中都有涉及和表达。

肺结核是 20 世纪文学中出现频率很高的疾病意象。鲁迅《药》中坐在桌前吃饭的小栓，"大粒的汗，从额上滚下，夹袄也贴住了脊心，两块肩胛骨高高凸出，印成一个阳文的'八'字"。这也许是 20 世纪文学中关于结核病的最深刻和形象的记忆。而且在《药》中，肺结核还与革命产生了悖论性的关系，革命者夏瑜为了解放华老栓、华小栓们而惨遭杀戮，然而他的鲜血却被小栓蘸着馒头吞食，据说这样能够医好小栓的痨病。文本通过肺结核这个小道具通向了深层的主题内涵，揭示出的是民众精神的愚昧，表达的依然是启蒙的核心内容。

由《药》进入 20 世纪小说关于肺结核叙述的文本空间，可以发现数量颇大的肺结核的疾病形象群体。郁达夫《茫茫夜》中的吴迟生，《过去》中的李白时，《蜃楼》中的陈逸群和叶秋心以及《迟桂花》中的翁则生都是肺病患者；巴金《灭亡》中的主人公杜大心，《雨》中的陈真、熊智君，《家》中的梅芬、剑云，《秋》中的周枚，《寒夜》中的汪文宣都患有肺结核；萧红《小城三月》里的翠姨因追求的爱情的不可得而积郁成疾得了肺病；丁玲《莎菲女士的日记》中的莎菲因为肺病在京城的公寓里养病；张爱玲《花凋》里的郑川嫦，《金锁记》中的芝寿，《多少恨》里的夏太太也是肺结核患者，等等。反观这些形象，基本上可以梳理出一条书写肺结核病的脉络和不同的情绪色彩,即从浪漫感伤逐渐走向写实。在一些作家笔下,肺病与才华、美、爱以及死亡的想象联系在一起,笼罩上了一层浓郁的浪漫主义情绪。这正如王德威所说:"长久以来肺结核就与爱情和死亡的想象结合在一起。病人身体的消耗与欲望的满溢往往形成一种吊诡,平添了一层浪漫的色彩。"①郁达夫是浪漫书写的典型,在他的小说文本中,患有肺结核的人物总是出身书香门第、手捧诗集,而又有着灰白的脸色、清瘦的身体的才子,他们不再是小栓般的羸弱与麻木,而是纤细、敏感和才华横溢。《茫茫夜》中的吴迟生"是一个十九岁前后的纤弱的青年,他的面貌清秀得很。他那柔美的眼睛,和他那不大不小的嘴唇,有使人不得不爱他的魔力",而且有着"幽徐的喉音,和婉转的声调"。《迟桂花》中的翁则生是"好学不倦,面容妩媚","人生得矮小娟秀,皮色也很白净"。巴金小说中肺结核患者也有着别样的美丽:《灭亡》中患二期肺病的杜大心,"瘦削的面容,在月光下,看起来是不可思议的美丽"。《雨》中主人公吴仁民眼中的肺病患者熊智君,有着"下垂的黑发,细长的身材,凄哀的面貌……两只水汪汪的眼睛,里面荡漾着许多愁思。美丽的脸上笼罩了一层云雾"。《家》里面因爱情婚姻和生活的诸多磨难得了肺病的梅表姐,"脸上带了一点病容,但是看起来却添了一种回光返照的美,使得稍微敏感的人都起了痛惜的感觉,知道这颗美丽的星快要陨落了"。穆时英《公墓》写徐克渊与欧阳玲之间因扫墓祭祀而促成的爱情,但最终却由于徐克渊的腼腆而迟迟没能说出口,最终欧阳玲患肺病而亡。从小说的描写来看这肺病也使女主人公显得更纤细与感性。这些文本中患有肺结核病的男子和女子,无一例外地带有病态的美丽,有着纤细敏感的性情。用苏珊·桑塔格的话说,即"从隐喻的角度说,肺病是一种灵魂病","结核病加速了生命,照亮了生命,使生命超凡脱俗"②。这种对肺结核病的浪漫化书写,与18世纪中叶以来逐渐盛行于西欧和日本的结核病浪漫化风气有关。依据有关肺结核的隐喻神话,人们认为,"肺结核的发烧是身体内部燃烧的标志:结核病人是一个被热情'消耗'的人,热情销蚀了他的身体"③。身体内的某种热情引发了结核病,病人又在肺

---

① 王德威:《现代中国小说十讲》,复旦大学出版社2003年版,第111页。

② (美)苏珊·桑塔格:《疾病的隐喻》,程巍译,上海译文出版社2003年版,第18、14页。

③ (美)苏珊·桑塔格:《疾病的隐喻》,程巍译,上海译文出版社2003年版,第20页。

结核的发作中发泄着自己,肺结核又常常与爱情相连,这都使肺结核病的书写走向一种浪漫化。而且中国传统的审美情趣中富含对病态美的欣赏,林黛玉是患有肺结核病的美丽女子,她的身上寄寓了中国文人关于美丽的认识和态度。同时,患有肺结核的病人常常身体虚弱,因为发热而脸颊潮红,从而使他们的言行举止显示出优雅和美丽。这些元素共同导致了关于肺结核的浪漫化书写。

然而随着时代和文学的发展,浪漫主义思潮逐渐退去,关于肺结核的书写也更多呈现出写实的一面,笼罩在肺结核上面的浪漫面纱逐渐揭开,令人神往的病态美也随之淡去,只剩下病弱失形的躯体和令人恐怖的血和痰,结核病的面孔呈现出生存的丑恶和痛苦。巴金《寒夜》中的汪文宣,“他的脸带一种不干净的淡黄色”,像涂上了一层蜡,又“像一张涂满尘垢的糊窗的皮纸”;手又黄又瘦像鸡爪;“两颊陷入很深,呼吸声重而急促”。而且,他所处的环境又是工作的艰难和无聊,战争的年代以及妻子和母亲无休止的争吵。终于汪文宣在疾病中死去,在临死的时候,“他大大地张开嘴,用力咻着。他的眼睛翻白。他的手指在喉咙上乱抓。五根手指都长着长指甲,它们在他的喉咙上划了几条血痕。”呈现出一种猥琐甚至恐怖。张爱玲的《花凋》更是透过疾病将人生最苍凉的一面展示出来。主人公郑川嫦“是一个稀有的美丽的女孩子”,在患病之前“有过极其丰美的肉体,尤其美的是那一双华泽的白肩膀。然而,出人意料之外地,身体上的脸庞却偏于瘦削,峻整的、小小的鼻峰,薄薄的红嘴唇,清炯炯的大眼睛,长睫毛,满脸的‘颤抖的灵魂’,充满了深邃洋溢着热情与智慧,像《魂归离恨天》的作者爱米丽·勃朗蒂。”可是,得了肺病以后的川嫦,“她一天天瘦下去。她的脸像骨架子上绷着的白缎子,眼睛就是缎子上落了灯花,烧成两只炎炎的大洞”,“她趴在李妈背上像一个冷而白的大白蜘蛛”。身体上的美丧失殆尽,只剩下被疾病侵蚀以后的肉体的丑陋。而且郑川嫦病死的过程也展示了生命的悲凉:未婚夫离她而去,选择了健康的女护士;父亲因为怕被传染不再进入她的房间,虽然为女儿的病过不了明年春天而泪流满面,可一涉及钱就变了一副面孔:“我花钱可得花得高兴,苦着脸子花在医药上,够多冤!……不算对不起她了,肥鸡大鸭子吃腻了,一天两只苹果——现在是什么时世,做老子的一个姨太太都养活不起,她吃苹果!”母亲怕暴露自己的私房钱狠心不给女儿买救命的药;周围的普通人看她如怪物,“眼睛里没有悲悯”。因为肺结核,爱情失去了,亲情淡漠了,连周围的人们也"用骇异的眼光望着她"。年轻少女花一般的生命和青春,在人们包括亲人的冷漠自私中,在肺结核的帮衬之下消耗殆尽,最终走向了毫无诗意的死亡,展现了生存的残酷和生命的荒凉。在这样的叙事中,肺结核的浪漫诗意被消解和剥离,疾病本身带来的丑恶开始在文本中招摇。不过随着医学的发展,抗生素的出现,肺结核不再是与死亡相连的不治之症,在新中国成立后的小说创作中,关于肺结核的书写和想象也就相对沉寂。

当然作家对肺结核病的关注和书写,是有自己的意图的,通常不仅仅是为写疾病而写疾病。鲁迅是要借华老栓们和治肺病的人血馒头达到批判和启蒙的目的;张爱玲透过肺结核病完成了对爱情、亲情的颠覆和解构,将人生苍凉的一面透示出来,表达了对生命的人本关怀;郁达夫小说中的肺结核病固然有着"才子"的气质,但显然也是由于时代的郁积。巴金也将肺病作为时代忧愤情绪和作家炽热的个人情绪的最佳载体,《灭亡》中的杜大心,是一个患有第二期肺结核的革命者,疾病使他孤独也带给他绝望,这生命的绝望感又进一步加重了他的病情,于是为摆脱绝望,更为了反抗军阀的暴力统治,杜大心孤注一掷地走上了暗杀戒严司令的复仇之路,然而刺杀未遂,自己也牺牲了生命,但是肺病带来的身心痛苦却彻底地摆脱了。《家》中多愁善感的梅表姐,由于母亲的干涉而放弃了爱情,又走过了一段无爱的婚姻,经历了情感打击的梅表姐只能终日以泪洗面,终于抑郁成疾,染上了肺结核病。这一段书写里面指向的是对专制的家庭和婚姻制度的批判。显然,肺结核病为作家的意图和情绪的表达,提供了一种隐喻的对应物。

痴呆和弱智也是20世纪中国小说中较为被关注和使用的疾病意象,尤其是新时期的小说中出现较多,几成一个群体。韩少功《爸爸爸》中的丙崽,就是一个愚弱的人物形象:

> 丙崽生下来时,闭着眼睛睡了两天两夜,不吃不喝,一副死人相,把亲人们吓坏了,直到第三天才哇地哭出一声来。能在地上爬来爬去的时候,就被寨子里的人逗来逗去,学着怎样做人。很快学会了两句话,一是"爸爸",二是"×妈妈"……要是你冲他瞪一眼,他也懂,朝你头顶上的某个位置眼皮一轮,翻上一个慢腾腾的白眼,咕噜一声"×妈妈",调头颠颠地跑开去。他轮眼皮是很费力的,似乎要靠胸腹和颈脖的充分准备,才能翻上一个白眼。

"三五年过去了,七八年过去了",只会说两句话的弱智的、永远长不大的丙崽,成为鸡头寨畸形而神秘的存在,也成了人们凌辱捉弄的对象。然而当鸡头寨和鸡尾寨为了风水而展开械斗之时,丙崽的两句话被人们比附为阴阳两卦,一向被人咒骂的丙崽被冠之以"丙相公""丙大爷"甚至"丙仙",丙崽无意间的一指被理解成为战争策略的神秘预示。而且,丙崽在喝了毒药之后还依然存活,显示出了强劲的生命力,超越了时间,在鸡头寨甚至人类的历史空间里自行游走。这丙崽,无疑就成了一个象征物,从丙崽的身上,可以明显地看到民族劣根性的苍老遗传。韩少功主张的是切入历史去寻找民族的根,可是在绚烂的楚文化中,韩少功却塑造出了丙崽这一畸形弱智的形象,对传统文化的批判姿态是显而易见的。

阿来《尘埃落定》的叙述者二少爷也是一个弱智痴儿,他是老土司在酒醉后与汉族太太之间的生命形成,一生下来就拒绝笑、拒绝对外在世界的反应,一张开嘴就流下一汪涎水,而且还不止一次地自言自语:

我只不过是个傻子。

说老实话,我的脑子还真有毛病。这段时间,每天醒来,我都不知道自己在什么地方,我睁开眼睛,看到天花板上条条木纹像水上的波纹曲曲折折,看到从窗子上射进来的光柱里悬浮着细细的尘土,都要问自己:"我在哪里",然后才尝到隔夜的食物在口里变酸的味道。

一个较为典型的弱智者。按照正常的划分逻辑,傻与聪明在于是否熟悉并且能够顺应现有的规则。然而在《尘埃落定》中顺应规则的聪明哥哥,苦苦争斗、费尽心机得来的是受伤染病以及被仇人刺死;超越了常规礼俗的傻子"我",完全凭直觉行事,却每每出奇制胜。那么这种所谓的"合乎常理"的"规则"、聪明哥哥顺应规则的行为世界,是否是真正的正确的"常识"呢?显然,作者的答案已经在傻子和聪明哥哥的形象塑造中明晰地凸显出来,颠覆常识的意图浮出地表。余华曾说:"人类自身的肤浅来自经验的局限和对精神本质的疏远,只有脱离常识,背弃现状世界提供的秩序和逻辑,才能自由地接近真实。"[1]这代表了一部分新时期作家的常识观念,在他们的眼里,常识和秩序包含着很强的理性内容和庸俗气息,不仅掩盖了事物的真相,而且对人的存在构成了压迫,从而完成了对人们信以为真并且作为判断事物的标准

① 余华:《虚伪的作品》,《上海文论》1989 年第 5 期。

而被坚守的"真理"的"常识观"的解构,表达着对理性、秩序的质疑、挑战和反叛。因此,无论丙崽还是二少爷其实还是一个隐喻。

身体的残疾是 20 世纪小说涉及的另一种疾病意象。莫言《透明的红萝卜》里的黑孩没有语言,史铁生《命若琴弦》是两个瞎子的故事。老瞎子的琴槽里封着师傅留给他的一张药方,当他弹断一千根琴弦,就能取出药方抓一服药,吃了药就能看见东西了。可是五十年的艰辛,最终发现那张封存了五十年的药方其实是一张无字的白纸,老瞎子几乎崩溃。然而在反省中,老瞎子还是悟出了师傅留给他的话的意义:"人的命就像这琴弦,拉紧了才能弹好,弹好了就够了。""不错,那意思就是说:目的本来没有。"于是,老瞎子为因朦胧爱情的失去而颓丧的小瞎子虚设了一个目的和希望:当他弹断一千二百根琴弦的时候,就可以取出琴槽里的药方抓一服药,吃了药就能看见外面的世界。对光明和色彩的向往是两个瞎子最梦寐以求的渴望,在这希望的追寻中,其实也在展现着生命的美丽。这是史铁生为充满磨难和痛苦的残疾人开出的一剂药方,发现和注重过程的美丽才是生命的所有价值。为此,史铁生曾说:"生命的意义就在于你能创造这过程的美好与精彩,生命的价值就在于你能够镇静而又激动地欣赏这过程的美丽与悲壮。"①以生命的过程的美丽去消解痛苦和失意。

除了上述常见的疾病书写和隐喻形象之外,在 20 世纪的中国小说中也存在着诸多的疾病意象。张爱玲《金锁记》中二少爷患有软骨症,《红玫瑰与白玫瑰》里的烟鹂有便秘;萧红《生死场》书写了瘟疫;老舍《骆驼祥子》中由于白房子在车夫中存在着性病;谌容《人到中年》里的陆文婷因过度劳累而突发心肌梗死;毕淑敏《血玲珑》围绕白血病的治疗而展开;阎连科《丁庄梦》里村民得了"热病"(村民对艾滋病的民间称谓);巴金《第四病室》更是一个疾病大全,有伤寒、梅毒、胆囊炎、瞎眼等,不一而足。这些疾病与肺结核以及疯癫等,共同构成了文学史上疾病书写的广阔范畴。这些疾病既是生理学层面上的自然事件,也承载着一定的道德批评和价值判断,有着耐人寻味的文化意蕴和审美指向。

---

① 史铁生:《对话练习》,时代文艺出版社 2000 年版,第 104 页。

第六章　记忆元素

时间总是以一种毫不留恋的姿态向前奔走,处在时间中的历史和人类个体也顺着时间的演进轨迹从童年走向远方。但时间是线性的也是单纯的,而历史和个体却是丰富和复杂的。在时间走过的每一个瞬间都会留下人类历史和个体的饱满的故事,随着时间的流逝,这些饱满的故事成为记忆留存在消散的时空里。文字,尤其是文学是装载和呈现这些记忆的有效途径。实际上很多时候,文学都与记忆有关,因为文学的一个永恒的主题是生命,而每一个生命都有独特的轨迹,以文学、小说的形式书写这些轨迹和印痕是文学的必然选择;生命个体又存在于特定的民族、国家、历史和文化的语境中,关于这些元素的时间流程的记忆也必然成为作家的表达选择之一。因此,记忆是文学、小说中不能剥离的元素,是作家站在当下回望历史的眼神和思绪,它们或温馨浪漫或残酷凄凉地存在于文学的表意时空中。也许正是出于对文学的这种认识,希腊神话中掌管叙事艺术的缪斯就是记忆女神谟涅摩叙涅的九个女儿。中国20世纪的百年小说,也处处透示出记忆的元素。以鲁迅为开端的浙东乡土小说是关于故乡的记忆;萧红的《呼兰河传》、迟子建的《北极村童话》是自身寂寞童年和故乡人的生存状态的书写;革命历史小说是对于民族、国家艰辛历史的集体记忆;苏童等先锋作家的笔下也有着记忆中的少年成长的惶惑。个人和民族的历史都以记忆的形式在小说的叙述时空里铺展。

一　空间维度的乡村记忆

中国很多作家都是从乡村走向都市的,他们出生、成长于乡村,生活在都市。乡村成为他们创作的一个精神原点,关于乡村的记忆也是他们创作的一个总的题材和主题选择,无论他们是以批判审视的姿态还是诗性回望的姿态,乡村记忆都是他们创作中最动人的景观,他们也借助对乡村记忆的呈现完成了一次精神的返乡。然而记忆中的乡村又是各异的。20世纪20年代浙东乡土作家眼中的乡村愚昧、落后,乡村中的人是麻木的,而沈从文等京派作家笔下的乡村则唯美诗意,是在都市中被折磨得千疮百孔的现代人的精神家园。这构成了关于乡村记忆的两个书写维度。

以鲁迅为代表的浙东乡土小说是以批判的立场叙述乡土的,他们笔下的中国乡村充满了苦难、愚昧、野蛮和势利,没有了故乡的亲近感,也没有了对故乡的依恋。鲁迅就这样描写乡村:"时候既然是深冬,渐近故乡时,天气又阴晦了。冷风吹进船舱中,呜呜的响。从缝隙向外一望,苍黄的天底下,远近横着几个萧索的荒村,没有一些活气。我的心禁不住悲凉起来了。"生活在这样没有活气的荒村中的人,也是麻木愚昧的。阿Q以精神胜利法麻醉着自己:尽管穷得叮当响,既无房也无地,寄宿在土谷祠里,连姓赵的权利都被赵老太爷剥夺,却在未庄人前夸耀:"我们先前——比你阔的多啦",而一旦受到奚落,则夸口"我儿子会阔得多了",虽然连老婆也没有;被别人打败了,但想到"总算被儿子打了",就又"心满意足的得胜"了;当赌博中赢来的钱被别人抢去后,"用力的在自己脸上连打了两个嘴巴",就"仿佛是自己打了别个一般","立刻转败为胜了";甚而至于自轻自贱地承认自己是虫豸,也依然能发明出他是第一个能够自轻自贱的人,而状元也是"第一个",于是又得意地喝酒去了;与王胡比赛捉虱子,既没有王胡的数量多也没有他的个头大,咬起来也没有王胡的响,还被他看不起的王胡打,遭受屈辱的阿Q倍感失落冲口骂了假洋鬼子,但当假洋鬼子拿着哭丧棒走过来时,阿Q"赶紧抽紧筋骨,耸了肩膀等候着",而且当"拍拍的响了之后",又"似乎完结了一件事,反而觉得轻松";尤其是在拧了小尼姑的脸引起酒店里人的大笑之后,阿Q更是"飘飘然的似乎要飞去了"。阿Q总是用虚假的精神上的胜利去掩盖和遮蔽现实生活中的失败,以一种麻木的方式获得精神上的平衡和满足。阿Q参加革命的意图也是通过"造反",把秀才娘子的宁式床搬到土谷祠来,从邹七嫂的女儿、吴妈等中间挑一个女人做老婆,而且搬桌椅的时候叫小D搬,搬得不快打嘴巴,"王胡本来还可留,但也不要"。无论是精神胜利法还是阿Q对革命的理解,都显示出一个生活在落后乡村中的愚昧农民的精神状态。

鲁迅乡土小说中的人物基本带着这样的特性。闰土在多子、饥荒等的磨难中,从一个活泼的少年成长为一个木偶般的农民,更重要的是一声"老爷"

的称呼,彰显出了他的奴性意识;祥林嫂在冷漠的鲁镇遭受了被遗弃的命运,在对死后有没有灵魂的质疑中,在祝福的欢乐空气里死去;华老栓买来了浸染着革命者夏瑜鲜血的人血馒头治疗小栓的病,可华大妈和夏瑜的母亲却重逢在两座新坟前;未庄的人们依然热热闹闹地去看阿 Q 的被杀头。这就是鲁迅关于乡村的记忆,落后的未庄或者鲁镇、愚昧麻木的阿 Q 们。

　　受鲁迅影响,20 世纪 20 年代的浙东乡土小说对记忆中的乡村的塑造几乎都没有脱出鲁迅的影子。许钦文《鼻涕阿二》的主人公是一个叫菊花的女孩,因为是第二胎女孩,在家里没有任何地位,甚至备受歧视;爱木匠龚阿龙,却被迫嫁给一个老傻的农民,丈夫死后被一个师爷看中纳为小妾,并用尽手段得到师爷的宠爱。可是终于改变地位的菊花,却转而虐待丫头海棠,最终将其强行发卖。人性中恶的一面急剧上升和显露。即使买海棠的人是龚木匠,菊花也无动于衷。菊花的最终命运也是被排挤贫病而死。社会是一个充满着冷漠和偏见的社会,菊花是一个灵魂深处有着国民劣根性的菊花,与《阿 Q 正传》有着明显的师承关系。蹇先艾《水葬》中的一个一贫如洗的农民骆毛偶然出手行窃,被抓住后处以水葬的刑罚,然而被推去水葬的骆毛却呼喊:"哎哟!你们儿子打老子吗?""尔仔……再过几十年,又不是一条好汉吗?"被好奇心激起前往观看水葬盛举的乡民,则"顾不得汗的味道,在这肉阵中前前后后的挤进挤出,你撞着我的肩膀,我踩踏了你的脚跟"。这分明是出现在贵州的阿 Q,出现在贵州的未庄的闲人。

　　浙东乡土作家对记忆中的乡村采取一种批判的审视的态度,与他们离开乡村进入城市的生存环境改变有关。在进入另一个现代的文化环境之后,他们获得了自身人格的现代化,也拥有了更加理性的眼光,以这样的眼光去审视自己曾经生长的乡村,更能感受到乡村的蒙昧和乡民的麻木,批判的意识自然就成为他们书写乡村时的主导。这也与五四时期启蒙的时代主潮相一致。但这些作家又毕竟生长于农村乡镇,对那里的生死忧乐感同身受,对那里的风土习俗也是烂熟于胸,因此,他们笔下的乡村也就具有浓郁的乡土气息和地方色彩,明显的一点就是对乡风习俗的真实再现。王鲁彦《菊英的出嫁》展示了浙东农村特有的习俗——冥婚。菊英娘为已死去十年的菊英,寻找到了一个合适的丈夫,尽所有能力准备了嫁妆,精心筹办了一场热闹阔绰的婚礼:

　　　　最先走过的是两个送嫂。她们的背上各斜披着一幅大红绫子,送嫂约过去有半里远近,队伍就到了。为首的是两盏红字的大灯笼。灯笼后八面旗子,八个吹手。随后便是一长排精制的,逼真的,各色纸童,纸婢,纸马,纸轿,纸桌,纸椅,纸箱,纸屋,以及许多纸做的器具。后面一顶鼓阁两杠纸铺陈,两杠真铺陈。铺陈后一顶香亭,香亭后才是菊英的轿子,这轿子与平常的花轿不同,不是红色,却是青色,四维着彩。轿后十几个人抬着一口十分沉重的棺材,这就是菊英的灵柩。棺材在一套呆大的格子架中,架上盖着红色的绒毡,四面结着彩,后面跟送着两个坐轿的,和许多预备在中途折回的,步行的孩子。

丧葬习俗和婚礼习俗在小说中都有较为真切的书写和呈现。其他还有台静农的《烛焰》、许杰的《出嫁的前夜》写的都是"冲喜"的陋俗;《水葬》写出了贵州边远乡村一种水葬的野蛮风俗;许杰的《惨雾》写乡村间的原始性械斗,展示了乡民强悍好斗的习俗;等等。当然,作家在书写这些乡风习俗时采用的都是以一种批判的视角否定的态度,客观地再现了落后愚昧的农村生活图景。

但是,童年的记忆常常是多元的,记忆中的乡村虽然有着沉滞、愚昧无知的一面,但故乡毕竟是自己的生长地,每个人对故乡都会有一种精神上的依恋,况且,落后的乡村也总呈现出质朴的气息、田园牧歌的成分。即使如鲁迅般以批判乡村为主导的书写中,也出现了这样的描写:"那地方叫平桥村,是一个离海边不远,极偏僻的,临河的小村庄;住户不满三十家,都种田,打鱼,只有一家很小的杂货店。但在我是乐土:因为我在这里不但得到优待,又可以免念'秩秩斯干幽幽南山'了。"(鲁迅《社戏》)只是这样的关于乡土记忆的描述在浙东乡土小说中并不多见。直到京派作家的出现,才使对乡村的诗性守望成为书写的主题。尽管他们也大多是从乡村走向都市的,但在他们的笔下,乡村带着田园牧歌的特质,是自己在躁动不安的城市里寻找到的安放自己灵魂的精神家园。

沈从文的《边城》可以说是关于乡村记忆的一次完美的诗性书写。故事的发生地茶峒简直就是世外桃源:

两岸多高山,山中多可以造纸的细竹,长年作深翠颜色,逼人眼目。近水人家多在桃杏花里,春天时只需注意,凡有桃花处必有人家,凡有人家处必可沽酒。夏天则晒晾在日光下耀目的紫花布衣裤,可以作为人家所在的旗帜。秋冬来时……房屋在悬崖上的、滨水的,无不朗然入目。黄泥的墙,乌黑的瓦,位置则永远那么妥贴,且与四围环境极其调和,使人迎面得到的印象,实在非常愉快。一个对于诗歌、图画稍有兴味的旅客,在这小河中,蜷伏于一只小船上,作三十天的旅行,必不至于感到厌烦。正因为处处有奇迹可以发现,自然的大胆处与精巧处,无一地无一时不使人神往倾心。

以这样优美的环境做背景的茶峒,又处于一种未经文明社会的社会组织形式羁束的自在状态。虽有"戌军",但从不打仗,除了号兵每天上城吹号玩,"其余兵士皆仿佛不存在"。戌军统领虽是地方长官却无所事事,只是端午节龙舟赛后将三十只鸭子放入水中,让青年人去抓。生活在茶峒的人端午节比划船,中秋节对山歌,过新年舞狮子,一切都风风火火,活得适性任情,"莫不安分乐生"。这样的生活场景,显然与浙东乡土小说中的乡村记忆形成了极大的对峙。

茶峒的乡风习俗也是优美质朴的。这里的人似乎都不食人间烟火,毫无功利之心。翠翠的爷爷,一个摆渡的老船工,因为有工资而拒绝过渡人的船钱,人家硬放在船上,他就会买一些茶叶、草烟给过路人用。船总顺顺是豪爽慷慨的,杨马兵也是热诚质朴的。甚至被文明社会所看不起的妓女,在《边城》的文本里也是很重感情的角色,小说里写道:"由于边地的风俗淳朴,便是作妓女,也永远那么浑厚,遇不相熟的人,做生意时得先交钱,再关门撒野,人既相熟后,钱便在可有可无之间了。"接下来后面又写:"短期的包定,长期的嫁娶,一时间的关门,这些关于一个女人身体上的交易,由于民情的淳朴,身当其事的不觉得如何下流可耻,旁观者也就从不用读书人的观念,加以指摘与轻视。这些人既重义轻利,又能守信自约,即便是娼妓,也常常较之知羞耻的城市中人还更可信任。"这些人都从某一方面展现了理想人生形式的内涵,而"重义轻利""守信自约"显然是对茶峒人品性的一种总体的赞美。

在这样的美的山水自然、美的民风习俗的语境中,翠翠的故事得以展开。翠翠是老船工的外孙女,清澈纯净,天真善良,毫无心机:

翠翠在风日里长养着,故把皮肤变得黑黑的,触目为青山绿水,故眸子清明如水晶。自然既长养她且教育她,为人天真活泼,处处俨然如一只小兽物。人又那么乖,如山头黄麂一样,从不想到残忍事情,从不发愁,从不动气。平时在渡船上遇陌生人对她有所注意时,便把光光的眼睛瞅着那陌生人,作成随时皆可举步逃入深山的神气,但明白了面前的人无机心后,就又从从容容的在水边玩耍了。

翠翠的爱情也是含蓄朦胧,带着少女梦境的状态,是富有牧歌因素的爱情。她在两年前观看端午节龙舟比赛的过程中遇见了眼眉"秀拔出群"、"聪明而又富于感情"、诨名"岳云"的船总顺顺的二儿子傩送,从此翠翠平添了一件"属于自己不关祖父"的心事,爱情开始在一个乡村少女的心里萌生和滋长。两年后"豪放豁达,不拘常套小节"的大儿子天保也爱上了翠翠,并使媒人到老船工家提亲,没有得到翠翠的同意。当得知傩送也爱翠翠时,两个情敌既没有剑拔弩张,"也不作兴有'情人奉让'如大都市懦怯男子爱与仇对面时作出的可笑行为"。他们决定深夜到翠翠家对岸的悬崖上去轮流唱山歌,由翠翠作出自己的决定。然而傩送一开口,天保就明知不是对手,最终是善唱情歌的傩送代替天保唱了歌。天保负气驾船出行,不料遇难身亡。傩送因天保的死悲痛不已也驾船出行。爷爷经不住这样的打击在一个雷雨之夜溘然长逝。只有翠翠依然守在渡口,等待一个人的归来,而"这个人也许永远不回来了,也许明天回来!"

在边城明净的底色中,沈从文讲述了这样一个古朴的爱情故事,而且将这个生活、浸染在古朴环境中的小女子的爱情讲得诗意朦胧,美丽得令人忧愁。借由这个故事,乡村世界中的人性美和人情美获得了极度的渲染。沈从文说过:"我要表现的本是一种'人生的形式',一种'优美、健康、自然,而又不悖乎人性的人生形式'。"①确实,《边城》里有醇厚质朴的人情、彬彬有礼的古风、融洽和谐的人际关系,这里的人都是美和善的化身。甚至湘西的山山水水、边地人民的古风习俗也有着迷人的色彩:河里上下行的船只,河边的吊脚楼,原始古朴的碾场,码头、绳渡、白塔等,带着湘西特有的优美地域风情;高山丛林中的对歌定情,水乡耍龙舟的喜庆场面,还有边地特有的婚嫁服饰、信仰、礼节(如走车路与走马路的传情方式)等,也带着浓郁的诗化浪漫气质。小说在整体上完成了对湘西宁静自足的生活图景的书写,充满诗情画意,渗透着乡情乡思。然而太过完美的书写,使沈从文笔下的乡村记忆带上了理想化的因子。汪曾祺就曾评价说:"《边城》的生活是真实的,同时又是

---

① 沈从文:《〈从文小说习作选〉代序》,《沈从文文集》第11卷,花城出版社、香港三联书店1984年版,第45页。

理想化了的，这是一种理想化了的现实。"①

由此可见，乡村记忆在中国 20 世纪的小说中有着不同的存在和呈现方式。在"五四"启蒙者的记忆中，愚昧落后、迷信麻木是乡村的生活图景，它们是需要被批判和否定的；在沈从文等京派作家的意识里，乡村和关于乡村的记忆，是他们在纷繁喧嚣、人性萎缩的都市生活里需要寻求的精神家园，那里风景优美、民风淳朴、人性健全，他们要在这诗性的乡村记忆图景中获得个体生存和民族生存的希望。两种关于乡村记忆的书写，构成了一个真实的乡村生活图景，既是荒凉愚昧的，带着生活的沉重性，又是诗意唯美的，飘荡着田园牧歌的情调。正是如此，以批判乡村为主题的鲁迅会塑造出一个自由的不受礼教习俗约束的平桥村，《边城》小说结尾写到作为小城标志的白塔在祖父死去的那个夜晚轰然坍塌，白塔的倒掉预示着湘西田园牧歌神话的必然终结。这构成了乡村记忆的丰富性和多元性。

二　时间维度的童年记忆

童年是生命个体的初始阶段，是生存个体幸福的本源。然而人注定要告别童年走向成熟，纯朴美丽的童心也将在这过程中被"恶之华的人间，来玷污了"②。童年时期的纯真和自由的失落是人的个体的成长所必然要付出的代价，人类只能通过记忆返回童年，在文学中再一次触摸和体验童年的美丽。"童年快乐的终结使童年情绪成为成年人最发自内心的宗教情绪，追忆童梦则成为成年人寻找精神家园的基本内容之一。"③尽管这些童年的回忆"并不真是记忆的痕迹，却是后来润饰过了的产品"④，但还是给作家提供了暂时栖息的精神家园，回忆里的故乡和童年时的自己构成了净化心灵的精神归宿。

尤其是在 20 世纪 40 年代的背景中，战火的频仍、家园的破碎、人生的颠沛，个体的物质生存与精神空间前所未有的荒芜，战争的实际需要作为一个高悬的目的制约着作家们的创作选择，多重的压力使追求个体生命尊严的作

---

① 汪曾祺：《又读〈边城〉》，《汪曾祺文集》文论卷，江苏文艺出版社 1993 年版，第 100 页。

② 王统照：《童心》，《诗》第 1 卷第 4 号。

③ 汤锐：《儿童文学本论》，江苏少年儿童出版社 1995 年版，第 41 页。

④ （奥）弗洛依德：《日常生活的心理分析》，浙江文艺出版社 1986 年版，第 40 页。

家们只能退守到个人生活的天地中，从对故乡的童年的回忆中获得一种精神的寄寓。于是，混杂着各种故事的记忆开始变得切近而迢遥，与童年一起进入了作家的视野。骆宾基的《幼年》是长期在外流浪中对童年的一种留恋："留恋着幼年的记忆，故乡的风色和心灵的徘徊。"①端木蕻良一直宣称，"我活着好像是专门为了写出土地的历史而来的"②。在《初吻》《早春》的故乡和童年生活中表达着浓烈的怀旧情绪，进行着自我找寻："他回到了真正属于自己的(同代作家少有的)贵族童年生活记忆，反观自然生命，回到了最能展示自己的才情的诗性追求，出入于现实与梦境之中。"③

于是，在这些作家的笔下，就直接将自己的童年呈现了出来。无论是《呼兰河传》《初吻》还是《早春》《幼年》，都带有明显的自叙传色彩，作品中的儿童叙述者是天真稚气、活泼率真的孩子，也是作家自我幼年期形象的还原。端木蕻良曾在《大地的海·后记》中这样描述童年的自己："我对一切都陌生、疑惧。我似乎是走在巨人的林里的一只小羊，睁着不懈的眼睛对他们奇怪的看着。……我只睁开一双无所知的眼睛对他们无理解的望着。"《初吻》中的兰柱也始终存在着一种想破译外在世界奥秘的欲望，他睁着一双好奇的眼睛一直在窥视着周围的世界，于是，他对父亲的储藏室表现出极大的兴趣和探究热情，对那里的每一样物品都忍不住去细细触摸，并在作品中如数家珍地详细介绍。而且，这"兰柱"也正是端木蕻良的乳名，在这个人物身上作家显然融进了对自我童年心灵世界的观照，对自我精神历程的回顾。骆宾基的《幼年》，按公方苓先生的说法，"这本书似乎不是作家骆宾基先生用第一人称的小说，而是他本人的自传"④。《呼兰河传》中五岁的"我"在祖父的庇护下，无忧无虑，活泼任性，每天在后花园里尽情地游戏。"玩累了，就在房子底下找个阴凉的地方睡着了。"和祖父开玩笑，"我笑得最厉害，我在炕上打着滚笑"。祖父还给"我"烧小猪、烧鸭子吃。这祖父和"我"也基本上可以指向生活中的萧红和她祖父，融合着萧红的人生经历。

当童年记忆这样被引入到文本之后，孩子的生存状态就成为被书写的对象，而孩子的全部生活就是由游戏构成的。《呼兰河传》中的小女孩在后花

① 肖白：《记骆宾基》，《文艺春秋》1947年第1期。
② 端木蕻良：《我的创作经验》，《万象》1944年第5期。
③ 钱理群：《对话与漫游：四十年代小说研读》，上海文艺出版社1999年版，第182页。
④ 钱理群：《二十世纪中国小说理论资料》，北京大学出版社1997年版，第313页。

园里追蜻蜓、采倭瓜花心、捉蚂蚱；把透着花窗棂的纸窗捅成一个个窟窿；即使祖母去世了，她还在后花园里顶着缸帽子玩，欣喜着这巨大的发现："这小屋这么好，不怕风，不怕雨。站起来走的时候，顶着屋盖就走了，有多么轻快"，于是"我顶着缸帽子，一路摸索着，来到了后门口，我是要顶给爷爷看看的"。"我"在储藏室里与有二伯分享偷盗的秘密，则更是孩子的一次冒险："他的肚子前压着一个铜酒壶，我的肚子前抱着一罐墨枣。他偷，我也偷，所以两边害怕。/有二伯一看见我，立刻头盖上就冒着很大的汗珠。他说：/'你不说么？'/'说什么……'/'不说，好孩子……'他拍着我的头顶。/'那么，你让我把这琉璃罐拿出去。'/他说'拿吧。'/他一点没有阻挡我。我看他不阻挡我，我还在门旁的筐子里抓了四五个大馒头，就跑了。"（《呼兰河传》）无论是场景的设计，还是人物关系的安排，都流露出一个小女孩的童真与稚拙，呈现出游戏的品性。环哥寄居在姨家，可是还是下河捉泥鳅、上树打枣（萧乾《篱下》）；兰柱摸索父亲静室里的一切摆设，在田野上自由地追逐蚂蚱，买通看门人，偷偷地与金枝姐去野地里挖苣荬菜、采小黄花（《初吻》《早春》）；迅哥儿钓虾、看社戏、偷蚕豆（《社戏》）。这些属于儿童的生活内容被引入文本中成为叙事的重要内容。而且，在童年的记忆中，不仅有着纯粹的游戏，甚至劳动、生活也都是游戏。"当祖父下种，种小白菜的时候，我就跟在后边，把那下了种的土窝，用脚一个一个的溜平，哪里会溜得准，东一脚的，西一脚的瞎闹。""祖父浇地，我也抢过来浇，奇怪的就是并不往菜上浇，而是拿着水瓢，拼尽了力气，把水往天空中一扬，大喊着：'下雨了，下雨了。'"（《呼兰河传》）与母亲去红旗河洗衣服，那从"我"身上脱下来的红肚兜当然是要由"我"自己亲手投到水流里去浸湿、去洗的，于是"用肥皂摩擦着平铺在方木上的红肚兜"（骆宾基《幼年》）。劳动本身变成了一种游戏，也就成了一件好玩的事情。

　　童年记忆里，孩子是主角，小说中的关于童年的记忆，也常常用孩子的口吻，讲述孩子所看到和感觉到的外在的世界和生活场景。以孩子的眼睛看去，一个普通的种菜的后园，却成了充满着梦幻和想象的神奇乐土："我家有一个大花园，这花园里蜂子、蝴蝶、蜻蜓、蚂蚱，样样都有。蝴蝶有白蝴蝶、黄蝴蝶。这种蝴蝶极小，不太好看。好看的是大红蝴蝶，满身带着金粉。蜻蜓是金的，蚂蚱是绿的，蜂子则嗡嗡地飞着，满身绒毛，落到一朵大花上，胖圆圆的就和一个小毛球似的不动了。""花开了，就像花睡醒了似的。鸟飞了，就像鸟上天了似的。虫子叫了,就像虫子在说话似的,一切都活了。"在这个大花园里,有着大红蝴蝶、金蜻蜓、绿蚂蚱的大花园,字里行间充满的是儿童的欢快和纯真。花园里的植物也呈现出丰富的姿态:"在朝露里,那样嫩弱的须蔓的梢头,好像淡绿色的玻璃抽成的,不敢去触,一触非断不可的样子。同时一边结着果子,一边攀着窗棂往高处伸张,好像它们彼此学着样,一个跟着一个都爬上窗子来了。到六月,窗子就被封满了,而且就在窗棂上挂着嘀嘀嘟嘟的大黄瓜、小黄瓜、瘦黄瓜、胖黄瓜,还有最小的小黄瓜纽儿,头顶上还正在顶着一朵黄花还没有落呢。"(萧红《后花园》)那含着轻松笑意的叶子;你追我赶往窗上爬的黄瓜蔓子;嘀嘀嘟嘟挂满了窗棂的胖瘦不等的黄瓜;睡醒了的花、说话的虫子,甚至连破旧的草房子也是活的:"可曾有人听过夜里房子会叫的,谁家的房子会叫,叫得好像个活物似的,嚓嚓的,带着无限的重量。往往会把睡在这房子里的人叫醒。"(萧红《呼兰河传》)这显然是一个孩子眼里、感觉里的"后花园"。

儿童也以对生活的直觉和感性解读,表达他们对生活现象的直觉把握和表层感受。即使是满含着艰辛和沉重的场景,在孩子眼里也不一定是苦难的。《呼兰河传》中磨倌冯歪嘴子偷偷地与王大姐有了孩子,孩子和王大姐被安置在四面透风的磨房里,好奇的"我想那磨房的温度在零度以下,岂不是等于露天地了吗?这真笑话,房子和露天地一样。我越想越可笑,也就越高兴。于是连喊带叫的也就跑到家了"。不久,王大姐和孩子被磨房主人以破坏风水为由赶了出去,住进了"我"家的草棚子,看到那睡在草窝里的小孩,"我越看越觉得好玩,好像小孩睡在鹊雀窝里了似的"。房子和露天地一样、小孩子睡在鹊雀窝里,在"我"的感觉里,是非常的可笑和好玩的,其中没有苦难的阴影。而有关祖母病重和去世的事件,在"我"的眼里,也只是"祖母病重,家里热闹得很,来了很多亲戚,忙忙碌碌不知忙些个什么","祖母一死,家里陆续着来了许多亲戚,有的拿着香、纸,到灵前哭了一阵就回去了。有的就带着大包小包的来了就住下了。大门前边吹着喇叭,院子里搭了灵棚,哭声终日,一闹闹了不知多少日子。请了和尚道士来,一闹闹到半夜,所来的都是吃、喝、说、笑。"祖母的病重去世在我的感觉里留下的只是"热闹"、"闹"、"吃、喝、说、笑"这些表层的内容。确实,人的死亡对一个五岁的孩子来说太过遥远和苍茫,她不可能了解死亡的真正意义和内涵,在小女孩的天真视角里,祖母的死是与热闹并置的,这是一个不谙世事的小女孩对生活的真实感受。也正是这种对生活的直觉把握,孩子往往能洞穿事情的真相。就像《呼兰河传》中的"我"也是小团圆媳妇的热情看客之一,然而对刚登场的小团圆媳妇"我""一看就没有兴趣了",因为"我"看到的小团圆媳妇"不是什么媳妇,而是一个小姑娘";"我"也热情地去看小团圆媳妇的"洗澡",但是在"我"看来,小团圆媳妇并没有病,"我"还跟她玩玻璃球、玩碗碟;也只有"我"在大家众口一词指责小团圆媳妇是掉了头发的妖怪时,说出了真相:辫子是被别人用剪刀剪掉的。

童年记忆依次在作家的文本中展开,童年的经历及故事的叙述、童年自我形象的还原都使文本返回到了童年的语境,使作家在童年往事的展开中重新体验和感受童年,唤起对童年的回顾,童年也带着乌托邦式的美丽幻象构成了成年人寻找的精神家园之一。然而,对童年记忆的书写显然不仅仅是这样的意图。20 世纪 40 年代的中国,战争毁灭了一切,也使每一个敏感的中国人遇到了一次面对死亡的威胁,生命作为一个厚重的话题得到了作家们的激情召唤。他们回到了个人的生活天地中,在童年记忆中,在故乡往事中,竭力找回个体生命的尊严。《呼兰河传》《初吻》等儿童视角小说里的主人公"我",往往就是从残缺的故乡图景中走进寂寞的童年,从童年记忆的通道进入日思夜想的故乡,并在对童年这一生命的原初形态、故乡这一生命的安栖之地的朦胧回忆中,完成对自己的生命体验的重构,重新打量自己所生活的世界。钱理群先生在研究、肯定了骆宾基、端木蕻良等作家四十年代的儿童视角小说之后,明确指出:"正是战争中大大强化了的生命意识,更加深刻化的生命体验,唤起了作家对人类及自身生命起始——'童年'的回忆。"①

《呼兰河传》就指向人的生存的永恒境遇,指向生命与存在的本质。呼兰小镇的居民的生存是简单的,他们"煮一点盐豆下饭,就是一年";"冬天来了就穿棉衣裳,夏天来了就穿单衣裳","人活着是为了吃饭穿衣",生活就是这么的简单。即使生老病死也就那么一回事:

老,老了也没有什么关系,眼花了,就不看;耳聋了,就不听;牙掉了,就整吞;走不动了,就瘫着;这有什么办法,谁老谁活该。

病,人吃五谷杂粮,谁不生病呢?

---

① 钱理群:《文体与风格的多种实验——四十年代小说研究札记》,《文学评论》1997 年第 3 期。

死,这回可是悲哀的事情了。父亲死了儿子哭,儿子死了母亲哭;哥哥死一家哭;嫂子死了,她的娘家人来哭,哭了一朝或是三日就总得到城外去,挖一个坑把这人埋起来。

埋了之后。那活着的仍旧得回家照旧过着日子。

呼兰河人就这么简简单单地过了一辈又一辈,呼兰小镇的小团圆媳妇、有二伯等一群平凡人物的喜怒哀乐、生老病死也和所有的呼兰河人一样平淡无奇。但是当这么一群人的生命过程和生存形式以童年记忆的姿态,经过一个小女孩纯净而富质感的讲述表达出来时,就不再那么平淡无奇了。尤其是以一个童稚孩子的单纯目光去关注普通人物的生生死死,去承载故乡的文化表征,就超出了将故乡、童年作为一种情感寄托和精神慰藉的设计,表达出了作者对生命的深切关怀,达到了对自我、对生命的更深刻领悟。可以说,《呼兰河传》蕴含着萧红对人生的独特理解,小说是对乡土世界深刻体悟与苦乐人生深层思考的哲学表达。

因此,童年记忆是中国 20 世纪小说中的一个元素。尤其是 40 年代的作家,萧红、骆宾基等不约而同地将目光转向人类以及自身生命的起始——童年,转向养育了他们的童年的故乡。而且他们在关于童年和故乡的回忆中,在儿童生活图景和童年往事的追忆中,一方面为战争状态下寂寞无措的心灵找到了寄托和慰安,在返乡过程中获得了安放灵魂的精神家园;另一方面,也表达了作家对生命、对存在的哲学思考。

三　历史维度的集体记忆

从理论上讲,集体记忆与历史本身一定程度上存在着某种同一性。柯林武德曾说:"历史最本质的东西就是记忆和权威。如果一个事件或一种事物状态要历史地成为已知,首先就必须有某个人是识知它的;其次他必须记得它;然后他必须以别人所能理解的词句来陈述他对它的回忆;最后别人必须接受那种陈述并当作是正确的。"[①]小说就是对历史维度的集体记忆的书写。

鲁迅的《故事新编》是种族创世的想象和神圣英雄的重塑。圣人和英雄

---

① (英) R. G. 柯林武德:《历史的观念》,何兆武等译,中国社会科学出版社 1986 年版,第 266 页。

是历史留给我们的崇高记忆,在历史的绵延中甚至已经固定化为一种精神品格。但鲁迅对这些记忆进行了重新的更改和塑造,扯下了圣人和英雄的神圣面纱,将他们拉回到人间,以凡俗故事的建构来彰显所谓的神和传统文化代言人的英雄们凡夫俗子的世俗相。对此鲁迅曾说,《故事新编》是从古代的传说中取材,但"只取一点因由,随意点染,铺成一篇","有时也有一点旧书上的根据,有时却不过信口开河。而且因为自己的对于古人,不及对于今人的诚敬,所以仍不免时有油滑之处"①。《故事新编》的 8 篇创作确实都有历史的原型,但又都不拘泥于历史。关于伯夷和叔齐,《史记·伯夷列传》中有如下的记载:

> 伯夷、叔齐,孤竹君之二子也。父欲立叔齐,及父卒,叔齐让伯夷。伯夷曰:"父命也。"遂逃去。叔齐亦不肯立而逃之。国人立其中子。于是伯夷、叔齐闻西伯昌善养老,盍往归焉。及至,西伯卒。武王载木主,号为文王,东伐纣。伯夷、叔齐叩马而谏曰:"父死不葬,爰及干戈,可谓孝乎? 以臣弑君,可谓仁乎?"左右欲兵之,太公曰:"此义人也。"扶而去之。武王已平殷乱,天下宗周,而伯夷、叔齐耻之,义不食周粟,隐于首阳山,采薇而食之。及饿且死,作歌,其辞曰:"登彼西山兮,采其薇矣。以暴易暴兮,不知其非矣。神农虞夏忽焉没兮,我安适归矣? 于嗟徂兮,命之衰矣!"遂饿死于首阳山。

史书中的伯夷、叔齐是以"礼让逊国"、"叩马之谏"和"义不食周粟"而成为儒家道德典范的。鲁迅小说《采薇》中也描述了伯夷、叔齐的这些典故,但显然转换了描述视角和口吻,对其圣人心态的拿捏更具有世俗生活的影子。"礼让逊国"是"多嘴"的伯夷在与孩子樵夫搭讪时的自我宣扬,"多嘴"的伯夷甚至让叔齐都觉得"父亲不肯把位传给他,可也不能不说很有些眼力"。而"叩马之谏"变成了叔齐"拖着伯夷直扑上去,钻过几个马头,拉住了周王的马嚼子,直着脖子嚷"。伯夷、叔齐的不食周粟看起来更像是两人无心上演的一出闹剧。伯夷、叔齐有着对食物的热爱和挑剔,他们嫌"烙饼不但小下去,粉也粗起来",薇菜的制作方式也是多种多样:"薇汤,薇羹,薇酱,清燉薇,原汤焖薇芽,生晒嫩薇叶……"而结果呢,据阿金姐的解释,老天爷派母

① 鲁迅:《故事新编·序言》,《鲁迅全集》第 2 卷,人民文学出版社 2005 年版,第 354 页。

鹿用奶去喂不食周粟的伯夷和叔齐,可叔齐得寸进尺,喝鹿奶还不够还想吃鹿肉,"老天爷也讨厌他们的贪嘴,叫母鹿从此不要去",于是兄弟俩饿死了,也成就了自己的"高风亮节"。然而这种不食的背后是极度的贪嘴。伯夷和叔齐从作为儒家道德典范的圣人,世俗化为贪嘴的凡夫俗子。

《奔月》的故事取材于原先神话的叙事终点。曾经射下 9 个太阳,射死封豕长蛇的英雄后羿,每天为改善伙食发愁,曾经射日的弓箭也只能用来射杀乌鸦和麻雀,当后羿提起当年的勇事时,老婆子甚至认为他是骗子,讥笑他道:"哈哈,骗子!那是逢蒙老爷和别人合伙射死的,也许有你在内罢;但你倒说是你自己了,好不识羞!"神话传说中"奇才异能神勇为凡人所不及"①的英雄后羿,在凡俗生活的夹击中,已经消弭尽了英武的品质,甚至连曾经的丰功伟绩也遭到了质疑。

女娲抟土造人、炼石补天的壮丽的创世神话,被戏说成女娲是出于"太无聊","有什么不足,又有什么太多"的利比多释放;她所创造出来的人类却在争斗中互相残杀、撞破了天,女娲在补天的劳累中死去,尸体还成了人类安营扎寨的地方。造人的神圣性也就被消解掉了(《补天》)。嫦娥奔月的美丽传说有了一个庸俗的前提:忍受不了天天吃乌鸦炸酱面(《奔月》)。老子津津乐道讲学,但在关尹喜们的眼里,老子就像一段呆木头,去听老子讲道,是以为要讲爱情故事才去听的(《出关》)。

可以说,全部《故事新编》,都是对远古神话、先秦掌故这些集体记忆的一次书写,而这种书写又带着对圣人和英雄的还原与颠覆的意味,消解他们身上的神性光环,消解神话和历史的权威性,这构成了对历史记忆的一种全新的诠释方式。新时期以后出现的以格非、苏童等为代表的新历史小说,对集体记忆的书写方式其实都是对《故事新编》的继承和发展。

出现于 20 世纪 80 年代初的寻根小说则将目光从种族创世转向地域文化,在对地域文化的梳理中完成对记忆的书写。确实,庄禅的淡泊、宁静、直觉、顿悟本身就有超功利的美学追求;绚丽浪漫的楚文化带来丰富的想象;近乎原始的蛮荒、山村的粗野是强健、自由的人生状态;现代文明入侵下,正统、规范的儒家传统文化也有了"挽歌"的美学效果;等等,传统文化有太多的东

---

① 鲁迅:《中国小说史略·第二篇·神话与传说》,《鲁迅全集》第 9 卷,人民文学出版社2005 年版,第 20 页。

西激活了作家的审美想象力和创造力，也激活了他们关于文化这一集体记忆的想象和书写。于是作家们将对中华民族文化的追寻和表现设置为创作的重要主旨，并将眼光转向原始和边缘。韩少功《爸爸爸》中的鸡头寨仿佛是一个与世隔绝的世外村落，千年不变，象征那种僵化的、凝滞的、未开化的前文明中国。王安忆的《小鲍庄》也是一个静态的农业村落，是整个农业中国的缩影。面对这样的文化形态，作家们的审美理想也呈现出了颇大的差异。有些作家是从原始的文化记忆中寻求一种精神的力量。阿城的《棋王》，一个捡垃圾的老头传授给了酷爱下棋的王一生道家文化的精髓：“若对手盛，则以柔化之。可要在化的同时，造成克势。柔不是弱，是从容，是收，是含。含而化之，让对手入你的势。这势要你造，需无为而无不为。无为即是道……”说的是棋，其实也说的是万事万物。此后这“无为而无不为”的道家文化灌注在了王一生的身上，内化为他的定力和内蕴力，并以此来对抗物质的困乏和生存的荒谬，尤其是和九个高手的车轮大战，更是将王一生身上所蕴含的全部生命力量彰显出来：

> 王一生孤身一人坐在大屋子中央，瞪眼看着我们，双手支在膝上，铁铸一个细树桩，似无所见，似无所闻。高高的一盏电灯，暗暗地照在他脸上，眼睛深陷进去，黑黑的似俯视大千世界，茫茫宇宙。那生命像聚在一头乱发中，久久不散，又慢慢弥漫开来，灼得人脸热。

显然，在将王一生塑造成具有强大的生命能量的形象时，阿城已经发掘出了道家文化积极向上的文化内核，并且又多少美化了这种文化。李杭育的葛川江系列小说也完成了对吴越文化慷慨、雄健一面的独特选择和诠释。李杭育认为：“吴越这一块，也惨得很，被蒙上了不白之冤。而今人们（尤其是北方的同志）谈起吴越文化，就只晓得它的风花雪月、小家碧玉、秦淮名妓、西湖骚客和那市民气十足的越剧……”①于是，李杭育转向了远古，转向了生命的原力。写景则有意不写江流的开阔、平缓，山河的秀丽、妩媚，专写洪水暴发、江潮汹涌。写人则一个比一个粗粝、豪爽，“宽得一扇门似的背脊，暴起一梭梭筋肉”，“熊掌似的大脚”。他们在葛川江里弄潮、弄船，在葛川江的风、洪、潮、浪之中演出着他们颇具浪漫色彩的生活戏剧，透示出一种生命力

---

① 李杭育：《理一理我们的“根”》，《作家》1985 年第 9 期。

的紧张、刚毅和强悍。张承志《北方的河》也在寻找着激发生命能量的源泉。这些文本,都将笔触伸向传统文化,在历史的记忆中揭示传统文化对生命个体的积极意义。

韩少功、李锐、王安忆等作家对传统文化的书写则呈现出了另一种审美倾向。韩少功的《爸爸爸》以一个具有原始部落特质的鸡头寨的变迁来隐喻封闭、落后、凝滞、愚昧的民族文化形态。李锐《厚土:吕梁山印象》系列小说,揭示的是沉淀着古老文化历史遗迹的黄土高原的生存状态,厚土上凝滞不变的生存方式、思维特点、心理状态、伦理和道德观念。其中的《合坟》写的是吕梁山区神峪村村民在老支书的指挥下,为14年前在抗洪斗争中献出生命的北京女知青玉香"配干丧"(结阴亲)。朴素、忠实地叙述起坟、合坟、立碑、祭坟的过程,以及村民们触景生情的随机议论、对话和间或的闪回追忆。几十年社会的变动放在几千年凝滞不变的民族历史文化的厚土中加以表现。王安忆的《小鲍庄》描述的是浸透着传统文化,几近封闭状态下的生存群像:16岁童养媳小翠被逼与25岁的文化子圆房,不得不逃婚;鲍秉德家里的生下一个死胎,被丈夫毒打致疯,后上吊自杀;小慧子外出讨饭两三年,回来时多了一个孩子,明明是亲生的,却只能说是拾来的,母亲成了大姑,显示出畸形扭曲的人伦关系。韩少功们一方面呼唤"绚丽的楚文化流到哪里去了"[①],一方面却在一种具有远古意识、初民思想的生产和生活方式中,显示出了传统文化的凝滞性,带着明显的文化批判精神。当然,无论作家们对传统文化采用什么样的态度,这些文本都构成了对中国文化精神和文化传统的塑造与呈现,而且寻根小说,"追溯自己所属的民族和所生活的土地的渊源的高度热情,开始以民族文化及覆盖在民族心理深层的文化积淀为纵向坐标,以整体性的人类文化为横向坐标,探寻自己民族文化的历史演变、地域特点和现代重建的可能性"[②]。这"寻根"二字已经凸显了对民族文化和历史记忆的突进和展演。

如果说鲁迅的《故事新编》是以还原、解构的方式来书写种族创世和英雄圣人等集体记忆,寻根小说作家带着或赞扬或否定的矛盾态度,从传统文化和地域文化中去寻找民族文化精神这一集体记忆,那么,十七年时期的革

---

① 韩少功:《文学的"根"》,《作家》1985年第4期。

② 金汉:《新编中国当代文学发展史》,浙江大学出版社1997年版,第561页。

命历史小说则是对革命战争这一集体记忆的一次强化和突出,对国族创痛的记忆的一次直接的正面化的塑造。

十七年的战争小说中,直接将记忆具体化为文字和英雄形象的塑造。这是时代和政治的需求。新中国建立以后,对新生政权的疑虑依然存在,因此,建立一个统一的意识形态是新政权的迫切选择。而新的政权是从共产党领导的一系列艰苦卓绝的战争的胜利中走来的,对这段历史经典化,建立和重塑革命历史的集体记忆,显然能拾起民众对新政权的信心。因为"过去的形象一般会使现在的社会秩序合法化。这是一条暗示的规则:任何社会秩序下的参与者必须具有一个共同的记忆","建立一个开端的企图,不可避免地要回溯一种社会记忆(亦称为集体记忆)模式"①,革命历史小说正是通过对这些彰显着新政权辉煌胜利的革命战争历史记忆的书写,在舆论上形成建立新政权的必然性和正义性,从而将民众信服地团结在新政权的周围,向着同一个目标同心协力地前进。洪子诚就认为那些红色经典作品"以对历史'本质'的规范化叙述,为新的社会的真理性做出证明,以具象的形式,推动对历史的既定叙述的合法化,也为处于社会转折期中的民众,提供生活准则和思想依据"②,从而在民众中建立起统一的意识形态。

在这样的舆论意图的主导之一,十七年文学中的小说在书写关于革命历史的集体记忆之时,基本上都有一个固定的模式,就是重现战争的历史记忆,将革命战争经典化;同时宣扬战争的胜利是依赖于共产党的正确领导,英雄的成长也都是优秀共产党员的指引,赞颂共产党员在血雨腥风中的坚定意志和崇高品质。梁斌的《红旗谱》是其中的典范。小说展现的是从第一次国内革命战争到抗战前夕,我国北方农民走上共产党领导的革命道路的斗争历程。冀中平原锁井镇的老一代农民朱老巩、严老祥,为了维护四十八村百姓的利益,拿起铡刀与砸钟占地的地主恶霸冯兰池拼命,终因势单力薄失败,朱老巩被气得吐血而死。25 年后,下了关东的朱老巩之子朱老忠带领全家回到故乡准备报仇雪恨。但复仇未成,儿子大贵却被冯兰池唆使招兵的抓了壮丁。处于苦闷中的严家的第三代运涛和江涛,由于受到了共产党县委书记贾

---

① (美)保罗·康纳顿:《社会如何记忆》,纳日碧力戈译,上海人民出版社 2000 年版,第 2 页。

② 洪子诚:《中国当代文学史》,北京大学出版社 1999 年版,第 170 页。

湘农的启发,终于明白只有共产党才能领导农民取得解放自己的胜利。运涛前往南方参加革命,江涛受党组织的委派回到家乡发动了反割头税运动,取得了巨大的成功。朱老忠在革命意识形态的点拨下,又经反割头税运动的实践,思想觉悟迅速提高,终于认识到,"没有共产党,要打倒冯老兰,是万万不能的"。从此,他开始将个人的报仇雪恨和农民的阶级解放联系起来,从自发的反抗走向自觉的斗争,获得了精神上的成长,并在随后的"保定二师学潮"中获得进一步的历练,完成了坚定的无产阶级革命战士的思想塑造。

小说描述了反割头税运动、保定二师学潮、高蠡暴动、抗日战争等重要的历史片段,也指明农民革命运动的胜利和农民的阶级觉醒都有赖于党的正确指引和领导。这样的叙述策略几乎可以涵盖革命历史小说的大部分创作。《保卫延安》全面真实地反映了延安保卫战的全过程,有对波澜壮阔的战争场面的描写,也有对毛泽东的战略思想的歌颂;《红日》是亲自参加过莱芜、孟良崮战役的吴强对这段战争历史的记录,写到了我军全歼国民党整编七十四师这样辉煌的胜利,歌颂的依然是毛泽东思想;《铁道游击队》反映的是一支活跃于山东鲁南地区的铁道游击队在党的领导下的发展和壮大;《青春之歌》的主人公林道静则在共产党员卢嘉川的指引下,从个体反抗走向投身于革命运动,成长为一名自觉的无产阶级先锋战士;《红岩》则以作家亲历的渣滓洞集中营生活为蓝本,塑造出了一群坚贞不屈、视死如归、情操高尚的共产党员形象。无论小说怎样营构,其实都是对历史的重述和对党的领导的歌颂,对战争背景之下的英雄的歌颂,以对新政权的艰苦而辉煌的历史的描绘,传递出"没有共产党就没有新中国"的历史认知理性,从而完成对民众的思想凝聚和新一代的革命历史教育。

因此,革命历史小说是对集体记忆的一次肯定性和典型化的书写,以对共产党所领导的革命战争的艰苦卓绝和伟大胜利的记录和描述,彰显新政权存在的合理性。黄子平曾在评论革命历史小说时说过:"这些作品在既定意识形态的规限内讲述既定的历史题材,以达到既定的意识形态的目的:它们承当了将刚刚过去的'革命历史'经典化的功能,讲述革命的起源神话、革命传奇和终极承诺,证明当代现实的合理性,通过全国范围内的讲述与阅读实践,建构国人在这革命所建立的新秩序中的主体意识。"①这正是革命历史小

①　黄子平:《"灰阑"中的叙述》,上海文艺出版社2001年版,第2页。

说书写集体记忆的方式。这种对集体记忆的正面肯定的书写方式和鲁迅《故事新编》的颠覆解构的书写方式、寻根小说的矛盾书写方式,构成了特定时代和特定个体对集体记忆的不同理解和需要,也说明,作为历史维度的集体记忆,在书写的过程中,会被做出个性化的解读。但不管在文本中是怎样的呈现方式,集体记忆总是以历史书写的方式被不断地重新描述。因为历史是和现实相连的。詹姆逊曾谈及,资产阶级要想成为统治阶级,"必须有自己的历史感,必须知道自己的资产阶级的过去,了解自己从什么地方而来"①。其实这不仅适用于资产阶级,建立"历史感"是一个国家、民族,甚至个人必须要承担的责任,于是,才会有对国族、个体历史和记忆的不同书写和把握,才使记忆元素成为 20 世纪中国小说中的一个重要元素甚至是创作母题。

---

① （美）詹姆逊:《后现代主义和文化理论》,陕西师范大学出版社 1986 年版,第 205-206页。

第七章　宗教元素

关于宗教和文化之间的关系,中外学者都有明确的阐述和表达。法国著名的社会学研究者涂尔干说:

> 宗教宛如孕育了人类文明所有萌芽的子宫。既然宗教已经包含了全部现实——物质的世界和道德的世界,那么,推动事物的力就像推动精神的力一样,都被纳入了一种宗教形式而加以设想。这就是为什么形形色色的方法和实践,无论是那些使道德生活得以延续的(法律、道德、艺术),还是那些服务于物质生活的(自然科学、技术科学和实用科学),都直接或间接地来源于宗教的原因。[①]

中国的梁漱溟说:

> 人类文化都是以宗教开端,且每依宗教为中心。人群秩序及政治,导源于宗教;人的思想知识以致各种学术,亦无不导源于宗教……非有较高文化不能形成一大民族;而此一大民族的统一,却每都有赖于一大宗教。[②]

宗教总是与文学、文化的发展相关联,并促成了文学、文化的产生和发展。20 世纪的中国小说也不例外,蕴含着丰富的宗教内容。冰心《最后的安息》中充满着基督教的救赎意味;许地山《命命鸟》洋溢着浓郁的佛教情绪;张承志《心灵史》对哲合忍耶宗教的书写;等等,都是 20 世纪小说中宗教表达的典范性文本。而且,在 20 世纪小说的发展进程中,不少作家与宗教文化保持着一种密切的精神联系,如佛教之于鲁迅、许地山、废名;基督教之于冰心、萧乾、林语堂、北村;伊斯兰教之于张承志;等等。他们形成了自己的宗教观念,在不同程度上从宗教的教义和情怀中获得创作的启示,在文本中呈现

---

① (法)爱弥儿·涂尔干:《宗教生活的基本形式》,渠东、汲喆译,上海人民出版社 1999 年版,第 294 页。

② 梁漱溟:《中国文化要义》,学林出版社 1987 年版,第 95-96 页。

出较为鲜明的宗教元素并寄寓着独特的宗教文化情结。

一　基督教：信仰之路

　　基督教是裹挟在西方文明和文化中进入中国的。在西方社会，作为西方文明的一个重要源头，基督教文化的精神已经浸淫在西方文明的血脉中，影响着西方文明体系的政治、伦理、文学、道德、习俗、学术，甚至包括思维模式与话语方式。中国对西方文明的接受和借鉴必然会夹杂基督教这一元素。而且不少作家曾经就读于西方宗教团体在中国创办的教会学校，如庐隐、冰心、萧乾等作家都在这些教会学校中接受过严格的宗教训练，形成了对基督教的虔敬认识。冰心以为，"因为宣传'爱人如己'，而被残酷地钉在十字架上"的耶稣基督"这个形象是可敬的"①，上帝纯洁高尚的人格塑造了人类高尚独立的人格。庐隐也说，"耶稣伟大的人格，博爱的精神，很够上人们的崇拜"②，她自己就是以之为人生模范的。由此，基督教开始成为一部分作家的信仰，冰心、庐隐、北村都是皈依于基督的。对基督教的虔诚的信仰，甚至对基督教文化的认同，使创作带上鲜明的基督教色彩。

　　基督教是冰心和北村的精神信仰。冰心思想的核心内容是"爱的哲学"，这"爱的哲学"的主要来源之一就是宣扬博爱的基督教，这与冰心从小所接受的现代欧美式教育有关。1914 年的秋天，冰心考入了在北京的美国卫理公会办的贝满女中，在具有浓郁基督教文化的环境中，冰心每天听半小时的牧师讲道，星期天去教堂礼拜，并系统地学习了《圣经》。中学毕业后，冰心又就读于北京协和女子大学，协和女子大学后来并入燕京大学，两者也均为基督教教会学校，冰心亦在燕京大学时接受了基督教的洗礼。可见，冰心是学习并成长在宗教的氛围中的。长期的基督教教义的熏染，必然会影响冰心对社会人生的态度及自身的哲学观念。而"爱"就是基督教的核心观念。为此，冰心曾在 1932 年做出过自剖："因着基督教教义的影响，潜隐的形成了我自己的'爱'的哲学。"③散文《画——诗》中有关于基督教"爱"的清楚

---

①　冰心：《我入了贝满中斋》，《冰心近作选》，作家出版社 1991 年版，第 82 页。
②　庐隐：《其他·我的宗教》，《庐隐散文全集》，中原农民出版社 1996 年版，第 523 页。
③　冰心：《冰心全集·自序》，范伯群编选：《冰心研究资料》，北京出版社 1984 年版，第 143 页。

的交代：她在《圣经》课教师安女士的房间里看到了一幅牧人保护迷路小羊的画："一片危峭的石壁,满附着蓬蓬的枯草。壁上攀援着一个牧人,背着脸,右手拿着竿子,左手却伸下去摩抚岩下的一只小羊,他的指尖刚及到小羊的头上。天空里却盘旋着几只饥鹰。"小羊迷路了,身处峭壁,又被饥饿的鹰威胁,已经无路可走,但牧人来了,他"攀崖逾岭"地去寻找和拯救迷途的小羊,而且"不责备它","仍旧爱护它"。这幅宗教画使冰心的内心深受感动,因此当《圣经》诗篇中的几行字"上帝是我的牧者——使我的心里觉醒"进入她的视野的时候,她顿时觉得自己如受保护的羔羊一样,"一会儿忽然要下泪",但是又无法言说,"这泪,是感激呢? 是信仰呢? 是得了安慰呢? 它不容我说,我也说不出来",她无法解读,无法表达那一刻的心情。然而,她对迷途小羊在见到翻山越岭来拯救它的牧人时的情态的描述,又形象地阐释出了内心的感觉："它又悲痛,又惭愧,又喜欢,只温柔羞怯的仰着头,挨着牧人手边站着,动也不动。"在这里,牧人的不顾艰险的找寻及找到后对小羊的爱护,体现的正是上帝对人类的宽容与呵护。自小在母爱的沐浴中长大的冰心正是从这个层面上接受了这幅宗教画和基督教的爱的哲学。

对基督教的信仰和皈依,使冰心形成了爱的哲学的观念,也在小说的文本中阐释着这爱的哲学的观念。《超人》中救治冷漠的何彬的是爱,是母亲和儿童的爱。何彬是患有时代病的厌世者,禄儿的呻吟使"他想起了许多幼年的事情,——慈爱的母亲,天上的繁星,院子里的花",回到了充满爱的童年;梦中那脱尽了世俗尘埃的圣洁的母爱,是在摇篮里看见的慈爱的母亲："晨光中间,缓缓的走进一个白衣的妇女,右手撩着裙子,左手按着额前。走近了,清香随将过来;渐渐的俯下身来看着,静穆不动的看着,——目光里充满了爱。"正是这些浸透着爱意的童年回忆,以及禄儿写给何彬的信中所表达的因为爱母亲和母亲是好朋友的话,唤起了何彬对生活的爱,使他认识到母亲的"爱可以使我止水似的感情重新荡漾起来……世界上的母亲和母亲都是好朋友,世界上的儿子和儿子也都是好朋友,都是互相牵连,不是互相遗弃的"。爱使何彬从一个厌世者、憎世者转变为一个爱世者。如果说禄儿还带有人间的气息的话,那么《爱的实现》《世上有的是快乐……光明》中的孩子、《最后的安息》中的惠姑,则已脱却了人间儿童的外衣,成了天使的化身。《爱的实现》中那两个在诗人的墙外跳着走过的孩子,"头发和腮颊,一般的浓黑绯红,笑窝儿也一般的深浅",他们细碎的足音、活泼的笑声,使诗人"思想加倍的活泼,文字也加倍的有力",而一旦"没有这两个孩子,他的文思便迟滞了,有时竟写不下去",陌生然而可爱的孩子成了诗人文思的源泉。《世界上有的是快乐……光明》更是将儿童推向神的境地。"缟白如雪的衣裳,温柔圣善的笑脸,金赤的夕阳,照在他们头上,如同天使顶上的圆光,朗耀晶明,不可逼视。"这已不是凡间的孩子,纯净圣洁的天性,使他们具备了天使的品性,令烦闷悲苦欲跳海自杀的凌瑜"几乎要合掌膜拜"了,而他们那用"银钟般清朗的声音"告诉凌瑜的"世界上有的是光明,有的是快乐"的言辞,终于拨散了凌瑜心中所有的荫翳,拯救了对世事绝望的他。《最后的安息》中的惠姑来到乡村别墅度假,遇到了童养媳翠儿,惠姑以充满了同情和怜悯之心帮助翠儿,她们之间产生了深厚的友谊。惠姑温柔的言语怜悯的心肠,冲开了生活在鞭笞冻饿、悲苦恐怖中的翠儿心中的黑暗,惠姑同情的目光"笼盖在翠儿的身上",形成"一片慈祥的光气",也给被婆婆折磨得奄奄一息的翠儿带去了关爱和抚慰,"她憔悴鳞伤的面庞上,满了微笑,灿烂的朝阳,穿进黑暗的窗棂,正照在她的脸上,好像接她去到极乐世界,这便是可怜的翠儿,初次的安息,也就是她最后的安息"。以近似于上帝拯救的情境让翠儿脱离了悲苦的世界走向极乐世界。可以说,在冰心的小说中,一个核心的内容是爱,是基督教所宣扬的博爱,这爱使这个世界充满了温情,拯救了悲苦中的人们,充满着一种救赎的意味。

这正如《圣经》所说:"上帝就是爱;住在爱里面的,就是住在上帝里面,上帝也住在他里面。"爱的光环笼罩了一切。礼平《晚霞消失的时候》中的南珊,也表达了基督的信仰和博爱给予她的承受磨难的勇气和平静的心态:

> 我还应该感谢一个不可测的力量。是他在我完全可以变成另外一种样子的时候,使我变成了今天的样子。这使我非常感激。这力量是伟大而神秘的,有人说,那是一个神圣的意志,有人则说那是一个公正的老人。我更愿意相信后者。我相信他高踞在宇宙之上,知道人间的一切,也知道我的一切。我并不怀疑我的生命和命运都受过他仁慈的扶助。因此,尽管我不可能见到他,但是我依恋他,假如他真的存在,那么当我终于有一天来到他面前的时候,我一定为我自己,也为他所恩赐给我的家庭,向他老人家深深鞠躬,表示一个儿女的敬意。

博爱构成了小说文本中一个重要的基督教内容。

　　曾经是当代先锋作家的北村是在 1992 年皈依基督教的。皈依上帝之后,北村宣称:他"用一个基督徒的眼光打量这个堕落的世界"①,以此为契机,他写下了《施洗的河》《愤怒》《公路上的灵魂》等一系列充满基督教启示意味的作品。而且北村还提出:"作为一个基督徒作家,我呼吁一个良心的立场,一种良知的写作,无论在中国乃至世界,只有这种写作在末世是有意义的。我们必须正视人的罪恶及其在文化中的后果。"②与冰心们不同,"原罪"是北村小说的起点:"人类在伊甸园里起首犯了一个很清洁的罪,吃了那颗果子……人弃绝了神的爱,起首走上了一条背叛的路。"所以,"一定有一个罪拦阻我们,不承认它,就不会让我们过去"③。救赎构成了北村宗教小说的主题。《施洗的河》叙述的就是一个叫刘浪的人从俗世罪孽走向基督信仰的历程。刘浪原是医科大学的学生,毕业以后子承父业,成为樟板城蛇帮帮主,在与龙帮帮主马大的争强斗胜中无恶不作。他杀人越货、欺行霸市、奸淫妇女、贩卖烟土,无所不为。但是内心又始终空虚、不安。"……为什么我不想活又死不了? 为什么让我想活又不给我路? 为什么给我钱财又要让我饥饿? 为什么给我房屋又不让我安居? 为什么给我眼睛又要给我黑夜? 为什么不干脆弄瞎我的眼?"为帮助刘浪脱离俗世的罪恶,北村先设置了一个充满神性的女学生天如,圣洁脱俗的她是引导刘浪走出黑暗世界的天使。然后,刘浪又遇上了"传道人",他将刘浪从水中的淤泥和芦苇中拉上了岸,并且告诉刘浪:"你作恶不算什么,世人都有犯罪,是罪性不是罪行,只要有机会,人都要犯罪。一个好人在路上见到一千大洋,只要没人,他就要犯罪。"而只要相信主,人所犯下的一切罪行就会得到赦免。于是,刘浪得到了领悟,皈依了基督,这彻底地改变了刘浪,他变得安详宁静、宽容温顺:

　　　　他常常在聚集中唱歌,又拿了椅子坐在会所前的草地上,望着
整齐的田亩,心情像被一双手梳洗过一样清晰。他完全如一只温顺
的羔羊,手里抱着一本圣经,让阳光临到身上。

　　甚至秉承基督"爱仇敌"的精神,宽恕并引渡了自己的仇敌龙帮帮主马大。这时候的刘浪远离了空虚和痛苦,身上充满了神性:

---

① 北村:《我与文学的冲突》,《当代作家评论》1995 年第 4 期。
② 北村:《神圣启示与良知的写作》,《钟山》1995 年第 4 期。
③ 北村:《爱能遮掩许多的罪》,《钟山》1993 年第 6 期。

　　刘浪仿佛活在另一个世界里,从那个世界里可以清楚地看到这里的树木和河流,以及觅食的牛和羔羊,从那里他可以把一切交托,因为万事都已预备。站在那个地方,他要看见病牛回生、哑巴开口、荒野生长、枯草歌唱。

　　刘浪皈依基督之后简单、平淡而又充实的生活与俗世中罪恶、空虚的生活形成了强烈的对比,更映照出尘世浮华背后的虚无,也表达着北村"没有神,人活着就没有意义"①的思想。

　　当然,无论是冰心、礼平,还是北村,尽管对基督教的呈现有不同的切入点,但不约而同地肯定了基督教救赎的力量。萧乾则不同,显然他也出身教会学校,但是屈辱地接受基督教"恩惠"的经历使他看到的更多的是宗教阴暗的一面,其宗教题材的小说带有强烈的批判色彩,是"反宗教"的。《鹏程》写出了牧师和教徒的伪善和虚假。一个美国寡妇留下一纸遗嘱,要资助一位"虔心主道"的青年去美国神学院学习,并委托刘牧师决定人选,这在教区里掀起了极大的骚动:

　　　　一年来,不下五十名年轻教徒把一副副虔诚的神色摆给刘牧师看了。有的流着泪,向他忏悔幼年曾经偷吃邻家园里一只桃子的事(就是说,除了这点小小罪过之外,他可算是纯洁无瑕的青年了)。有的则捧了金皮大字的《圣经》同牧师攀道,认真得连最小的希伯来典故也一定要问个明白。时常,牧师自己是窘住了。这些来客的样子都像是说:如果郭尔梦寡妇本人在这里,她也一定会频频向我点首的,你还踌躇什么!

　　其他还有怨自己生得太晚的;放下《天演进化论》改读《创世纪》的;自称圣灵附体的;等等,不一而足。尤其是主人公王志翔,故意去接近和照顾刘牧师刚满五岁的女儿小婷,从而获得了候选人的资格,王志翔开始整理"行装":

　　　　西服不妨多做出两套,藏青哔叽的。巴黎呢,皮鞋买三双也许得上税,美国关税听说不很马虎。对,每年穿它一穿,沾点泥就成了。古玩么,总得多带它几件,清朝的蟒袍绣裙也不贵,听说美国人爱看中国的小脚鞋,最好是绣花的。这个倒不难收集。反正这类东

---

① 北村:《我与文学的冲突》,《当代作家评论》1995 年第 4 期。

西送人准新奇动人,遇到了相当主顾,价钱一定不少出的——王志翔如一玩木偶戏者,天天在房里翻腾着他新置的箱笼,心下时刻盘算着。

争到的是专攻传道学的美国读书机会,盘算的却都是利益相关的事情。而体检中却被查出曾患过淋病,住院期间又引诱了美丽单纯的护士,可一旦护士成为出国的阻碍,又义无反顾地断绝了来往,将护士送上了绝路。包括王志翔在内的所有的教徒都是伪善的、冷酷的,牧师选择王志翔也是因为女儿、因为自身的面子,因而,也是伪善的。甚至上帝本身也是不公平的,《昙》中的"牧师不是天天在朝会上用响亮的声音嚷着上帝多么公平吗? 但等下露斯姑娘在春光里唱够了曲,抱够了囡囡跑进房里时,闪亮的地板上即刻又有了泥渍,就又得他屈下腰去擦。这时候,牧师在楼上用起早餐了:黄的牛油,白的羊奶。但他那奔五十的爹,得在车马奔驰的街心站岗。"

萧乾的基督教题材小说中还将基督教作为帝国主义文化侵略的方式加以反抗。《皈依》中妞姐的向往基督教是因为洋鼓的吸引和"一年两套新衣裳,一个月六块现洋"的诱惑,妈妈和哥哥的阻止也是因为他们将基督教与洋人对中国的侵略联系在一起:"那些成天在街上打洋鼓起哄的疯鬼子,雇了穷中国人满街当猴儿要。……他们是帝国主义。他们一手拿枪,一手使迷魂药。吸干了咱们的血,还想偷咱们的魂。"因为在萧乾看来,"基督教是紧跟在炮舰后面进来的"①。反宗教其实就是反帝国主义。因此可以说,萧乾的《皈依》《鹏程》等基督教题材的小说,与冰心、北村们对基督教的皈依和信仰不同,将锋芒指向了教会和教徒的伪善,在一定程度上揭示了基督教在中国当时社会条件下与殖民主义相似的历史作用。

在 20 世纪的中国,基督教作为西方文化思想的源头之一逐渐渗透进了中国作家的知识和精神结构之中,不同的作家对基督教又形成了不同的接受和解读,也呈现出了他们对基督教文化的复杂的心态。在这些基督教题材的小说创作中,蕴含着对基督教问题的思考,也有着对基督教文化的弘扬、批判和反思。这不仅拓宽了文学的主题,也增加了 20 世纪中国文学的精神维度。

---

① 萧乾:《萧乾全集》第五卷,湖北人民出版社 2005 年版,第 542 页。

二 佛教:命运之门

佛教在中国有着更为悠久的历史,佛教与中国文学的关系也更为久远。进入"五四"退潮之后,面对一个旧的价值体系已被摧毁而新的价值体系尚未建立的支离破碎的世界,即使是先觉者们也陷入了苦闷与彷徨,无所适从的他们开始努力寻求新的精神支柱与理想。李大钊执著于马克思主义,有一些文人则耽迷于佛教所构筑的彼岸世界,就如许地山和废名,他们都从佛家哲思中找到了躁动不安的心灵的慰安,找到了平衡内心的精神家园,佛教成了安放他们灵魂的寓所。

许地山用佛教意象构筑了有浓重佛家气息的小说和散文,在弥漫着佛家韵味的背景中展示苦难的现实人生。许地山出生于一个崇佛的家庭,祖母是吃斋奉佛的,父亲对佛学的造诣很深,曾经自号"留发头陀",妻子林月森一家也有崇佛的传统。20 世纪二三十年代,许地山还先后在燕京大学神学院、美国哥伦比亚大学联合宗教研究院、英国牛津大学以及印度罗耐城的印度大学虔心研究宗教比较学和宗教史,这使许地山的宗教思想和观念显得驳杂,既精通道、熟悉佛,又对基督教有着研究。但正如陈平原所说:"如果过高估计基督教思想对许地山的影响,也是不恰当的。这种影响十分明显,但趋于表面化。许地山往往借用基督教的意象表达佛教的思想——真正深入骨髓,制约着许地山整个言谈举止、情感趣味的是佛教思想,而不是基督教思想。"①因此可以说,在浓厚的佛家气息中长大,深受佛教熏染的许地山,又长期从事佛教的科研与教学工作,使他与佛教缔结了不可割离的密切关系,他是全身心地浸泡在佛家气息中的。于是,他的小说的文本中就弥漫着一种浓郁的佛教气息,仅从题目就可以看出与佛教文化的关系,如《命命鸟》,命命鸟是佛经故事中两头一体的鸟;《七宝池上底乡思》,七宝池是佛经中的极乐世界;《醍醐天女》,醍醐在佛经中比喻无上的"法味",《涅槃经》中说:"从佛出十二部经,从十二部经出修多罗,从修多罗出方等经,从方等经出般若波罗蜜,从般若波罗蜜出大涅槃,犹如醍醐,言醍醐者,喻于佛性。"在《命命鸟》

---

① 陈平原:《论苏曼殊、许地山小说的宗教色彩》,《中国现代文学研究丛刊》1984 年第 3 辑。

中,开篇就是敏明"手里拿着一本《八大人觉经》"坐在佛教青年会的法轮学校里,屋子里"壁上挂的都是释迦应化的事迹,当中悬着一个卍字徽章和一个时计。一进门就知那是佛教的经堂"。佛教圣地的瑞大光塔多次出现,敏明自杀前的话语更是通篇由佛教语汇构成,"女弟子敏明,稽首三世诸佛:我自万劫以来,迷失本来智性,因此堕入轮回,成女人身。现在得蒙大慈,于我三生因果。我今悔悟,誓不再恋天人,致受无量苦楚。愿我今夜得除一切障碍,转生极乐国土。愿勇猛无畏阿弥陀,俯听恳求接引我。南无阿弥陀佛。"这些佛教意象的运用和佛学用语的表达,烘托了环境,增加了趣味,更形象地表现了主题,使整个文本飘荡出浓郁的佛教气息。但对宗教的研究态度,又使许地山从单纯的执迷中解脱出来,以哲人的理性态度对待佛教,以佛教的理性建构自我的人文理想。通过潜心研究,许地山深谙了佛理,也理解了佛教的价值观念。这种对佛教的理性把握,使他不能游离于现实社会,凌驾于感性之上的理性使他注目于人类的现存实境,关注现实人们的生存与生活。因此,在他的笔下,展现的是尚洁因为给小偷治伤而被丈夫误会赶出家门的人生现实(《缀网劳蛛》);讲述的是惜官远涉重洋去寻找新婚即离家谋生的丈夫,结果却被已在南洋成家的丈夫卖给了印度商人的现实人生悲剧(《商人妇》);描述的是母亲因孩子的被杀而发疯致死的现实人生惨剧(《万物之母》)。许地山揭示的是人世间的生存现状。

　　许地山是佛教的研究者,而佛教是宣讲苦难及其解脱之法的宗教,它的全部教义由多苦观引申而来,以为世俗中人无法超越自身的执著欲望,从而心为形役,形为物役,历经重重苦难,因此世俗世界中的一切本性都是苦的,整个世界和全部人生就是无边的苦海,而超脱苦难的方式就是"忍"。以这种人生苦观念返照二三十年代战火纷飞、民族危亡、经济困顿的中国现实,许地山自然就轻易地找到了佛教与现实人生在多苦观上的精神契合。在《空山灵雨·弁言》中开宗明义地提出了"生本不乐"的命题,环顾四周,"我见底处处都是悲剧,我所感底事事都是痛苦",苦难的人生以及"忍"的人生态度成了许地山作品所要传达的主要内容。《缀网劳蛛》中的尚洁,因对小偷的善良救助而被丈夫怀疑为不贞,受到身体上的伤害,及至流落他乡,极尽孤凄之苦;《商人妇》中的惜官,命运更是多舛,远去南洋寻夫,却被停妻别娶的丈夫卖给了印度商人,极尽流离之苦;《归途》中的老妇人、《女儿心》中的麟趾等,都在经历着生生死死,祸福难以自主,折射出苦的况味。"人生就像入海采珠一样,整天冒险入海里去,要得着多少,得着甚么,采珠者一点把握也没有。"①许地山立足在苦的现实中慨叹苦的人生,但这种慨叹悲观而不消极,并没有真正走入佛教的否定现实。无论是尚洁还是惜官,她们都经历了被丈夫抛弃而极尽流离孤凄之苦的触痛,但却连半句怨言也没有,有的只是恬淡与心平气和,饱经沧桑的她们面对人生的苦乐坦言:"人间一切的事情本来没有苦乐的分别,你造作时是苦,希望时是乐;临事时是苦,回想时是乐。"以内心的平静与淡泊净化情感、超脱现实,从而"要留着这条命往前瞧瞧我底命运到底是怎样的",进一步强化了生存的意志和行动的欲望。而"人生苦"思想又正是对当时社会黑暗、人生痛苦现实的观念反映,以佛家的忍去超脱现实的苦,显现了许地山隐有出世遗韵的入世精神。

许地山对宗教抱着一种科学研究的理性态度,他所崇尚的是符合中国生活需要的宗教。目睹破败的现实、不堪忍受的民众,许地山"独对空山,眉更不展"、"心事重重,不得安眠",并在散文《债》中作了直接的剖白:"我看见许多贫乏的人、愁苦的人,就如该了他们无数的债一般,我有好的衣食,总想先偿还他们。世间倘若有一个人吃不饱足,穿不暖和,住不舒服,我也不敢公然享受这具足的生活。"可见,许地山对佛教的把握带有一种救世的现世功利色彩,他没有努力地去建设理想的象牙塔,而是认为:"一个人最怕有'理想'。理想不但能使人病,且能使人放弃他的生命⋯⋯'理想'和毒花一样,眼看是美,却拿不得。"②主张"趁机会把蜜酿,大家帮帮忙,别误了好时光"③的现实人生态度。因此,他的作品中,弃绝、否定理想是惯常的表达模式,对理想的憧憬构成了人物的悲剧命运。《命命鸟》中的嘉陵与敏明正因抱着一种爱情的理想,并且痴心地追求人生的完满,才走向双双的殉情;麟趾也抱着寻找父亲的理想而历经磨难。他们都在努力追寻着理想,但追寻的艰难并没能换回理想的实现,嘉陵与敏明的躯体还是被河水送回了岸边,麟趾最终也没能确定找到父亲。这种对理想的弃绝与否定必然使作品与作者都更多地关注现实。《七宝池上底乡思》中的亡妻甚至不愿居住乐土,而宁愿回到现

---

① 许地山:《中国现代作家选集·许地山》,人民文学出版社 1983 年版,第 118 页。
② 许地上:《无法投递之邮件》,陈平原编:《许地山散文全编》,浙江文艺出版社 1992 年版,第 109-110 页。
③ 许地山:《蜜蜂和农人》,陈平原编:《许地山散文全编》,浙江文艺出版社 1992 年版,第 17 页。

实人间与亲爱的丈夫团聚,对妙音充耳、宝相庄严的"具足的乐土"的抛弃正是对理想的否定。许地山弃绝理想、坚守现实,企图用自己的文字去寻找一条黑暗中的生存道路。

许地山以一个研究者的姿态切入佛教,他的目光是理性的。这种理性的审视态度使许地山弃绝了缥缈的理想,而关注苦难的现实人生,他要以佛去救世,以佛家的忍去强化人们的生存意志,因而他的创作更多地表述人们的现实生存状态。

废名则从禅宗的角度讲究顿悟。废名生在五祖弘忍大师的故乡湖北黄梅,从小在尊禅崇佛的环境里长大,而后倾心研读佛教经典,能习静打坐,著有佛学著作《阿赖耶识论》,并自诩为"禅宗大弟子"、"空前的一个大乘佛教徒"。对佛禅的感悟和崇仰自然会倾泻到小说文本之中。周作人曾指出废名小说创作中的禅趣:"废名小说中的人物,无论老的少的,村的俏的,都在这一种空气中行动,好像是在黄昏天气,在这时候朦胧暮色之中一切生物无生物都消失在里面,都觉得互相亲切,互相理解。"①这宁静淡泊、辽远超脱的意境,正是透着空灵的禅境。六祖慧能佛性论认为,体现佛性的法身遍一切境,人人具有的净心就是佛性,因而成佛不假外求,只要明心见性,任运随缘,心净自可成佛。"随其心净,则佛土净……佛是自性作,莫向身外求"②的佛语道尽了这一心机。由此,佛家推崇的是真如本性、一念净心、心静自然神明,"我"与佛融为一体、与自然融为一体而达到物我两忘的境界。这也是废名小说的境界。《桥》是这种空灵的小说的代表,文本通篇由片段性的场景构成,没有总体的情节构思和连贯的故事框架,虽然也存在小林和两位女主人公琴子、细竹之间的三角恋爱模式,但彼此间没有嫉妒,只有坦荡和对生命真谛的探求,他们生活的全部内容是读书作画、谈禅论诗、抚琴吹箫、吟风弄月。所以,朱光潜说:"主要人物都没有鲜明的个性,他们都是参禅悟道的废名先生。"《桥》里充满的是诗境,是画境,是禅趣。每境自成一趣,可以离开前后所写境界而独立。"③小说中有一段描写小林看琴子和细竹过桥:

实在他自己也不知道站在那里看什么。过去的灵魂愈望愈渺

---

① 周作人:《〈枣〉和〈桥〉的序》,《废名小说》上卷,安徽文艺出版社 1997 年版,第 5 页。
② 慧能:《坛经校译》,郭明校释,中华书局 1983 年版,第 39-40 页。
③ 孟实(朱光潜):《桥》,《文学杂志》第 1 卷第 3 期,1937 年 7 月。

茫,当前的两幅后影也随着带远了。很像一个梦境。颜色还是桥上的颜色。细竹一回头,非常惊异于这一面了,"桥下水流呜咽",仿佛立刻听见水响,望他而一笑。从此这桥就以中间为彼岸,细竹那里站住了,永瞻风采,一空倚傍。

这一下的印象真是深。

过了桥,站在一棵树底下,回头看一看,这一下又是非同小可,望见对岸一棵树,树顶上也还有一个鸟巢,简直是 20 年前的样子,"程小林"站在这边望它想攀上去! 于是他开口道:

"这个桥我并没有过。"

说得有一点伤感。

"那一棵树还是同我隔了这一个桥。"

……

"我的灵魂还永远是站在这一地方——看你们过桥。"

是忽然超度到那一岸去了。

这桥既是现实中的桥,也是意念中的桥,细竹轻轻巧巧地过了桥,"永瞻风采,一空倚傍",这使小林顿悟,只有抛弃一切烦恼,无所牵挂,才能真正过桥,达到涅槃,所以小林说"这个桥我并没有过"。正是这一刹那的禅悟里,小林的心灵达到了圆融澄澈的境界。一个普通的生活情景,在废名笔下化为一个空灵的意境,充满诗情画意,有一种出世般的彼岸色彩。因此,崇尚佛禅的废名在创作中刻意追求的,正是一种平淡而辽远、朴讷而超脱的空灵的禅境,是"在拈花微笑里领悟色相中微妙至深的禅境"[1]。

许地山、废名笔下的佛教,作为一种信仰显得或庄严或空灵,汪曾祺笔下则呈现出世俗的一面。《受戒》里的荸荠庵里没有清规戒律,和尚们"吃肉不瞒人。年下也杀猪。杀猪就在大殿上。一切都和在家人一样,开水、木桶、尖刀。"不同的是要在猪升天的时候念一道"往生咒";他们偶尔也做做法事,常做的是放焰口,可这庄严法事也被和尚们弄得像杂技:"几十个和尚,穿绣花袈裟,飞铙。……这哪是念经,这是耍杂技。"小和尚明海出家也与信仰无关,而是"当和尚有很多好处。一是可以吃现成饭。……二是可以攒钱。……积

---

① 宗白华:《中国艺术境界之诞生》,《宗白华全集》第 2 卷,安徽教育出版社 1996 年版,第 155 页。

攒起来,将来还俗娶亲也可以;不想还俗,买几亩田也可以。"在这样的充满世俗色彩的和尚庵里,二师傅仁海有老婆,三师傅仁渡有好几个相好的,小和尚明海与小英子更是两小无猜,自由地成长和恋爱。没有了清规戒律束缚的和尚们至情至性,和谐安乐地过着幸福的世俗生活。施蛰存的小说创作也完成了佛教的世俗化。鸠摩罗什有着对宗教执著的信仰,又无法压抑欲望的诱惑,于是灵与肉的冲突成为一个佛教徒内心深处的挣扎(《鸠摩罗什》);宏智法师的心里纠缠着对被自己薄幸抛弃而在一个漆黑的雨夜失踪的前妻的忏悔(《宏智法师的出家》);黄心大师也是一个"恋爱的幻灭的苦闷者"①,因看到了以前的情人而舍身入炉(《黄心大师》)。佛门中人甚至充满着"神性"的得道高僧,在汪曾祺和施蛰存的笔下回归了世俗化的生存方式和世俗化的充满人性的凡人形象。这构成了对佛教的另一种解读和认知方式。

因此,佛教作为一种元素,介入沉醉于宗教体验的作家的创作中,或者表达人生苦的佛教教义,或者在禅宗"一念净心"观念的影响下塑造空灵静寂的境界,或者在佛智的启迪下享受着尘世的幸福,或者在清规戒律和尘世诱惑的冲突中展示着心灵的痛苦。总之,佛教伴随着20世纪中国文学的发展,成为一个不可剥离的元素。而且"佛教文化的影响,为现代文学提供了一种别致的情趣,一种别致的韵味,一种别致的境界,使得汲汲于同时代政治与社会问题紧张对话的现代文学多了一点关怀心灵的深邃,一点讲究情趣的空灵,也多了一点向着人性深度搏击的力度"②。

周作人于1921年在《圣书与中国文学》中强调:"人类所有最高的感情便是宗教的感情;所以艺术必须是宗教的,才是最高上的艺术。"③虽然他的观点略显偏颇,但却指出了文学、艺术与宗教的密切关联,文学与艺术具有宗教情怀。考察20世纪中国小说创作的历史和成果,宗教确实担当了重要的角色。不仅大批的作家表达了对宗教的关注,甚至皈依宗教,而且有大量的作品涉及了宗教题材和宗教内容、宗教教义。无论是宣扬博爱、书写空灵的禅境,还是彰显对信仰的坚守,宗教确实构成了文学创作的重要元素,承载着作家对宗教的认识、态度和体悟,也寄寓着作家对现实的思考和批判。

---

① 施蛰存:《关于黄心大师》,《施蛰存七十年文选》,上海文艺出版社1996年版,第357页。
② 谭桂林:《20世纪中国文学与佛学》,安徽教育出版社1999年版,第19页。
③ 周作人:《艺术与生活·圣书与中国文学》,止庵校订:《周作人自编文集》,河北教育出版社2002年版,第35页。

第八章　迁徙元素

迁徙是人们对自己故土的被迫放弃或主动放弃,是在乡村、城市甚至异域之间的游走。作为一种特殊的生存状态,迁徙从原始人类进化之初就已经存在于历史的演进历程之中,为了生存,为了仕途,为了生命的延续,为了各种生活的目的,人们选择了一条漂泊追寻的漫漫迁徙之路。迁徙的印记深深地印刻在人类的集体无意识中,"无论是汉民族,还是其他民族,都不可摆脱地储存着史前人类的迁徙记忆与并未退化的迁徙欲望,在害怕流浪与距离的同时,却又压抑不住地产生着喜欢流浪与距离的冲动"①。20世纪的中国,也是一个漂泊的世纪:世纪之初以鲁迅为代表的"别求新声于异邦"的知识分子的域外追寻;三四十年代战争背景下民众的漂泊和流离;六七十年代知识青年上山下乡接受贫下中农再教育;八十年代之后的海外留学热以及农民工进城的热潮,人们愈来愈远离了家乡故土,走向城市,走向西方,走向不可知的远方。这样的轨迹也呈现出了中国曲折复杂的现代化历史进程。

当迁徙成为人类生存的一种状态,当然也成为小说的一个元素,如:《西游记》中展现的是唐僧师徒四人为取得真经而向西天的流浪之途;老残(《老残游记》)是中国文学较早出现的"思索的流浪汉"形象;郁达夫《沉沦》中的"他"在异国他乡的苦闷;知青文学中对上山下乡的体验与思考;打工文学对进城的农民工的关注与生存困境的揭示;等等。而且,中国的很多作家都有迁徙、流浪的经历,尤其是现代文学作家基本上是居于异乡的写作,故乡的离去和社会的动荡变革,使他们经受着生存空间的变化,也使他们的灵魂处于动荡不定的状态里。于是,在不同的时期,文学都产生了各具特色的表达迁徙的代表性作品,而且带上了深深的时代印痕、情感取向乃至个人体验。小说里的迁徙元素蕴含着丰富的内涵。

---

① 曹文轩:《20世纪末中国文学现象研究》,北京大学出版社2002年版,第209页。

一　"在路上"模式

"在路上"喻示的是一种饱含动感的生存状态,是一种在他乡异国的孤独行走和流亡。萨义德曾说:"流亡就是无休无止,东奔西走,一直未能定下来,而且也使其他人定不下来,无法回到某个更早、也许更稳定的安适自在的状态;而且,可悲的是,永远无法完全抵达,永远无法与新家或新情境合而为一。""流亡既是个真实的情境,也是个隐喻的情境。"①它既是生存空间的迁移,也是精神心理的转移,于是漂泊者在他乡的奇异经历和见闻、生存上的辗转流离、精神上的困顿迷茫等,构成了迁徙元素"在路上"模式的主要内涵,也基本上可以等同于文学中常提及的流浪小说。

其实流浪主题一直被文学艺术所青睐,16世纪中叶甚至成为西班牙文学的重要一脉,之后迅速蔓延至欧美国家,《小癞子》《痴儿西木传》《汤姆·索亚历险记》等都是我们耳熟能详的经典名篇,一个个流浪汉的形象活跃在文本的空间和读者的视野里。中国文学中也早就有了对流浪的关注,尤其是进入现代文学阶段之后,阿Q、三毛、少年漂泊者汪中、虾球等流浪者几乎是层出不穷地叠现在文坛。作家们对漂泊和流浪的钟情,一方面是源自于一种集体无意识,自从亚当和夏娃被上帝逐出伊甸园,深沉而厚重的漂泊意识就持久地诱惑和渗透着一代代的骚人墨客,并成为文人心中神秘的心理积淀,时时产生着一种诱惑之力。许纪霖先生曾说:"知识分子永远是最不安分的,总是不愿被某个固定的模式禁锢,即使他们已被定位在社会体制的某一环节上,仍然没有安身立命之感,总是要不断地寻求着突破与更合理的归宿。在灵魂深处,他们总是漂浮的,自由地漂浮着。"②钱理群在分析鲁迅的《在酒楼上》时也认为小说"表达了鲁迅(及同类知识分子)的内在矛盾:作为现实的选择与存在,鲁迅无疑是一个'漂泊者',他也为自己的无所归宿而感到痛苦,因此,他在心灵的深处是怀有对大地的'坚守者'的向往的,但他又警惕着这样的'坚守'可能产生的新的精神危机。这又是鲁迅式的往返质疑。"③

---

① (美)爱德华·W.萨义德:《知识分子论》,单德兴译,生活·读书·新知三联书店2000年版,第45、48页。

② 许纪霖:《中国知识分子十论》,复旦大学出版社2003年版,第31页。

③ 钱理群:《鲁迅作品十五讲》,北京大学出版社2003年版,第67页。

另一方面,中国进入现代历史阶段之后,社会的转型以及外族入侵等灾难所带来的生活的动荡,也使许多作家走上了漂泊流浪之途,鲁迅不得不"走异路,逃异地"①;沈从文流浪于北京"竟想不出法去做一次一年以上的固定生活"②;贾植芳说自己"只是个浪迹江湖,努力体现自我人生价值和尽到自己的社会责任,在"五四"精神培育下走上人生道路的知识分子"③。萧红、郁达夫、蒋光慈等作家也在破败的现实生活中颠沛流离。神秘的集体无意识和作家的个体漂泊经验融汇在一起,自然就促成了作家对流浪主题的书写。

动荡的现实首先造就了一批宿人篱下、无家可归、生活无着的赤贫流浪者,于是作为"苦儿流浪记"这一文学古老模式的延续和发展,在苦难的生存图景中占据了重要的地位。王以仁的《流浪》中的"我"因为饥肠辘辘而痛苦不堪;潘漠华的《乡心》中的阿贵为了生存在沉默中流浪。尤其值得关注的是,艾芜以自身漂泊途中的见闻为内容,书写了《南行记》,塑造了一群以流浪作为自己的生存方式的流浪汉形象,他们出没于苍茫的山林之间,做小偷、做强盗、做盗马贼,以顽强的固执的生存欲望、以一种很单纯的原始的求生欲望顽强地存活于人世间。其中的《山峡中》里的一群强盗,白天在市集里走私、行窃,晚上宿在峡谷中破败而荒凉的江神庙里。他们有着一种残忍的"人生哲学":天底下对待我们残酷的人多若苍蝇;"吃我们这行饭,不怕挨打就是本钱";"我们的学问","一句话,就是不怕和扯谎","在这里,懦弱的人是不配活的"。首领魏大爷的女儿野猫子和"我"在集市上假扮夫妻,东挑西拣分散布摊老板的注意,又使小黑牛被捉住遭到暴打,而她的同伙在纷乱中偷盗得手。小黑牛因萌生"回家"之意,遭到了残酷的制裁:在黑夜中被扔进了峡谷的江流里。这样的生存方式引起了"我"的质疑,"难道穷苦人的生活本身,便原是悲痛而残酷的么?也许地球上还有另外的光明给我们的吧?""我"决计要走了,而"我"的离开将使他们面临威胁,野猫子"眼睛露出恶毒的光芒",并借耍刀威胁了"我"。然而,当"我"机智地帮助野猫子躲过了十几个灰布小兵的盘问之后,强盗们趁我酣睡之时,拔营他去,还给"我"留下三块银元。可以说,艾芜笔下的这一群流浪汉,为了生存的目的,在中国的西

① 鲁迅:《呐喊·自序》,《鲁迅全集》第 1 卷,人民文学出版社 2005 年版,第 437 页。
② 沈从文:《一封未曾付邮的信》,《晨报副刊》1924 年 12 月 22 日。
③ 贾植芳:《在这个复杂的世界里——生活回忆录》,《新文学史料》1992 年第 1 期。

南边陲进行着艰苦卓绝的漫长的流浪,他们有着强悍的生命力和顽强的生存信念,在困顿的漂泊的生存形式中依然保持着积极的精神状态和勇气。这样的流浪者形象的塑造是艾芜对中国整个流浪小说的贡献。

那些被家庭所抛弃的孩子,他们的流浪和苦难也构成了文学的重要内容。三毛是这一形象类型中最富代表性的经典;水根(端木蕻良《吞蛇儿》)在以乞讨为业的父亲死后,只能被迫表演吞蛇;阿遂、阿林和小毛(沙汀《码头上》)也是三个在码头上流浪的孩子,他们"年岁都在十三岁以下,他们瘦得怕人,皮肤黧黑而松散",白天在垃圾堆里捡食吃,晚上则在难民伤兵和扒手退去后的冷清的码头上作最后的巡猎,即使是找到了一块臭咸肉也能得到一种盛宴般的满足,然后带着这种满足蜷缩在码头上等待第二天黎明的到来。还不满十三岁的孩子就已经失去了家庭的庇护,混杂在难民堆里讨生活,但他们毕竟还是未长大的孩子,在贫穷的流浪中依然体现着孩子的稚气和对世界的有意味的体认方式。他们会捡一个燃着的纸烟屁股,放到一个睡眠者的腮巴上,并且还在那人的手上弄满了口痰,然后避到一边去等待成绩,准备笑得打滚;他们也会大气地将抢来的臭咸肉一个晚上就吃完,豪爽地宣称"一下干掉啊",然后满足地呷着嘴,"感到痛快的快飞起去了"。孩子的稚气和贫穷流离的生活现状交织在一起,使形象本身透出了一种明快而又厚重的复杂色彩。

这些流浪者为生活所迫,在苦难的社会空间里寻找生存的机会,因此他们的流浪可以说是物理时空意义上的流浪或者说是生活流浪,作家在这些流浪者形象身上贯注着的是对他们的深切的同情以及社会家庭失去庇护能力的失望、不满和谴责。当然流浪的意图是复杂的,流浪中也常常蕴含着精神的成长和精神家园的寻找。《少年漂泊者》里的汪中,一方面经受着生活上的颠沛流离,同时也在这生活流浪的过程中最终找到了"革命"这一理想;《虾球传》里的虾球,也在个体生命漂泊的过程中获得了精神的成长。处于社会底层、被蔑称为"烂仔"的虾球,因为年幼无知被骗做了王狗仔的"马仔",但很快发现王狗仔霸占地盘专捞私利还不讲义气,又转投到黑社会头目鳄鱼头的门下,参加了爆破仓库、盗窃财物等犯罪活动,终因事发,被作为替罪羊投进监狱。出狱后虾球生活无着流落街头,又误窃了自己父亲在国外赚的血汗钱。老人家因此精神失常,虾球的心灵也受到了强烈的震撼,他决心去找丁大哥参加游击队,途中却被国民党拉了壮丁。后来又被鳄鱼头发现,再次当了他的勤务兵,并跟随他乘运军火的军舰到海南岛去打游击队。军舰因为超载走私军火和商品沉没,鳄鱼头不但见死不救,反而开枪击杀同船的难友。虾球终于认清了鳄鱼头的本质,跋涉千里寻找到了游击队,参加了人民武装。在经历了这一系列的磨难之后,虾球一步步长大成人,并最终成为"革命少年"。这样的流浪,其实就纠缠了生活和精神的两个层面。尤其是知识分子的流浪,表达他们在物理时空里漂泊的同时夹杂着的内心的焦虑和烦闷,以及在这种交织中透示出来的对外部世界和生命本体的观照和体悟,这种流浪更属于精神的流浪。

鲁迅《过客》中的"过客"可能是最容易被想起的一个精神流浪者,"约三四十岁,状态困顿倔强,眼光阴沉,黑须,乱发,黑色短衣裤皆破碎,赤足著破鞋,胁下挂一个口袋,支着等身的竹杖"。一个典型的在荒野上行走的流浪汉,可是这个流浪汉拒绝了人间的温情和施舍,听从"一个声音"的召唤,明知前面是坟而继续前行。他的流浪显然并不是为生存而是精神的追求。在小说里,知识分子的流浪也一样带着寻找精神家园的努力跋涉千山万水。洪灵菲《流亡》中的沈之菲在痛苦地寻找着自己的精神家园,精神流浪一直伴随着他,精神流浪的过程中引起了生活流浪,而生活流浪又加重了他精神流浪的程度。茅盾《虹》里面的梅行素,也从四川漂泊到了上海,并在这漂泊过程中完成了从个体反抗向集体反抗的蜕变。路翎《财主的儿女们》里的蒋纯祖们也一样经历了精神上的流浪与梦寻。蒋纯祖是现代知识者中一个异端的典型,当上海燃起战火并危及南京,蒋纯祖走向上海参加抗战,随后与一群溃兵从江南向后方漂泊,沿长江流亡到武汉、重庆,路途上看到了人民的苦难和溃兵的暴虐,也和自身追求物质与情欲的堕落性搏战。在战乱的苦痛中,"举起整个生命在呼唤"个性解放,带着这种意识,他"独战众数"。参加共产党领导下的抗战演剧队,可是演剧队中存在的"左倾"教条使崇尚个人主义的他陷入痛苦的深渊;他到一个乡场小学任教,宗法制农村的冷酷和愚昧激起了他的挑战和反抗,但在死水般的中国农村,这样的挑战终将导致失败。因此,在"五四"已经早就过去、战争笼罩着中国的特殊文化语境之下,蒋纯祖尽管充满激情地、不妥协地去寻找、探索,可还是犹如困兽,不免失败和痛苦,始终找不到自己的精神位置,无法获得心灵的安宁。他只能发出绝望的呻吟:"我们中国也许到了现在,更需要个性解放吧,但是压死了,压死了!……一直到现在,在中国没有人的觉醒,至少我是找不到。"最终在无法解脱的人生迷惑和痛苦中死去。蒋纯祖的生命之路贯穿着生活上的流浪与精神上的探寻,精神上家园的失去使身负"精神奴役的创伤"又拥有着"原始强力"的他,努力地在流浪中寻找活下去的理由和依靠,尽管由于自身的弱点和时代的限制,不免落入精神上的"落荒"困境,但还是能暂时安慰孤独无依的灵魂,并通过这些精神流浪寻找人类的出路。

人类对精神的需求是绝对的,只要生命生生不息,对精神的追求也会延续下去,而一旦精神家园丧失,人类就会以精神流浪的方式来寻求精神的充足,正因为此,"在路上"成为知识分子的一种生存状态。鲁迅《在酒楼上》的"我","北方固不是我的旧乡,但南来又只能算一个客子,无论那边的干雪怎样地纷飞,这里的柔雪又怎样的依恋,于我都没什么关系了",处于远离故乡不断漂泊的状态。《围城》里的方鸿渐,不断冲出围城又不断陷入一座新的围城。柔石《二月》里的萧涧秋是时代的浪子,"风萍浪迹,跑过中国的大部分的疆土"。这些知识者都是精神上的流浪者,尽管他们都是作为流浪者形象出现在文本中,小说的内容却并非要写出"流浪"的主旨。所以,有学者说:"从20年代鲁迅的《过客》到40年代路翎的《财主的儿女们》,无论时代风云如何变幻,人们对生命不息、跋涉不止的漂泊精神保持着应有的尊敬。"①知识分子以对蕴含着生命的认知和精神家园的追寻的流浪,成为20世纪小说中"在路上"模式的一个重要层面。

当然,流浪是复杂的,既有为了现实生存的充满物质感的生活流浪,有寻求精神家园的精神上的流浪和追求,也有为接触社会、体验人生从而达到认识社会目的的流浪。如余华的《十八岁出门远行》里,在一个阳光灿烂的午后,"我"背着红色的背包开始了出门远行以认知外面的世界,可是外面的世界并不如想象中的美好,漂泊中的"我"背包被抢,最后遍体鳞伤地躺在遍体鳞伤的汽车里;徐星的《剩下的都属于你》也是在一路的流浪中认识着世界的欺骗和肮脏。因此,无论是作家还是作品中的流浪者,都以流浪的方式寻求和实现着自己的意图和目的。

二 乡下人进城模式

费孝通先生说:"乡土社会在地方性的限制下成了生于斯、死于斯的社

① 谭桂林:《论中国现代文学的漂泊母题》,《中国社会科学》1998年第2期。

会。常态的生活是终老是乡。"①然而历史的绵延和社会的发展使一体的乡土社会分裂为城市和乡村这两个对立的空间,于是乡下人进城就成为中国20 世纪历史上的人口迁移景观。从乡村经济的破产导致的 1930 年农民涌入城市,到十七年为发展国有企业从农民中招工(《创业史》中的徐改霞就进城当工人去了),再到八九十年代随着城市现代化建设的全面展开,农村过剩的劳动力大量地走进城市,进城打工成为农民脱贫致富的美好梦想。因此,乡下人进城构成了中国人口迁移的主要途径,这也符合马克思的阐述:"现代的历史是乡村城市化,而不像在古代那样,是城市乡村化。"②然而,走进城市的只是乡下人的身体,城市并没有从精神上接纳他们。

祥子(老舍《骆驼祥子》)是中国 20 世纪文学史上较早走进城市的农民。赵园曾有这样的评述:"对小说中初上场的祥子,没有比这更恰当的比喻了:'他确乎有点像一棵树,坚壮,沉默,而又有生气。'他是从乡野的泥土中生长出来的。即使穿着白布裤褂站在同行中,他也彻里彻外的是个农民,甚至他的那种职业理想——有一辆自己的车,也是从小农的心理出发的:车是像属于自己的土地一样唯一靠得住的东西。"③确实,祥子"生长在乡间,失去了父母与几亩薄田,十八岁的时候便跑到城里来。带着乡间小伙子的足壮与诚实,凡是卖力气吃饭的事儿几乎全做过了。"祥子有着一个非常淳朴的农民的理想:买一辆自己的车,做一个自食其力的独立的劳动者。祥子对此充满了自信,因为他有许多的优越条件:年轻力壮,有着"铁扇面似的胸,与直硬的背",还有一双"出号"的大脚;也吃得起苦;尤其是没有任何的不良嗜好,没有家庭的拖累。祥子坚信"他无疑的可以成为最出色的车夫"。可是,经过三年的艰辛买来的第一辆车,在几个月后就连人带车被兵匪抢走了。人虽然侥幸逃了出来,车却没了踪影。祥子第二次存钱买车,可是不久被孙侦探敲诈走了。第三次,祥子与虎妞结婚以后,祥子用虎妞的私房钱买了一辆八成新的车,因为用的是老婆的钱,祥子心里并不痛快。可就是这样的一辆车,在虎妞难产死后,也被卖掉以料理虎妞的丧事。这买车、失车的三起三落,慢

① 费孝通:《乡土中国生育制度》,北京大学出版社 2003 年版,第 9 页。
② (德)马克思,恩格斯:《马克思恩格斯全集》(第 46 卷),人民出版社 1979 年版,第480 页。
③ 赵园:《老舍——北京市民社会的表现者与批判者》,《论小说十家》,浙江文艺出版社 1987 年版,第 31 页。

慢地吞噬了祥子心中最淳朴的农民的理想,祥子失望了,不再挣扎和抗争。于是,这三起三落,不仅是祥子人生理想破灭的历史,也是他灵魂堕落,农民纯朴品行丧失的过程。刚进城拉车的祥子,有着中国传统的农民伦理观念,有着乡土生活所培养起来的性格和品德:"从前,他不肯抢别人的买卖,特别是对于那些老弱残兵;以他的身体,以他的车,去和他们争座儿,还能有他们的份儿?"这时候的祥子善良而朴实。可是为了买车,祥子慢慢地发生了改变:"现在,他不大管这个了,他只看见钱,多一个是一个,不管买卖的苦甜,不管是和谁抢生意;他只管拉上买卖,不管别的,像一只饿疯的野兽。"尤其是当念念不忘的小福子上吊自杀以后,潜伏在祥子身上的恶性、兽性终于一并发作,甚至为了60元赏银告发了阮明,导致阮明被处死。最后,他只能到殡仪馆当了一名执事,完全沦落为没有灵魂的躯壳。小说结尾写道:"体面的,要强的,好梦想的,利己的,个人的,健壮的,伟大的,祥子,不知陪着人家送了多少回殡;不知何时何地会埋起他自己来,埋起这堕落的,自私的,不幸的,社会病胎里的产儿,个人主义的末路鬼!"在三起三落中,祥子失去的不光是他的积蓄、他的车子,还有他淳朴的理想、品性和奋斗的精神。祥子进入了城市,以寻求新的生活和希望,可是在融入城市的过程中,祥子农民的纯朴却被城市的文明所毒化,人性在城市文明的"熏陶"中逐渐地丧失。

苏童《米》中的五龙,也演绎出了与祥子类似的走进城市以后的绝望和毁灭。五龙在一场洪水中逃离了枫杨树故乡,来到了城市。然而初入城市就遇到了一具僵硬的蓝眼睛的死尸,也遭到了城市的侮辱,码头兄弟会的阿保逼他叫爹。对城市的恐惧、鄙视和仇恨一开始就纠缠上了五龙。陌生的都市里唯一亲切的是大米,于是五龙走向了米店、冯老板及其女儿织云,并开始对城市实施报复性的占领。他借六爷之手除掉了阿保,报了胯下之辱,自己又得以与织云私通,并以一只眼睛、两个脚趾为代价取得了城市"女婿"的身份。然后又赶走织云,强奸织云的妹妹绮云;装神弄鬼炸掉吕公馆,赶走六爷,成为码头兄弟会的新头领,在城市中获得了权力和地位。一个乡下人完成了对城市的征服和占领。可是占领了城市的五龙并没有归属感,梦里萦绕的依然是枫杨树故乡,"我是米店的假人,我的真人还在枫杨树大水里泡着,我也不是真的"。于是他在枫杨树买地,敲掉自己的牙齿装上满嘴的金牙以实现枫杨树儿时的梦想,最后,在城市生活中染上了梅毒全身溃烂的五龙,带着两车皮的大米返回枫杨树故乡,死在了缓缓运行的火车上。五龙是一个来自乡间的年轻的生命，然而充满罪恶的城市腐蚀了他的身体和人性。五龙在回乡的火车上展开了反思和慨叹："五龙冷静地找出了他的不可饶恕的错误，他的心灵始终仇视着城市以及城市生活，但他的肉体却在向它们靠拢、接近，千百种诱惑难以抵挡，他并非被女人贻害，他知道自己是被一种生活一种梦想害了。""这就是狗娘养的下流的罪恶的城市，它是一个巨大的圈套，诱惑你自投罗网。为了一把米，为了一文钱，为了一次欢情，人们从铁道和江边码头涌向这里，那些可怜的人们努力寻找人间天堂，他们不知道天堂是不存在的。"从乡村逃入城市的五龙最终还是没有逃脱被城市吞噬的命运。从表面上看，他比祥子幸运，征服了城市获得了城市中的地位和身份，而实质上，作为一个乡村进入都市的流浪者，他和祥子最终的命运是一致的，都是在城市文化的笼罩之下人性的扭曲、人被现代文明的异化。

进入 20 世纪八九十年代之后，随着城市的现代化进程的推进、农村生产力水平的提高产生了大量的剩余劳动力，50 年代以来严格的户籍管理制度逐渐的松动，尤其是城乡贫富差距的拉大等，这些元素共同促动了大批的农民离开生养他们的乡村，带着改变生活的渴望涌入城市，"进城去"成为很多农民的生活选择。显然他们的进城与祥子、五龙因为天灾、战乱和农村经济破产等原因走进城市有着不同，但是在追求新的生活的本质上还是有相通之处。农民工们是怀着新生活的憧憬进入城市的，他们的目标就是过上像城里人一样的物质与精神双重优越的生活。"在城市文明和乡村文明的极大落差中，作为一个摆脱物质和精神贫困的人的生存本能来说，农民的逃离乡村意识成为一种幸福和荣誉的象征。"①然而他们所进入的城市，显然没有想象的美好和友善，城市以一种优越感审视着他们，获得新生活的希望也是异乎寻常的渺茫。他们在杂乱的建筑工地、极其危险的矿井、条件恶劣的工厂，靠出卖最原始的体力来换取生存所必需的货币，甚至不惜出卖自己的人格、透支自己的生命。然而艰辛的付出得到的是与劳动不相符合的经济回报，融入城市的努力带来的依然是与城市的隔膜、被城市伤害或者在城市中迷失和沦落。这一波创作潮流的出现是在 20 世纪 90 年代，但更激烈的汹涌是在走入 21 世纪之后。尤凤伟的《泥鳅》、孙惠芬的《民工》、陈应松的《太平狗》、荆永鸣的《北京候鸟》等，都是富有代表性的文本。这些文本常常写出农民工生

---

① 丁帆：《中国乡土小说史论》，江苏文艺出版社 1992 年版，第 30 页。

存的艰难以及在城市与乡村边缘游走的精神上的困境。《泥鳅》里的国瑞，怀着理想进城打工，尽管处处碰壁，但是始终没有放弃理想，"好歹留在城里，没准哪一天就会得到机遇"。走投无路之下被引诱走上了卖淫之路，戏剧性的人生之路也从此开始展现，不仅与权贵太太上演了一场缠绵悱恻的爱情，而且还成为宫总一手扶持起来的国隆实业有限公司的经理。美好的人生似乎已经开始，一个农民在城里有了自己的身份和地位。然而，正当国瑞沉醉在这幸福中时，法院以非法占用国隆实业有限公司一百万贷款的罪名宣判了他的死刑，成了他的恩人宫总的替罪羊。国瑞还是落入了城市的罪恶的圈套之中。很多的女性则借助色相沦落风尘，寄居在美容院、洗头房和阴暗的出租屋里，以青春的身体换取生存的资本。王手《乡下姑娘李美凤》中，做好了吃苦耐劳准备的农村姑娘李美凤，被城市接纳的却不是她的吃苦耐劳而是她的身体，在鞋厂老板的诱惑下，渐渐地向城市打开了她的身体。艾伟的《小姐们》、吴玄的《发廊》、项小米的《二的》等小说，也从不同的层面反映了进城的乡下女性为了圆自己的城市之梦，她们的身体一步步走向沦陷。城市以自己的方式接纳了从乡村走来的女性，也异化着这些女性。

打工小说所塑造出来的是抱着理想走进城市的乡下人，他们有着在乡村文化中成长所养成的乡村伦理和道德，也试图通过自己的最本质的劳动在城市中换取生存的位置，然而，城市以一种居高临下的姿态凝视着他们，对乡村文化采取了排斥的态度，乡村出身又使他们充满了自卑感，这必然使进城的道路显得尤为艰难。实际上，乡下人在进城的路途上确实落下了层层的伤痕甚至搭上了自己的生命，在城市的夹缝中的谋生又充满了艰辛，身处城市和乡村文化的冲突中又是万般的无奈，这都造成了打工群体生存的焦虑和迷茫。但是一边是灯红酒绿、物质充裕的城市，一边是贫穷落后的乡村，巨大的差异让进城的农民无暇去反思自己的追求本身，他们依然义无反顾地远离他们的土地和家园，从四面八方涌入物质化的城市。尽管，他们常常只能出卖劳动力谋生，在城市从事最底层的工作，甚至将自己的身体也视作了谋生的工具，但是"进城去"依然是他们的理想。然而不管是这一代的打工者，还是五龙和祥子，无论是自觉地走进城市还是被动地逃到城市，其实在最终的结局上还是有着相似之处，在城市中并没有追寻到自己的理想实现自己的目标，反而在现代文明的笼罩之下被异化。走出了乡村的农民，依然走不进城市。

三 城里人下乡模式

乡下人进城的目的往往是为谋生，无论是祥子、五龙还是打工小说中的男男女女，莫不如是。而城里人下乡，则往往与谋生无关。20 世纪最大规模的城市人口向乡村的迁徙，是发生在六七十年代的知青上山下乡运动。这次运动首先是一个政治事件，数以千万计的知识青年接受毛泽东的"知识青年到农村去，接受贫下中农的再教育"的号召，充满激情地去了农村、边疆和草原。从政策的层面而言，除了当兵入伍的之外，几乎所有的适龄城市青年都是被征召的对象，老三届（1966、1967、1968 年三届学生）更是全部前往了农村。这是一次人类历史上罕见的城市人口向农村的迁徙，几乎每一个城镇家庭都和"知青"有着关联。同时，这一次的上山下乡也与对领袖的崇拜和青春冲动有关。毛泽东是当时青年心中的偶像和崇拜对象，听毛主席的话、响应毛主席的号召当然也成了青春生活的构成元素。于是，怀着青春的冲动，怀着消灭工农差别、城乡差别、体力与脑力劳动差别的美好理想，到广阔的天地里去接受贫下中农的再教育、用自己的青春去屯垦戍边成为很多知青的人生选择，大批的城市青年走向了乡村。对这一段历史的书写构成了知青小说的重要内容。

城里人下乡这种结构方式在小说中主要有两种呈现模式。一是预设，即"下乡"是小说预设的情节与结构，隐含在文本之中。很多以知青生活为题材的小说采用了这种结构模式，故事的发生地就是知青们插队落户的乡村，故事的开始是他们到达乡村之后。竹林的《生活的路》揭示的是知青们下乡以后的各种痛苦和矛盾。叶辛的《蹉跎岁月》则写出了特定时代里知青们的遭遇。出身不好的知青柯碧舟在生活的磨难和重重政治的压力之下，依然有着坚定的意志和执著的理想，赢得了军干家庭出身的女知青杜见春的同情和爱情的萌芽。然而血统论使杜见春怯了步。不久杜见春的父亲也被打成了"走资派"，严酷的政治现实和作为走资派子女的遭际，改变了杜见春。在父亲平反后，她执著地爱上了柯碧舟。小说写出了在乡村的知青们的人生道路选择，也写出了特定时代语境下知青们的彷徨和苦闷。在文本中，作者甚至直接点明故事开始于下乡之后的农村。梁晓声《这是一片神奇的土地》首先描述了那一片被定名为"鬼沼"的荒原："那是一片死寂的无边的大泽，积年累月覆盖着枯枝、败叶、有毒的藻类。暗褐色的凝滞的水面,呈现着虚伪的平静。水面下淤泥的深渊,沤烂了熊的骨骼、猎人的枪、垦荒队的拖拉机……它在百里之内散发着死亡的气息。"然后,小说中写道:"我到北大荒后",故事就在这北大荒展开了。史铁生《我的遥远的清平湾》,也是这样开始故事的叙述的:"我插队的时候喂过两年牛,那是在陕北的一个小山村儿——清平湾。"张承志《黑骏马》里的"我"则是被父亲直接送到奶奶家的"……那时,父亲在这个公社当社长。他把我驮在马鞍后面,来到了奶奶家。"这些文本都将故事发生预设在了"下乡"之后。

城里人下乡的另一种结构模式是直陈,将下乡的过程,迁徙的过程在文本中直接地陈述、铺叙出来。阿城《棋王》就以下乡时火车站的送别为开端:"车站是乱得不能再乱,成千上万的人都在说话。谁也不去注意那条临时挂起来的大红布标语。这标语大约挂了不少次,字纸都折得有点坏。喇叭里放着一首又一首的语录歌,唱得大家心更慌。"车站送别正是下乡路程的开始;接着是火车开动那一瞬间的场景:"就在这时,车厢乱了起来。好多人拥进来,隔着玻璃往外招手。我就站起身,也隔着玻璃往北看月台上。站上的人都拥到车厢前,都在叫,乱成一片。车身忽地一动,人群'嗡'地一下,哭声四起。"即将远去的亲人和城市使知青下乡的迁徙之路充满了伤感。但是下乡是必须面对的现实,无论出于什么样意图的下乡,迁徙已经开始,前途的迷茫和陌生的乡村都将随着火车的启动慢慢地靠近,于是随着车轮的转动,情绪也慢慢地平复:"车开了一会儿,车厢开始平静下来。"车上的生活渐次展开,喝水、吃饭、打牌、下棋等,"我"和棋呆子王一生的交往也随着火车的一路前行,"既开始有互相的信任和基于经验的同情,又有各自的疑问"。然后,"火车终于到了。所有的知识青年都又被用卡车运到农场。在总场,各分场的人上来领我们。"知青们在位于大山林里的农场里,开始了砍树、烧山、挖坑、栽树的简单生活,当然还有王一生的棋和王一生的吃。小说完整地展示了知青们从城市向乡村迁徙的过程。马以鑫的《蓝天浮云》也展现了知青们坐火车离开上海到嫩江火车站,然后坐解放牌卡车去农场的"下乡"过程。文本将知青们下乡过程中的告别、坐车、到达等作了较为充分的清楚的讲述。

到达乡村以后,知青陷入一种新的生活方式之中。其实知识青年的下乡,与农民进城一样,是一种空间上的位移。农民带着现代性的冲动进入都市,在与都市的生活方式的冲突中基本上被现代文明异化。知青的下乡也会带来生活方式的冲突,他们与乡村生存空间的关系呈现为紧张与和谐两种。

当最初的政治狂热过去、日常生活的真实一面逐渐显露出来以后,知青们发现,他们与农民存在着明显的差距,文化的差异、观念的差异,甚至生活方式和生活习惯也是不一样的。而且,本来就贫困的乡村要接纳大量的知青,也不排斥农民对知青的抵触情绪,于是与乡村的紧张关系也就极为正常。知青下乡首先遭遇的就是繁重的农活：

> 一天的劳累,又开始了。旱地上干活,比水田里干活更苦。头上烈日,脚下热土,也无水田里的凉气荫映,人好象掉进了大烤炉里,带着咸盐的汗水越过眉毛和睫毛,直往眼里灌,刺得眼球生痛。伸起腰来,头重脚轻,两眼发黑。贴着山坡表面望去,大地蒸腾的热气,使远方的一切都晃荡起来,整个世界在变形。田家驹就在这个晃荡的变形的世界里生存。家乡和母校在哪一方呢？眼下这一片黄沙土的大地,好象时间都凝结成黄色的了,不动了。在黄色的时间里,没工夫希望和回忆,只有流汗和大口大口地喘粗气,天复天,年复年。(韩少功《远方的树》)

体力劳动对年轻的知青身体的磨难是显而易见的。而且,乡间也并非诗意的栖居之地。小说中表达着对下乡生活的抱怨、批判和声讨。王安忆《广阔天地的一角》里公社书记抓住推荐知青上大学的权力机会,肆意地欺负男女知青;《绕公社一周》里的乡村也存在着与城市相似的政治批斗;孔捷生《在小河那边》里严凉感觉到的是"岁月缓缓流失,兵团的'革命化'是闻名的,生活极为枯燥单调,今天完全是昨天的重复。"谷岚岚因为写信支持了一张讲民主法制的大字报："就啪的一下定了我个现行反革命,绑着我到各个队游斗。那些畜生真他妈的狠毒,揍得我半个月直不起腰！"竹林《生活的路》里对现实生活的严酷性没有任何精神准备的单纯纤弱的女知青,承受了下乡生活中的种种折磨和压力。这样的乡村生存方式,知青是难以接受的,甚至直接表达："我向能够听到我声音的天地河流发誓：'我发誓,永远不再踏上这块土地。'"(陈村《我曾经在这里生活》)而且伴随着回城的无望感,逐渐地在知青中滋生出一些不良的情绪与行为,他们偷鸡摸狗,甚至欺负朴实的农民。王安忆《绕公社一周》里的老五们就经常干这样的事："你没听他们吹啊,他们'哥们'几个,分头活动二十分钟,什么全有了,鸡蛋、韭菜、萝卜。从哪来的,还不是从老乡院子里偷来的？"甚至还这样为自己的行为辩解：

"天下无产者不分你我,有福共享!"刘醒龙《大树还小》里的农民眼中,知青更是没有一个好东西,好吃懒做、偷鸡摸狗,还将垸里的年轻人带坏。显然知青在乡间并不是很受欢迎。下面两段文字很能表现知青和农民、知青和乡村的紧张关系:

> 当地的农村社员,对知青有着一种畏惧和戒备的心态。好多次,走在长长的田埂上,不管知青是一个人还是几个人,狭路相遇的农村社员,不管是担挑的、背背篓的、牵牛的或是其他扛东西的,不管身上负荷多重,都要老远就跳下田埂进行回避,给空手轻装的知青把路让出来。那情形,可能40年代的"良民"遇见"皇军",也不过如此。
>
> 那时在男知青当中,没有偷过社员家的鸡,是胆小鬼的象征,会被别人嘲笑,所以,为了不被别人看不起,你无论如何都得去体验一回。……丢了鸡的社员,基本上没有"吃了豹子胆"要找知青索要的,发觉鸡被偷了,都只有自认倒霉。当时在农村的知青,受到政策的保护,是农村中一个特殊的群体,"贫下中农"并不敢公然欺负。①

这种表达知青与乡村生存空间的紧张关系,主要出现于知青伤痕小说与后知青小说中,而很多知青小说还是着重于展现关系的和谐。毕竟随着时间的远去,留存在知青记忆里的乡村也越来越完美,尤其是返城后的知青感受到了城市的拥挤、城市文化的异己化和自我价值的失落,更多的知青作家返回到曾经插队落户的乡村去寻找和反思,返回乡村,重现乡村的朴实与诗意。史铁生的《我的遥远的清平湾》里的下乡生活虽然艰辛,有着繁重的农活,但对这些生活的抒写却带上了淡淡幽幽的恋乡之情和恬适宁静的生活情调。乡村和乡村生活也开始呈现出了迷人的诗情画意:

> 秋天,在山里拦牛简直是一种享受。庄稼都收完了,地里光秃秃的,山洼、沟掌里的荒草却长得很茂盛。把牛往沟里一轰,可以躺在沟门上睡觉;或是把牛赶上山,在下山的路口上坐下来,看书。秋山的色彩也不再那么单调:半崖上小灌木的叶子红了,杜梨树的叶子黄了,酸枣棵子缀满了珊瑚珠似的小酸枣……尤其是山坡上绽开了一丛丛野花,淡蓝色的,一丛挨着一丛,雾蒙蒙的。晦涩的小田鼠

---

① 李复奎:《难忘的知青岁月》,《中国社会导刊》2005年第7期。

从黄土坷垃后面探头探脑;野鸽子从悬崖上的洞里钻出来,"扑楞楞"飞上天;野鸡"咕咕嘎嘎"地叫,时而出现在崖顶上,时而又钻进了草丛……

生活在清平湾的陕北农民也是质朴憨厚的。当"我"病倒时,队长端来了"子推馍馍",言语不多,却充满了对远离家乡的孩子的疼惜:"唉,'心儿'家不容易,离家远。""心儿"就是孩子的意思。全村的老老小小也都赞同队长提出的让"我"喂牛的建议,"年轻后生家,不敢让腰腿作下病,好好价把咱的牛喂上"。尤其是整天唱着陕北信天游的"破老汉",充满稚气的留小儿,以及那一群调皮的牛,等等,他们构成了"我"在清平湾的生活内容和生活体验的来源。小说最后写道:"哦,我的白老汉,我的牛群,我的遥远的清平湾……"充满着对土地与乡亲的理解、温情和眷恋。也显示了"我"与乡村生存空间的和谐。

张承志的《黑骏马》《绿夜》里的农村也与史铁生笔下的乡村类似,虽然艰苦但仍然是那么的富有诗情画意,草原、河流充满了灵性,大自然有着神奇的张力,知青在乡村的生存背景中感受到了精神的温暖。梁晓声的《这是一片神奇的土地》则以一种英雄主义的气质,写出了一个由十几个知青组成的垦荒队,穿越被称为"鬼沼"的沼泽地,为连队开垦万顷沃土打通了一条通道的故事。尽管凶险暴虐的"鬼沼"吞没了大多数人的生命,但是他们还是征服了"鬼沼",为连队开进"满盖荒原"闯出了一条道路。文本内部也充满着知青与北大荒的精神联系和认同:"我们经历了北大荒的'大烟泡',经历了开垦这块神奇土地的无比艰辛和喜悦,从此,离开也罢,留下也罢,无论任何艰难困苦,都绝不会在我们心上引起畏惧,都休想叫我们屈服……呵,北大荒!"正是这种知青与乡村之间的和谐,给返城以后找不到城市中位置的知青提供了再次返乡的精神根源,孔捷生《南方的岸》里的易杰放弃了在广州开得不错的粥粉铺,回到了曾经插队过的海南的橡胶林。知青们溶进了民间。

综上所述,起始于 20 世纪 60 年代末的大规模的知青上山下乡运动,造成了城市人口向乡村的大迁徙,知青对这段历史的记载和描述构成了知青文学,他们书写与乡村的对峙和对乡村的抱怨与批判,以及在插队过程中感受到的与农民的情谊和乡村的诗意。小说也铺陈了下乡的完整过程或者将下乡的过程作为一个预设的情节结构隐含在文本之中。无论小说采用了什么样的结构形式,也无论在文本中蕴含着知青怎样的情绪与对乡村的认识,文本都彰显出了知青上山下乡的人生轨迹,彰显出了城里人下乡的人口迁移模式。

四 跨国模式

在20世纪的中国,走出国门是不少国人的选择,从鲁迅等现代知识分子远赴他国到八九十年代出现的留学热潮,大批的中国人进入了异域的生存空间。这样的迁徙超越了城市与乡村之间的流转,进入了完全异质的时空,全然不同的文化给他们以强大的心理冲击。有留学生曾经这样叙述这种冲击:"当我们进入另一个社会,发现那里的人们在另一种完全不同的社会制度、政治传统、宗教信仰、价值观念、生活方式和风俗习惯下同样正常地生活的时候,我们会感到困惑和震惊。"①一个完全异质文化背景的国度给离开了乡土的中国人带来了多重的体验、矛盾和困惑。这也构成了20世纪小说中的跨国迁徙模式。

五四时期可以算是书写异域经历和感受的开始。此时期的小说常常表达海外游子去国怀乡的情怀,并夹杂着作为弱国子民的屈辱感和由此而生发的爱国情绪,文化乡愁是此时期跨国模式小说的主要质素。郁达夫的《沉沦》是其中的代表。小说的主人公"他"是一个在日本留学的男青年,在异族的陌生环境中,他时时感受到作为弱国子民的自卑和屈辱。路上遇到的两个日本女学生,她们的眼波使他伤感:"唉!唉!她们已经知道了,已经知道了我是支那人了,否则她们何以不来看我一眼呢!"一次他无意间闯进一家酒楼,招待他的是一个十七八岁年轻的侍女。喝酒间那侍女偶然问他是哪里人,又使他陷入到屈辱和自卑之中:

> 一听了这一句话,他那清瘦苍白的面上,又起了一层红色;含含糊糊的回答了一声,他呐呐的总说不出清晰的回话来。可怜他又站在断头台上了。

> 原来日本人轻视中国人,同我们轻视猪狗一样。日本人都叫中国人作"支那人",这"支那人"三字,在日本,比我们骂人的"贱贼"

---

① 钱宁:《留学美国》,浙江文艺出版社2003年版,第160页。

还更难听,如今在一个如花的少女前头,他不得不自认说"我是支那人"了。

"支那人"已经成为他心头的锐痛,积弱的国势使他羞于承认自己是"支那人"。于是他立刻眼中冒出泪花,转向对国家强大的急切呼告:"中国呀中国,你怎么不强大起来!"正是弱国子民的地位和饱受歧视凌辱的留学生活,使主人公"他"形成了强烈的自尊与自卑的心理冲突,最终在沉重的精神负担的压力下导致精神的崩溃,蹈海自尽,并发出了这样的临死时的呼喊:"祖国啊祖国,我的死是你害我的,你快富起来,强起来吧!你还有许多儿女在那里受苦呢!"显然离开故土进入日本以后,与作为弱国子民的屈辱感相联系的是对中国不富不强的哀恨和对祖国富裕强大的期待。去国的经验里更多的是对故国的文化乡愁,尽管这种乡愁也许是痛苦的。"他"就在日记中这样倾诉着他的乡愁:

> 我何苦要到日本来,我何苦要求学问。既然到了日本,那自然不得不被他们日本人轻侮的。中国呀中国!你怎么不富强起来,我不能再隐忍过去了。
>
> 故乡岂不有明媚的山河,故乡岂不有如花的美女?我何苦要到这东海的岛国里来!

郁达夫小说里这些生活在异国他乡的主人公,纠缠着个人的不幸和民族的悲哀,或者说是所依靠的民族的积弱更导致了他们的怀乡病,他们的苦闷夹杂着精神怀乡的元素。这也是"五四"小说中跨国模式的一种富有代表性的情绪导向。郭沫若在《行路难》中就表达了类似的情感:"日本人呦!日本人呦!你忘恩负义的日本人呦!我们中国究竟何负于你们,你们要这样把我们轻视?"[1]

进入 20 世纪八九十年代之后,大批的中国民众,尤其是知识分子,出于摆脱贫穷落后的经济目的,怀抱着对政治自由和文化多元的美好理想和渴望,从世界边缘的第三世界的中国走向发达国家。但是当他们怀揣着在现实中国无法实现的全部心愿,并想方设法竭尽全力地进入新的生存空间时,却猛然发现,这是一个他们很难进入的空间。黑头发黄皮肤的外在特征、迥异于西方文明的传统文化的熏陶等元素,使他们成为与新的生存空间格格不入

---

[1] 郭沫若:《行路难》,《沫若文集》(第 5 卷),人民文学出版社 1957 年版,第 117 页。

的"外来者"、"边缘人"。也正是因为与异域生存空间的隔阂,迁徙者才更加注重自我身份的认同。严歌苓《少女小渔》以一位来自中国内地的女孩小渔为主人公,小说书写了小渔为获得在异域居留的身份,无奈之下与一位外国老头假结婚,这本是一件具有极大讽刺性的事情,然而小渔的纯真善良又让外国老头十分感动。整部作品"紧紧围绕异域生活中最敏感的、也是最具文化冲突尖锐性的身份及情感认同问题,揭示出处于弱势文化地位上的海外华人,在面对强大的西方文明时所感受到的错综复杂的情感"①。为摆脱这种身份的焦虑,有些文本甚至以自恋式的书写表达对异域生存空间的融入。周励《曼哈顿的中国女人》中就充斥着这样的叙述:"无论我在西德、在法国、在奥地利或是在美国佛罗里达休假,我的西欧亲戚和美国朋友们唯一想做的事,就是使我——一个中国女孩子更加高兴。""他们有时真的奇怪我这个黑头发黑眼睛的东方人,怎么就在蓝眼睛金头发的西方人中间成了中心!"作者想表现女主人公的成功赢得了西方人的肯定,然而这种自恋式的表述中蕴含的其实是自卑和身份认同的焦虑。

而且,时空的转换和迁移的完成,带来的是在心理上、精神上接受、适应异质文化的漫长过程,因为"一个民族的文化,是在长期的历史积淀中,不断创造、不断融合而形成的。它表现在人们的生活习惯、行为规范、伦理道德、价值观念、思想感情等之中。这是一种超稳定的心理结构,不容易由于时间与空间的位移而发生变化。"②于是冲突与矛盾自然难以避免。王周生的《陪读夫人》写的就是一位温顺、宽容、富有爱心的传统东方女性、陪读夫人蒋卓君,为维持生计,到一户美国家庭去做保姆,连同丈夫和儿子一起住进了主人家中。于是矛盾与冲突在不同文化背景的基础上依次展开,如关于育儿的观念分歧、生命的意义、婚姻的本质等问题,中西方文化都有着截然不同的答案,而且蒋卓君的受雇于人的地位往往使她只能放弃自己的观点遵从主人的意见。严歌苓的《扶桑》则涉及了与西方人沟通的艰难:"我从来对洋人的思路摸不准。有时自以为摸准了,来一番胡说八道,人都得罪光了。""就是这位和我做了丈夫的白种人,我也常常因为对他心理判断错误而引起令人啼笑皆非的错位对话。"沟通的艰难、冲突的易发、身份的焦虑等构成了迁徙海外

---

① 陈思和:《中国当代文学史教程》,复旦大学出版社1999年版,第357页。
② 陈贤茂:《海外华文文学与中国传统文化》,《华文文学》1997年第2期。

人物的常见的生存处境。

当然在跨国模式的小说中，有时也会将中西文化作为刻画人物的背景，在中西对比的整体思维中透视民族的心态，刻画中国人的灵魂。如老舍的《二马》，有意将老马（马则仁）放到异国情境中去刻画。老马先生，因继承兄长的遗产，由国内到伦敦经营古玩店。但是，他的习惯、做派、心理，无不处处体现出中国传统士大夫的名士作风，中庸而懒散。他尽管成了商人，却鄙视经商；他可以一整天地不到铺子里去，而将时间花在喝茶、睡觉，给房东太太浇花、养狗上。他"是伦敦的第一个闲人：下雨不出门，刮风不出门，下雾也不出门。叼着小烟袋，把火添得红而亮，隔着玻璃窗子，细细咂摸雨，雾，风的美"。别人一夸中国的东西，他就非白给人家一点什么不可；人家夸中国人好，他就请吃饭；夸饭好，他就再请。他在小节上似乎充满洒脱，也不乏有趣可爱；可在大节上就完全暴露出卑怯、愚昧和空虚来；他本鳏居多年，为博外国人一笑，硬说自己在国内有五六个太太；英国人拍侮辱中国的电影，他为迎合洋人而甘愿扮演一个富商角色。在中西文化比较的背景之下更彰显出人物落后的国民性的悖谬之处，老马在本质上与鲁迅的阿 Q 是相通的。当然他也与《沉沦》中的"他"、《少女小渔》中的小渔一样，都是异域生活的进入者，承受着跨越国界所带来的各种问题。

第九章　游戏元素

　　游戏,是人类自古就有的重要文化现象,也是文学和审美理论中的一个重要概念。自康德提出这一哲学概念以来,"游戏"的内涵在众多哲学家的阐释之下日益丰富,而其核心意义是自由。桑塔耶那认为,"凡是无用的活动,我们都可以称之为游戏","凡是对生活必需或有用的行为,则是工作","在这里,工作等于奴役,游戏等于自由"①。也正是在自由这一层面上,游戏与艺术是相通的:"艺术也和手工艺区别着。前者唤做自由的,后者也能唤做雇佣的艺术。前者人看做好像只是游戏,这就是一种工作,它是对自身愉快的,能够合目的地成功。"②而且游戏在进入文学艺术领域之后,不仅意味着深层的艺术精神的自由,还发展到文本表层的叙事形式的游戏。因此,本书所使用的游戏概念更接近伽达默尔对"游戏"的阐释:"如果我们在艺术经验的关联中去谈论游戏,那么,游戏就不是指行为,甚至不是指创造活动或享受活动的情绪状况,更不是指在游戏活动中所实现的主体性自由,而是指艺术作品的存在方式","最终只是游戏运动的自我表现而已"③。因此,作为小说叙事领域内的游戏概念,其实指向一种叙述方法,是作家完成小说构造和表达意图的一种叙事策略。对这种充满智性的"游戏"叙事策略的运用,使小说完全背离了传统的形式规则,叙事过程无限膨胀为小说的外在修辞形式之一。语言的狂欢和戏仿、叙事迷宫和叙事圈套、文体的戏仿等,使小说叙事呈现出明显的游戏化特征。

---

① (美)桑塔耶那:《美感》,缪灵珠译,中国社会科学出版社1982年版,第67页。

② (德)康德:《判断力批判》(上册),宗白华译,商务印书馆1964年版,第149页。

③ (德)伽达默尔:《真理与方法:哲学解释学的基本特征》,王才勇译,辽宁人民出版社1987年版,第146-147页。

一 话语的游戏:戏仿与狂欢

话语的游戏实质上是一种语言的实验,是对传统语言学及其意识形态的疏离和解构。作家们斩断能指与所指的同一性,造成语言的所指与能指关系彻底瓦解,而成为一种飘浮性存在,一切固定的唯一的专断的语言和价值关联彻底崩毁,形成能指偏离所指的语言游戏与迷宫,又构成极度放纵的语言膨胀和狂欢。这样的语言结构塑造出语言与存在的多向性、不确定性关系,因为语言结构"是一种投射到个体心灵之中的对于复杂而稳定的社会经济结构状况所做的确定的意识形态解释"[①]。

这种话语的狂欢肇始于鲁迅的《故事新编》,在这部取材于历史的小说中充斥着各种言语和观念的东拼西凑,各种语体杂糅,迥然不同的语言之间展开竞争,造成所谓"多音齐鸣",语言对语境的偏离构成了滑稽模仿,开放的语言构成了开放的文本,带有明显的游戏色彩和狂欢色彩,有着浓厚的实验性。具体可以从两个层面展开:

一是在历史的语境中,出现了许多现代的语汇。如《理水》中文化山上的学者说着古貌林(good morning)、好杜有图(how do you do)、OK、维他命、莎士比亚等英语,还有幼稚园、学者、遗传、面包、考据、交通不方便、水利局、时装表演等现代生活内容;《出关》中的图书馆、讲义、恋爱故事,还让老子时代的一个账房先生说出"提拔新作家"这样的语言,这显然是一种有意为之的不真实,是鲁迅故意让文中的账房先生模仿 30 年代出版商的口吻,同是这个账房先生,还用南北夹杂的方言说:"来笃话啥西,俺是直头听弗懂",老子也"打着陕西腔,夹着湖南音",书记说的则是苏州方言;《起死》中竟然还拥有现代化的武器警笛和警棍;除此之外,还有《采薇》中的文学概论、为艺术而艺术等现代文学术语;等等。这些共同构成了语言的游戏性和狂欢性。

二是古代典籍中的古奥的语言也进入了小说文本之中。《补天》里与女娲对话的士兵、古衣冠的小丈夫就模仿了《尚书》的古奥语言:"人心不古,康

---

① (俄)巴赫金:《马克思主义与语言哲学——语言科学中的社会学方法基本问题》,《巴赫金全集》第 2 卷,河北教育出版社 1998 年版,第 440 页。

回实有豕心,觊天位,我后躬行天讨,战于郊,天实祐德,我师攻占无敌,歼康回于不周之山。"补天中女娲与人的几次对话都因为人的语言的古奥而陷入了无法交流的境地,失语的焦虑也使女娲陷入了一种茫然不知所措的境地,而这些人又恰恰是女娲创造出来的。女娲造人行为的崇高意义被消解掉了。《起死》中有一段咒语"天地玄黄,宇宙洪荒……赵钱孙李,周吴郑王……太上老君急急如律令! 敕! 敕! 敕!"基本上采用了《千字文》《百家姓》等儒家启蒙读物的语言。

古汉语、现代汉语、方言、外语、现代文学术语等多种语体,任意穿行在不同的文化空间和言语系统中,有着一种游戏的快感,对历史构成了尖锐的嘲弄、戏谑与反讽。也许正是在这一层面上,鲁迅说《故事新编》有点"油滑"。

如果说鲁迅对小说语言的狂欢化处理是话语游戏的最初尝试的话,到了新时期作家的笔下,这种语言的狂欢性更加汪洋恣肆,他们自觉地,甚至刻意地偏离和反叛固有的话语形式,追求语言的多样意识形态性,展开多方面的语言实验。王蒙应该是有代表性的作家,在他创造的被称为"立体语言"的语言形式中,最终是要"造成语言狂欢节的语言形态"①。小说《来劲》可以说是一次语言狂欢的滥觞:

> 您可以将我们的小说的主人公叫做向明,或者项铭、响铭、香茗、乡名、湘冥、祥命或者向明向铭向鸣向茗向名向冥向命……以此类推。

> 向明出差、旅游、外调、采购、推销、探亲、参观、学习、取经、参加笔会、展销、领奖、避暑、冬休、横向联系、观摩、比赛、访旧、怀古、逃避追捕,随便转一转,随便看一看,住宾馆住招待所住小学教室住人民防空工事住地下洞住浴池住候车室住桥洞下面住拘留所住笼子。

> 有几个这样的二十世纪的人是真正的二十世纪乃至二十一世纪的模特儿带来了微光带来了强光带来了可卡因带来了荷尔蒙带来了深刻带来了现代感带来了前途带来了野性的浪潮。

这三段语句中,语言成为碎片,本来没有逻辑联系或者彼此疏离的不同事物被新奇的方式重新组合为一个整体。第一句是小说的开头,以汉字谐音字游戏的形式,完成了对人物的不确定性的设置;第二句把本来没有任何逻

---

① 王一川:《中国形象诗学》,上海三联书店1998年版,第58页。

辑联系甚至逻辑相反的事物组接起来;第三句通过一个没有标点的超长句子把种种不同事物按照一种新的观念组合为一个整体。这样的语言给人的感觉,是一种特殊的语言狂欢的气氛。而借助语言的狂欢和语词组接的无逻辑,小说也完成了表达"一种在生活急剧变化当中的惶惑,一种对语言、对自己身份的认同危机"①的意图。其实王蒙对狂欢化的立体语言一直有着充分的自信:"看起来'乱',……但是你把秩序一打乱,重新排列组合后,就出现了一种图景,这种图景如果搞得好的话,它就能够震撼人心。"②

下面的这段文字虽然没有打乱秩序,但同样能够震撼人心:

> 他费时15年,写下了七卷《沐浴学发凡》、内容包括"人体与沐浴"、"沐浴与循环系统"、"沐浴与消化系统"、"沐浴与呼吸系统"、"沐浴与皮肤"、"沐浴与毛发"、"沐浴与骨骼"、"沐浴与心理卫生"、"沐浴与青春期卫生"、"沐浴与更年期卫生"、"沐浴与家庭"、"沐浴与国家"、"工矿沐浴"、"战时沐浴"、"沐浴与水"、"沐浴与肥皂"、"浴盆学"、"浴衣学"、"搓背学"、"按摩学"、"沐浴方法论"、"水温学"、"浴巾学"、"沐浴的副作用"、"沐浴与政治"、"沐浴的历史观"、"沐浴与反沐浴"、"沐浴与非沐浴"、"沐浴的量度"、"沐浴成果的检验"、"沐浴学拾遗"、"沐浴学拾遗续(一)——续(七)"等章,堪称洋洋大观,走在了世界前列。(王蒙《冬天的话题》)

完全是一场符号的游戏、语言的狂欢,看起来似乎写得详尽异常,将《沐浴学发凡》的章节内容都罗列出来了,但毫无价值,只剩下语言在文本中招摇,以貌似严密的知识话语嘲弄着无知的知识者。

王朔小说文本的话语游戏更是一种戏仿和狂欢的双重呈现。他以嬉戏的玩世不恭式的姿态,将"文化大革命"话语、主流政治话语与小市民的痞子话语相互激活、拼接和模仿,在戏仿和狂欢的扭结中共同完成话语的游戏性。

《千万别把我当人》中一群"顽主"组成的"全总主任团"上演了一出"逼宫"闹剧,向领导赵航宇宣读了这样一封"致敬信":

> 敬爱的赵航宇同志,我们"全总"主席团的全体成员在这里一致向您表示尊敬和谢意。在"全总"成立的日日夜夜里,您废寝忘

---

① 王蒙:《王蒙讲稿》,上海文艺出版社2001年版,第25页。

② 王蒙:《漫画小说创作》,上海文艺出版社1983年版,第38-39页。

食,日理万机,戎马倥偬,马不停蹄,使尽了力,操碎了心,为中国人的解放事业贡献了毕生的精力。收拾金瓯一片,分田分地真忙;生的伟大,死的光荣;碧血已结胜利花,怒向刀丛觅小诗。关山度若飞,举杯邀明月;梦里乾坤大,醒来日月长;千里搭长棚,终须与君别;好花不常开,好景不常在;得撒手处且撒手,得饶人处且饶人;世上事终未了不了了之,落花流水春去也——换了人间。小舟从此去,江海寄余生;待到山花烂漫时,你在丛中笑……

对这封信稍作整理,就可梳理出其中的滑稽模仿。信的文体戏拟的是"文化大革命"时期造反派对领袖的效忠信模式;"全总主任团"明显带着造反派组织名称的痕迹;"为中国人的解放事业贡献了毕生的精力"句是官方讣告的常用表达;"收拾金瓯一片……"出自毛泽东的词《清平乐·蒋桂战争》;"生的伟大……"是毛泽东为刘胡兰的题词;"怒向刀丛觅小诗"是鲁迅的诗句;"关山度若飞……"借用了古典诗句;"落花流水"句是李煜和毛泽东词句的杂糅;最后两句是对毛泽东词句的改写。整封信从文体到具体内容几乎都是对政治话语和古今文学语汇的戏仿,具有一定价值意蕴的语句杂糅拼贴在一起,互相歪曲、互相拆解,形成了一种众语喧哗的狂欢化效果。

通过对政治话语的戏仿来达到反讽的效果是王朔经常采用的语言修辞。《玩的就是心跳》中王朔这样描写一伙人聚在一起打牌:

回到家,吴胖子他们在玩牌,见我就说:"我媳妇回来了,所以我们这个党小组会挪到你这儿继续开。"他又一指大盘脸的陌生男人说:"这是我们新发展的党员,由于你经常缺席,无故不缴纳党费,我们决定暂时停止你的组织生活。"

以"党小组会"、"新发展的党员"等政治话语来指称玩牌小组和玩牌小组的成员,以小市民的世俗生活场景戏拟政治生活场景,语言中又透着一种调侃和戏谑的成分。

王朔还善于以语词的密集性排列、堆砌与戏仿的交互杂糅来使文本呈现出语言的游戏性。《千万别把我当人》中坛子胡同一群"百姓"向"领袖"和"恩人"大胖子敬献颂辞。唐元豹妈、李大妈、元风和黑子四人接力献辞,一个个先后"累"昏过去还未完成:

敬爱的英明的亲爱的先驱者开拓者设计师明灯火炬照妖镜打狗棍爹妈爷爷奶奶老祖宗老猿猴太上老君玉皇大帝观音菩萨总司

令,你日理万机千辛万苦积重难返积劳成疾积习成癖肩挑重担腾云驾雾天马行空扶危济贫匡扶正义去恶除邪祛风湿祛虚寒壮阳补肾补脑养肝调胃解痛镇咳通大便百忙,却还亲身亲自亲临莅临降临光临视察观察纠察检查巡察探察侦查查访访问询问慰问我们胡同,这是对我们胡同的巨大关怀巨大鼓舞巨大鞭策巨大安慰巨大信任巨大体贴巨大荣光巨大抬举。我们这些小民昌民黎民贱民儿子孙子小草小狗小猫群氓愚众大众百姓感到十分幸福十分激动十分不安十分惭愧十分快活十分雀跃十分受宠若惊十分感恩不尽十分热泪盈眶十分心潮澎湃十分不知道说什么好,千言万语千歌万曲千山万海千呻万吟千嘟万噜千词万字都汇成一句响彻云霄声嘶力竭声震寰宇绕梁三日振聋发聩惊天动地悦耳动听美妙无比令人心醉令人陶醉令人沉醉令人三日不知肉味的时代最强音:万岁万岁万万岁万岁万岁万万岁!……

没有您我们至今还在黑暗中灰尘中灰堆中灰烬中土堆中土坑中土洞中山洞中山涧中山沟中深渊中汤锅中火炕中油锅中苦水中扑腾折腾翻腾倒腾踢腾……

您是光明希望未来理想旗帜号角战鼓胜利成功骄傲自豪凯旋天堂佛国智者巫师天才魔术师保护神救世主太阳月亮星辰光芒光辉光线光束光华……

大力神鹰隼狮虎铜头金脸钢腿铁腕霹雳拳头大炮导弹柱石墓石长城关隘。没有您我们得冻死饿死打死骂死吵死闹死烧死淹死吊死摔死让人欺负死……

这段对大胖子的颂词达到了极度的铺陈夸张,将如此众多的不相关的语词罗列在一起,让它们相互干扰、相互排斥,甚至放弃了正常意义的表达,而这种罗列、矛盾本身又展示出文本内在意蕴的丰富。而大量的颂词、山呼海啸般的"万岁万岁万万岁"的存在,使文本完成了对"文化大革命"颂歌语汇的一次极度夸张的戏拟,并由此构成了众语喧哗的狂欢节氛围。

总之,王朔善于将古汉语、政治辞令、医学术语、俚语、俗语、行话、黑话、"文化大革命"语言等相互套用,共时呈现。在语言的滑稽模仿和密集性排列等外在表征中使文本语言呈现出游戏化特征。当然,语言的游戏化并不仅仅存在于鲁迅、王蒙、王朔等的小说文本中,其实在"'写什么'的重要性已被

'如何写'所代替"①的先锋文学里,这几乎已经成为一种共同的选择和追求,如余华、苏童等的语言缠绕;格非、北村等的语言迷宫;而孙甘露则在叙述语言的实验上走得最为极端,在《我是少年酒坛子》《信使之函》等小说中,词语被斩断了能指与所指的关系,以一种意想不到的方式搭配起来,以极端诗化的叙述语言最终使小说完全变成了一个语言游戏的世界。这些表达的是对文本语言的游戏性实验和尝试,他们要以此打破语言指向的单纯性,试图在能指与所指关系的崩溃中去建构新的意识形态诗学,从而使话语与存在之间的关系走向多元与不确定,丰富话语的表意能力,语词更具张力。

二　叙事的游戏:叙事迷宫与叙事圈套

叙事的游戏化意味着对小说文本形式的张扬。新时期以后,文学与历史进入了一个更加开放、多元的时代,热衷于对文学说话的纯粹姿态、醉心于文本技术操作试验、用形式构成论置换内容本体论构成了这一时期作家的创作追求。他们对小说形式艺术表现出从未有过的关注和实践热情,尤其是在先锋文学里,对形式的张扬更是登峰造极。"先锋的问题首先是它的形式化原则,先锋以它的艺术规则的撒旦作风震惊世人。"②从马原、洪峰到苏童、余华,小说创作都呈现出对叙述的技巧以及文字符号的强调,从而在20世纪八九十年代的文坛形成了一种形式化追求的风尚:小说文本中故事情节的丰富、完整和跌宕起伏被作家有意地放逐,进入他们视野的是叙事行为本身,并以此来达到对故事和意义的消解,建构起自己的个性化感觉方式和独特的话语风格。这样的创作追求直接导致了文坛声势浩大的"形式革命",寻求一种"有意味的小说形式"③成为潮流。这种形式化探求的重要创作实践之一就是叙述的游戏化,在小说的叙述过程中,采用了叙事迷宫和叙事圈套的策略。

美国学者詹姆逊曾指出:"如果说现代主义建筑告诉你怎样解读,怎样生活,那么后现代主义的作品则是永远无法解读的迷宫。"④叙事迷宫就是生

①　李洁非:《新时期小说两个阶段及其比较》,《文学评论》1989年第3期。
②　许志英、丁帆:《中国新时期小说主潮》,人民文学出版社2002年版,第365页。
③　史铁生:《答自己问》,《作家》1988年第1-2期。
④　(美)詹姆逊:《后现代主义与文化理论》,唐小兵译,北京大学出版社1997年版,第148页。

产谜一般情节的不可解释的叙事过程,在小说中设置谜面却无法达到谜底,整个故事迷雾重重,无法解读。格非的小说是叙事迷宫的典范。被陈晓明先生喻为"当代小说中最玄奥的作品"①的格非的《褐色鸟群》,正是由于叙事迷宫而显得晦涩艰深。小说采用了一种故事套故事的结构,由两个叙述圆圈组成:

A.许多年前"我"在一个叫"水边"的地方蛰居,写一部类似于圣约翰预言的书,一个"我"从未见过却认识"我"多年的女人"棋",背着画夹来到我的寓所,"我"向她讲述了"我"与另一个女人的故事。许多年以后,"我"又"看见棋沿着水边浅浅的石子滩朝我的公寓走来。她依旧穿着橙红色(或者棕红色)的罩衫,""我"跟她打招呼,说曾经有一晚给她讲"我"的经历,但是她却说她不认识"我",也不叫"棋",背的是镜子不是画夹。

B."我"在企鹅饭店被一个漂亮的、穿栗树色靴子的女人招引,跟踪她到了郊外的一座木桥边,忽然不见了踪影,在雪地上甚至没有留下半圆形的靴印。一个提着马灯的老人告诉我,那座木桥"在二十年前就被一次洪水冲垮了"。若干年后,"我"又意外地与穿栗树色靴子的女人重逢,并"看见她的床前整齐地放着一双擦得油光锃亮的栗树色靴子",可是当我告诉女人曾经见过她时,女人却说"我从十岁起就没有去过城里"。后来这个女人成了"我"的妻子,但在新婚当天突发脑溢血死去。

这两个故事的讲述都是一种典型的探访框架,"棋"的来访和"我"对女人的寻访,结局也是相似的:两个女人都否认与我相识或者相见过,两个女人的第二次出现都形成了对上次出现的否定和解构。而第二个故事正是"我"讲述给"棋"听的故事,镶嵌在第一个故事之中,"棋"的否定不仅否定了第一个故事,而且否定了第二个故事。在整体结构上形成了自相缠绕循环的圆圈。小说中的"棋"就这样对我说:"你的故事始终是一个圆圈,它在展开情节的同时,也意味着重复。"小说里每个故事的结局都是对前面故事的消解,这样,结局又成了开端,不断重复、不断循环。正如博尔赫斯在《交叉小径的花园》中所说:"一本书用什么方式才能是无限的?我猜想,除去是圆形,循环的书卷外,不会有别的方法。书的最后一页与第一页完全相同,才可能继

---

① 陈晓明:《表意的焦虑》,中央编译出版社 2002 年版,第 95 页。

续不断地阅读下去。"①陈晓明也以"重复"指称这种叙述策略,他认为"由于'重复',存在与不在的界限被拆除了,每一次的重复都成为对历史确实性的根本怀疑,重复成为历史在自我意识之中的自我解构"。而《褐色鸟群》里"有意识运用'重复'来瓦解存在的历史依据,重复使'过去'和'现在'一起陷入不真实的境地"。"存在还是不存在,一切都难以确定"②。究竟"女人"去过"我"说的城市没有?究竟"棋"去过"我"那儿没有?是"我"讲述得对,还是"女人"说得对?是"我"说的是真的,还是"棋"说的是真的?人物的在场与不在场都有一种不确定性,整篇小说构成两个悖论的圆圈,不断地相互拆解和否定,利用重复和循环完成了对一个相互缠绕又相互冲撞的叙述迷宫的建构。

格非一直致力于叙事迷宫的营构,《迷舟》中的"萧去榆关"无论对于情爱线索还是对于战争线索在叙事上都具有重要意义,却被粗率地省略了,萧是去会情人还是去给占领榆关的北伐军哥哥送情报?警卫员没有做出判断就开枪打死了萧,使"萧去榆关"永远成为一个空缺被悬置,任何对萧的行为的解读都将是一种没有根据的无效的猜测,这使故事显得不完整,也消解了故事的确定性,增加了整个故事事件的解释难度,使之成为一个奇怪的、难以破解的圆圈。《欲望的旗帜》是格非讲述的又一个充满悬念、令人迷惑不解的故事。哲学泰斗贾教授为何自杀?究竟是自杀还是他杀?张子衿为何突然发疯?一个个空缺的设置相互填充,建构起了叙事的迷宫。《敌人》也营构得扑朔迷离、虚虚实实。吴义勤在《中国当代新潮小说论》中明晰地指出,格非"借助于家族的框架,让小说中歧义丛生的故事颠沛流离于历史和现实、真实和幻境之间,从而营造了一个巨大的'迷宫'"③。

与格非采用重复、空缺等手法创造叙述的迷宫性不同,孙甘露的《请女人猜谜》也以故事套故事的结构创造了叙事的迷宫。小说从谈论《请女人猜谜》写作开始,并声称作品中的人物都使用了真实的姓名而且都还活着,不久又声称"在写作《请女人猜谜》的同时,我在写另一部小说《眺望时间消逝》";而"《眺望时间消逝》是我数年前写成的一部手稿,不幸的是它被我不

---

① (阿根廷)博尔赫斯:《交叉小径的花园》,《博尔赫斯文集·小说卷》,王永年、陈众议等译,海南国际新闻出版中心1996年版,第308页。

② 陈晓明:《空缺与重复:格非的叙事策略》,《当代作家评论》1992年第5期。

③ 吴义勤:《中国当代新潮小说论》,江苏文艺出版社1997年版,第287页。

小心遗失了,还有一种可能是它被我投入了遐想中的火炉,总之它消失不见了,我现在是在回忆这篇小说"。于是,《请女人猜谜》的写作变成了《眺望时间消逝》的叙述,《眺望时间消逝》实际上就成了《请女人猜谜》的本文,叙述成为对本文的背叛。《请女人猜谜》叙述的是"我"和女护士后的爱情故事;《眺望时间消逝》讲的是士怪诞迷离的往事。后与士又有交往,两个人物在两个文本中穿梭往来,构成了文本的交叉,并在这种交叉中显示出虚虚实实的文本建筑方式,形成叙事的迷宫。因此孙甘露总是能彻底斩断现实与小说之间的关系,在叙述中有意识地融合多个文本,"在双重文本的叙述变奏里获取叙述变奏的无限可能性"①,以诗性的语言构筑迷离的迷宫。

叙事迷宫成为作家尤其是先锋作家一种重要的叙事策略,而这种迷宫性,呈现出的事件发生发展的偶然性、时间之间的毫无关联性、人物事件的不确定性、故事的虚构性等元素,又指向现存世界的无序、模糊和不确定,"世界是个走不出来的迷宫"②,在这样的世界里,人类难以把握自己的命运。因此在叙事的迷宫中表达的正是世界是无序的存在这样一种后现代主义观点。

"叙述圈套"是吴亮在评价马原小说时提出的一个概念,在那篇题为《马原的叙述圈套》的文章中他认为:"(马原)由叙述崇拜发端,又回复到叙述崇拜中去。这里也存在着一个魔术般的圈套。"③确实,马原有意编造了一些似是而非的"元小说"。所谓"元小说",是指一种关于故事的故事,关于叙述的叙述,关于小说的小说。既叙述故事,又叙述叙述行为,形成"马原式"的叙事圈套。作家总是以叙述人的身份自由地出入文本,并不时提醒读者故事是虚构的,甚至将虚构的过程和技巧展示出来。《虚构》一开始就声明:"我就是那个叫马原的汉人,我写小说,我喜欢天马行空,我的故事多多少少都有那么点耸人听闻。""马原"成为马原的叙述对象之一。其实"马原"作为形象是频频出现在马原的小说中的,《叠纸鹞的三种方法》《涂满古怪图案的墙壁》等小说都将"马原"作为作者、叙述者、人物混居在小说内部,参与故事,接触人物,与"人物"交朋友。"马原"甚至还被他所虚构的小说人物返身叙事,即由经他虚构出来的小说人物之口,反过来叙述马原本人。如在《西海无帆

① 陈晓明:《无边的挑战》,广西师范大学出版社 1994 年版,第 100-101 页。
② (阿根廷)博尔赫斯:《死亡与罗盘》,《博尔赫斯文集·小说卷》,王永年、陈众议等译,海南国际新闻出版中心 1996 年版,第 174 页。
③ 吴亮:《马原的叙述圈套》,《当代作家评论》1987 年第 3 期。

船》中插入的人物姚亮的自我辩解和对马原的指控——抗议他的主人马原对他的任意描写,并将马原写小说的某些惯用手法抖搂出来。这样,似乎连"马原"也成为一个被虚构出来的形象。作家马原不断地变换身份自由地出入小说文本。这也为"元小说"策略的实施提供了基础。反观小说的内容,《虚构》的故事主体是作家叙述自己在麻风村——玛曲村的怪异的经历。然而临近故事的终结,作者又跳出来对读者说:"读者朋友,在讲完这个悲惨的故事之后,我得说下面的结尾是杜撰的。"自己拆穿了玛曲村故事的真实性。小说提供了两个方面的拆解。一个拆解是说明这个故事主要有这样一些来源:马原的西藏经历;马原夫人转述的麻风医院的情况;一本法国人写的书《给麻风病人的吻》和一本英国人写的书《一个自行发完病毒的病例》;司机朋友的偶然指点;等等。另一个拆解是"我"进入玛曲村是 5 月 3 日,7 天后从玛曲村出来,日期却是 5 月 4 日。这两个拆解,一个是直接透露素材的来源之处以指明故事的虚构性,一个是从时间上直接取消了他的"经历"。这样的文字显然既讲述了小说是怎么来的这些技术元素,同时也说明"我"的玛曲村经历完全是一种虚构。所有的叙述都只是马原的一个圈套。

叙事圈套在马原的小说中是普遍采用的策略。《冈底斯的诱惑》中的第十五章,马原直接谈论起小说的技术问题:"故事到这里已经讲得差不多了,但是显然会有读者提出一些技术以及技巧方面的问题。我们来设想一下","A.关于结构","B.关于线索","C.遗留问题",等等。将对小说结构的探讨直接放入小说的文本叙述过程中。洪峰的《极地之侧》也时常插入"这是洪峰的想象"、"后来的事证明洪峰对了"之类解释小说为什么这么讲述的语词,有意地暴露叙事行为。类似的写法,在其他先锋作家的小说中也出现过。叙事圈套的策略使小说虚构的世界和现实世界融为一体,很难发现虚构和现实之间的界限。这样,读者就被迫陷入作家用语言制造的圈套中。

三　文体的游戏:模仿与颠覆

文体的戏仿作为一种小说的技巧,主要是通过对某种文体的夸张性模仿,以达到调侃甚至颠覆这种文体的目的。这种技巧盛行在先锋小说中。这与当时的时代思潮有着关联。随着社会的发展、西方思潮的涌入,知识分子开始对传统理性、经验、常识和秩序的非本质性和非客观性产生了怀疑,开始思考人类的生存本质。余华就说:"由理性、经验、常识和秩序设定的现实生活其实是'真假杂乱和鱼目混珠'的,而拘于现实的人就是一种荒诞的存在,他们越来越远离精神本质而陷入所谓的文明秩序不能自拔。"①于是作家在小说当中直接拨开了常识、秩序的悖谬性,揭示出在所谓的理性、文明背后的种种荒诞性,从而对人们习以为常的生活常识和规范予以猛烈的颠覆和反叛。而旧有的文体内部总是保留着一些历史残存的僵化的观念和意识,于是文体的戏仿与颠覆是完成观念戏仿的策略之一,也成为先锋作家的先锋性表征之一。

余华是实施文体戏仿的代表性作家。《鲜血梅花》是余华对武侠小说的戏仿。小说的情节模式是:遭惨祸父亲被害留下孤儿寡母,儿子在父仇的重负中长大成人最终完成报仇大业。这是武侠小说情节设置中极为典型的复仇模式,陈墨的《新武侠二十家》将这种模式描述为:惨祸—遗孤—学艺—防凶—复仇。金庸的《射雕英雄传》演绎郭啸天、杨铁心两家家破人亡,郭靖、杨康长大后负起报仇使命的故事,就是这一复仇模式的典型形态。除这复仇的情节模式之外,《鲜血梅花》的标题呈现出典型的武侠气息,此外更有名扬天下的梅花剑的神奇传说(一旦出鞘,血光四射;一旦沾血,即有一滴永留剑上,状若梅花),无敌天下的一代宗师阮进武在江湖恩怨中的神秘被杀、武林高手青云道长和白雨潇的莫测神功、胭脂女与黑针大侠的独门绝技(花粉剧毒与黑发暗器),以及黑道人物李东刘天和虽然虚弱不堪但依然以复仇少年形象出现的阮海阔,等等,这些武侠元素的存在使整部作品飘荡出武侠小说的文类特征和审美气质。也许正是鉴于此,陈松刚在编选武侠小说选萃时,也反对《鲜血梅花》的惯常文类认定,将其收录其中。

然而,《鲜血梅花》显然不同于一般的武侠小说,采用的是戏仿武侠的艺术策略。首先是以一种游戏的态度对复仇这一武侠小说的核心内容进行反讽并予以虚写。阮海阔也背负着复仇的使命,他的父亲在昔日的江湖恩怨中神秘死去,这使他的成长向着复仇的目的走近,但虚弱不堪的阮海阔在听完母亲的叙述之后只是端坐在母亲的声音里,开始隐约呈现在他眼前的也只是"几条灰白的大道和几条翠得有些发黑的河流",漫游的前景似乎就是阮海阔对未来完成替父报仇大业的所有想象。复仇被置换成了"漫游"。虽然这

---

① 金汉:《中国当代小说艺术演变史》,浙江大学出版社 2000 年版,第 234 页。

种想象也许与杀父仇人的不明确、需要寻访的过程有关,但有仇无恨无疑是其想象的心理基础,也是小说得以展开的情绪基础。从这一层面上审视作品,可见复仇只是表面上小说的核心内容,在实际的书写中,复仇其实是被悬置的,只是为阮海阔无目的的漂流提供了一种可能性,隐隐约约地伴随着作者着力书写的流浪之旅。究其原因,就是复仇是母亲强加给阮海阔的使命,而实质上父亲的被杀并没有使阮海阔心中的仇恨恣肆地生长,甚至可以说,阮海阔的心中根本就没有仇恨,他只是很无奈地肩负名扬天下的梅花剑和无来由的血海深仇走上了漫无目标的漂泊之旅。这种有仇无恨和随意漂流使阮海阔渐渐偏离了母亲的叮嘱,尤其是在接受了胭脂女和黑针大侠的嘱托之后,他失去了与白雨潇对话仇人的机会,而见到青云道长后,首先在阮海阔"内心清晰响起"的也是胭脂女和黑针大侠的委托之言,然后母亲的声音"才在阮海阔内心浮现出来",又一次失去了询问谁是杀父仇人的机会。而白雨潇这一名字在心里的消散和问青云道长的问题的次序的倒置,又恰恰说明,在阮海阔缺失刻骨仇恨的潜意识里,寻找杀父仇人并不是最重要的,因此,当他得知杀父仇人都已死于非命之后,也没有复仇后的快感和安慰,反而有一种失落感,"依稀感到那种毫无目标的美妙漂泊行将结束",从而感到"内心一片混乱"。既然杀父仇人已经死于非命,那么为复仇而生的阮海阔也就失去了存在的价值与意义,寻访仇人的整个过程实质上构成了对人的存在的质疑。这种质疑也形成小说结尾的开放性,复仇的故事似乎在这里结束了,但阮海阔的故事似乎又在另一个点上开始。所有这种安排,其实都是源于作者解构复仇的创作意图,他宕开笔墨虚写复仇,而侧重书写阮海阔的流浪之旅,目的就是借助武侠小说复仇的情节模式以完成对复仇的反讽。更构成反讽的是阮海阔母亲决绝的自焚,毫无疑问,她是要以自杀来断绝儿子的退路,坚定阮海阔复仇的心意,但即便如此也没有激起阮海阔的仇恨和复仇之心,他还是随意地踏上了一心漂流的道路,而且母亲的这种对道德价值执意牺牲的崇高精神与儿子后来的无仇恨的空虚漫游一经对比,就显得滑稽和毫无意义,那种崇高感被阮海阔的行为消解得一干二净。

其次是对侠士形象的解构。阮海阔不是一个侠客的形象,他既没有半点武艺,又虚弱不堪,更为重要的是,他缺乏行侠仗义的侠客气质,甚至连本该刻骨铭心、不共戴天的杀父之仇也不能激起他对仇人的仇恨。这与一般武侠小说中那执意复仇的侠客形象迥然有别。阮海阔甚至在母亲的决绝自焚后,依然无心复仇,只是一心漂流,虽然他也无意中阴差阳错地借他人之手杀死了仇人,但是他内心深处对仇恨的放逐,又使他的复仇显得毫无意义,不能担当起复仇少年的指称。而无意中替阮海阔手刃杀父仇人的胭脂女和黑针大侠,也更多充盈着江湖邪道人物的气质:前者满脸厚厚的脂粉,浑身剧毒的花粉;后者则以黑发为暗器,以致随着岁月的流逝而使头上的黑发显示出荒凉的景致。如此的武功定位与调侃叙述无疑使人物无法进入侠士的行列。而且,余华在塑造胭脂女和黑针大侠形象时采取了轻描淡写的艺术策略,他赋予人物的只是一个模糊的江湖人士的身影,并将他们的复仇过程退入背景,通过白雨潇之口一笔带过,而将阮海阔的漂泊漫游推上了小说文本的前台。这种书写方式无疑使胭脂女和黑针大侠失去了展示他们侠义之气的机会,从而使人物的豪侠气质随着复仇情节的淡化而呈现出虚弱的态势。

第三,与这些侠士形象塑造相连的,是《鲜血梅花》对武侠的情节模式的颠覆。其实在文本的开头,余华是造足了武侠小说的气势的。一代宗师阮进武在莫名的江湖恩怨中神秘地被杀,十五年后,阮妻拿出丈夫留下的梅花剑嘱托儿子寻访仇人并为父报仇,然后,阮海阔就走上了复仇之路。这是典型的武侠小说的运行模式,但这只是局限于开篇之处,阮海阔的无目的漫游使小说的叙述逐渐偏离了武侠的运作机制,漫游本身逐渐取代了寻访仇人的目的,因此当阮海阔得知杀父仇人已死于非命之后,他没有一丝欣喜的感觉,反而觉得怅惘与失落,仇恨的缺席使复仇的目的蜕化为阮海阔流连于山林丛莽间的漂泊流转的理由,这无疑已不同于武侠小说的复仇情节模式,构成了对武侠小说复仇情节模式的戏仿与颠覆。

因此,《鲜血梅花》戏仿武侠小说,以游戏与调侃的书写方式构成了对复仇的反讽,对武侠小说的侠客形象和情节模式的颠覆和解构,也构成了对武侠小说这一文体的嘲讽和颠覆。而且余华对文体的戏仿辐射到多种文类。《河边的错误》是对公案小说的戏仿、《古典爱情》是对才子佳人小说的颠覆性戏仿等,都是通过戏仿完成了对传统价值观念的颠覆,"文类颠覆的目的依然是价值观的颠覆"①。实质上,无论是文体的戏仿、叙事迷宫和叙事圈套,还是语言的戏仿和狂欢,都是一种颠覆,对惯有的常识、秩序和理性逻辑的颠覆。

---

① 赵毅衡:《非语义化的凯旋》,《当代作家评论》1991 年第 2 期。

主要参考文献

1. 布斯 W C. 小说修辞学[M]. 华明,胡晓苏,周宪,译. 北京:北京大学出版社,1987.

2. 热拉尔·热奈特. 叙事话语·新叙事话语[M]. 王文融,译. 北京:中国社会科学出版社,1990.

3. 巴赫金. 巴赫金全集[M]. 石家庄:河北教育出版社,1998.

4. 米歇尔·福柯. 疯癫与文明[M]. 刘北成,杨远婴,译. 北京:生活·读书·新知三联书店,2005.

5. 苏珊·桑塔格. 疾病的隐喻[M]. 程巍,译. 上海:上海译文出版社,2003.

6. 伊藤虎丸. 鲁迅、创造社与日本文学[M]. 孙猛,徐江,李冬木,译. 北京:北京大学出版社,2005.

7. 弗洛伊德. 日常生活的心理分析[M]. 林克明,译. 杭州:浙江文艺出版社,1986.

8. 柯林武德 R G. 历史的观念[M]. 何兆武,张文杰,陈新,译. 北京:中国社会科学出版社,1986.

9. 保罗·康纳顿. 社会如何记忆[M]. 纳日碧力戈,译. 上海:上海人民出版社,2000.

10. 萨义德. 知识分子论[M]. 单德兴,译. 北京:生活·读书·新知三联书店,2000.

11. 詹姆逊. 后现代主义与文化理论[M]. 唐小兵,译. 北京:北京大学出版社,1997.

12. 利罕. 文学中的城市:知识与文化的历史[M]. 吴子枫,译. 上海:上海人民出版社,2009.

13. 梁漱溟. 中国文化要义[M]. 上海:学林出版社,1987.

14. 钱理群. 二十世纪中国小说理论资料(共5卷)[M]. 北京:北京大学出

版社,1997.

15. 陈平原. 二十世纪中国小说史[M]. 北京:北京大学出版社,1989.

16. 王晓明. 二十世纪中国文学史论(上下)[M]. 上海:东方出版中心,2003.

17. 王一川. 中国形象诗学[M]. 上海:上海三联书店,1998.

18. 许纪霖. 中国知识分子十论[M]. 上海:复旦大学出版社,2003.

19. 曹文轩. 20 世纪末中国文学现象研究[M]. 北京:北京大学出版社,2002.

20. 吴晓东. 从卡夫卡到昆德拉:20 世纪的小说和小说家[M]. 北京:生活·读书·新知三联书店,2003.

21. 严家炎. 中国现代小说流派史[M]. 武汉:长江文艺出版社,2009.

22. 陈美兰. 中国当代小说创作论[M]. 上海:上海人民出版社,1987.

23. 李继凯. 20 世纪中国文学的文化创造[M]. 北京:中国社会科学出版社,2009.

24. 陈晓明. 中国当代文学主潮[M]. 北京:北京大学出版社,2009.

25. 王德威. 当代小说二十家[M]. 北京:生活·读书·新知三联书店,2006.

26. 黄子平. "灰阑"中的叙述[M]. 上海:上海文艺出版社,2001.

27. 杨念群. 再造"病人"[M]. 北京:中国人民大学出版社,2006.

28. 唐小兵. 英雄与凡人的时代——解读 20 世纪[M]. 上海:上海文艺出版社,2001.

29. 王德威. 现代中国小说十讲[M]. 上海:复旦大学出版社,2003.

30. 钱理群. 对话与漫游:四十年代小说研读[M]. 上海:上海文艺出版社,1999.

31. 赵园. 论小说十家[M]. 杭州:浙江文艺出版社,1987.

32. 丁帆. 中国乡土小说史论[M]. 南京:江苏文艺出版社,1992.

33. 陈国和. 1990 年代以来乡村小说的当代性[M]. 北京:中国社会科学出版社,2008.

34. 张志平. 中国二十世纪"四十年代"乡土小说研究[M]. 北京:中国社会科学出版社,2006.

35. 王建仓. 中国现代乡土文学的叙事诗学[M]. 北京:中国社会科学出版

社,2010.

36. 李伟华. 基督教文化与中国小说叙事新质[M]. 北京:中国社会科学出版社,2007.

37. 杨剑龙. 旷野的呼声——中国现代作家与基督教文化[M]. 上海:上海教育出版社,1998.

38. 哈迎飞. "五四"作家与佛教文化[M]. 上海:上海三联书店,2002.

39. 谭桂林. 20世纪中国文学与佛学[M]. 合肥:安徽教育出版社,1999.

40. 荆亚平. 当代中国小说的信仰叙事[M]. 上海:学林出版社,2009.

41. 陈颖. 中国战争小说史论[M]. 上海:上海三联书店,2008.

42. 贾振勇. 理性与革命:中国左翼文学的文化阐释[M]. 北京:人民出版社,2009.

43. 朱德发. 现代中国文学英雄叙事论稿[M]. 济南:山东教育出版社,2006.

44. 徐亚东. 继承·突破·超越——20世纪80、90年代军旅小说论[M]. 北京:中国社会科学出版社,2009.

45. 朱向前. 中国军旅文学五十年. 1949-1999[M]. 北京:解放军文艺出版社,2007.

46. 郭冰茹. 十七年(1949-1966)小说的叙事张力[M]. 长沙:岳麓书社,2007.

47. 钱理群. 鲁迅作品十五讲[M]. 北京:北京大学出版社,2003.

48. 刘小枫. 个体信仰与文化理论[M]. 成都:四川人民出版社,1997.

49. 李杨. 50-70年代文学经典再解读[M]. 济南:山东教育出版社,2006.

50. 许志英,丁帆. 中国新时期小说主潮[M]. 北京:人民文学出版社,2002.

51. 吴义勤. 中国当代新潮小说论[M]. 南京:江苏文艺出版社,1997.

52. 陈晓明. 无边的挑战[M]. 桂林:广西师范大学出版社,1994.

53. 陈思和. 当代小说阅读五种[M]. 上海:复旦大学出版社,2010.

54. 卢军. 救赎与超越:中国现当代作家直面苦难精神解读[M]. 济南:齐鲁书社,2007.

55. 徐坤. 双调夜行船:九十年代的女性写作[M]. 太原:山西教育出版社,1999.

56. 张京媛. 当代女性主义文学批评[M]. 北京:北京大学出版社,1992.

57. 朱崇科. 身体意识形态［M］. 广州：中山大学出版社,2009.

58. 谢有顺. 文学身体学,先锋就是自由［M］. 济南：山东文艺出版社,2004.

59. 李自芬. 现代性体验与身份认同——中国现代小说的身体叙事研究［M］. 成都：巴蜀书社,2009.

60. 陈顺馨. 中国当代文学的叙事与性别［M］. 北京：北京大学出版社,2007.

61. 周志雄. 中国当代小说情爱叙事研究［M］. 济南：齐鲁书社,2006.

62. 沈敦忠. 自由爱情的价值追求：20 世纪文学中爱情描写的文化研究［M］. 长沙：湖南人民出版社,2006.

63. 王侃. 历史·语言·欲望——1990 年代中国女性小说主题与叙事［M］. 桂林：广西师范大学出版社,2008.

64. 孟悦,戴锦华. 浮出历史地表［M］. 郑州：河南人民出版社,1989.

65. 张清华. 存在之镜与智慧之灯——中国当代小说叙事及美学研究［M］. 福州：福建教育出版社,2010.

66. 周水涛,轩红芹,王文初. 新时期农民工题材小说研究［M］. 北京：社会科学文献出版社,2010.